Dri Editore – International Romance

THE C✷CK DOWN THE BLOCK

AMY AWARD

International Romance, Gennaio 2025
DRI EDITORE – TREVISO
www.drieditore.it
Traduzione: Lucia Cosi
Copy editing: Ilaria Cappelli
Proofreading: Dania Rossi, Ilenia Nanni
Copertina: Anna Dragone
ISBN: 9798306900476

© Tutti i diritti riservati

Questo romanzo è un'opera di fantasia.
Nomi, luoghi e persone citati nel testo sono stati inventati con lo scopo di dare veridicità al racconto. Ogni riferimento a persone reali o scomparse è puramente casuale.

Dri Editore garantisce che questo progetto è stato interamente prodotto da persone reali, dalla loro creatività, competenza e professionalità. Nessuna parte del romanzo è stata creata tramite l'utilizzo dell'Intelligenza Artificiale e la traduzione è stata eseguita nella modalità più letterale possibile.

Nel romanzo sono state inserite scene di sesso non protetto.
Dri Editore desidera sottolineare l'importanza dell'utilizzo del preservativo, poiché il "sesso sicuro" ci tutela non solo dalle gravidanze indesiderate ma anche, e soprattutto, dalle malattie sessualmente trasmissibili.

NOTA DELL'AUTRICE

Questo libro è fuffa. (Fuffa su cui ho lavorato davvero tanto e di cui sono estremamente orgogliosa.) È pensato per evadere e farsi quattro risate. Ne abbiamo bisogno ogni tanto, per allontanarci dal duro mondo che ci circonda.

Sono convinta sia importante avere una presenza di donne curvy nei media, e lo faccio mostrando donne formose che raggiungono il lieto fine senza dover mai perdere peso.

Tuttavia, ciò non significa che non ci saranno conflitti o angosce.

Anche se per me era davvero importante scrivere una storia con un'eroina formosa, curvy e sicura di sé, la cui forza interiore e l'amore per se stessa non vacillassero, ci saranno sempre pezzi di me in ognuna delle mie eroine, e sto ancora lavorando sul viaggio verso l'amore per me stessa. Non lo facciamo tutti?

Ciò vuol dire che in questo libro la protagonista dovrà affrontare una certa avversione esterna. Non è la trama principale, ma è una parte importante del conflitto. Se vuoi comunque leggere il libro, ma saltare quella parte in particolare, non leggere il capitolo ventisei.

(Ma se hai lo spazio mentale per interessartene, provaci!)

Si parla anche della perdita di un genitore. I nostri Cocky Kingmans sono stati cresciuti da un padre single.

Ciò che posso prometterti, però, è che i miei libri non parleranno di violenza contro le donne, comprese le aggressioni sessuali. Questo concetto semplicemente non esiste nel mondo che ho creato.

Infine, amo scrivere di animali domestici divertenti. Nessuno di loro verrà mai ferito o morirà nei miei libri.

Preferisco piangere durante gli spot pubblicitari del Super Bowl e i musical di Broadway sulle streghe che sfidano la gravità, non nei miei romanzi.

occhiolino

Alle donne che fanno di tutto per amare se stesse, dentro e fuori.
Vi è permesso occupare spazio.

A mia mamma, che mi ha insegnato
ad amare il mio corpo e il football.
Forza Big Red.

Il gallo canta solo quando vede la luce.
Mettilo al buio e non canterà mai.
Ho visto la luce e sto cantando.
MUHAMMAD ALI

CAPITOLO 1

Un incontro da schianto

CHRIS

Non sono mai stato mattiniero.

Per quanto mi riguarda, l'alba può andare a farsi fottere. Non sarei nemmeno stato sveglio a quell'ora assurda, per fare un po' di cardio, se non fosse stato per Luke Skycocker, il gallo più rumoroso della storia, che vive qui accanto.

Lo avrei già gettato nel frullato proteico mattutino, piume e tutto, se non fosse stato per la proprietaria. Trixie mi avrebbe ucciso con un barattolo di uova in salamoia se avessi strangolato il suo pollo preferito. *Stupido gallo del cazzo.*

Mi sarebbe piaciuto che stringesse alcune parti della mia anatomia, ma non la gola. Be', forse. No. Non avevamo quel tipo di relazione. Quello che avevamo era un'amicizia di lunga data, quindi potevo fissarle il culo paffuto, finché non ammettevo ad alta voce quanto fosse bello.

Come in quel momento, quando era chinata in mezzo alla strada per afferrare Luke Skycocker, che stava facendo del suo meglio per terrorizzare tutti i vicini e indurli a svegliarsi. Ogni volta che si avvicinava, quello trotterellava via sbattendo le ali e cantando il suo fastidioso saluto al sole nascente.

«Luke, se non fossi così adorabile, ti cucinerei per cena. Vieni qui, stronzetto.» Trixie gli si avvicinò di nuovo con le braccia tese pronta ad afferrarlo, il mio cuore batteva più forte di quanto facesse durante la corsa mattutina.

Di certo a causa di quell'abito morbido in stile anni Cinquanta che le piaceva tanto. Ogni volta che si chinava potevo intravederle la parte posteriore delle cosce e quelle mutandine a pois sexy da morire. A quel punto, stavo facendo il tifo per Luke solo per poter guardare a sazietà qualcosa che non avrei mai avuto.

Era il momento di smettere di fare il coglione controllato dall'uccello e darmi una svegliata.

Eravamo solo amici dai tempi del liceo, quando mi aveva *friendzonato* con così tanta decisione che non mi ero ancora ripreso. Ciò non significa che non mi masturbassi ancora sotto la doccia pensando a lei. Ma mamma non ha allevato un somaro, e mio padre ha costretto tutti e sette i suoi ragazzi a diventare dei gentiluomini.

Ha detto di no e non avrei mai oltrepassato quel limite. Voleva che fossi solo un amico, quindi è quello che ero. Non significa che non guardassi. Lo facevo ogni volta che ne avevo la possibilità.

Se non fossi stato perso nella fantasia di piegarla sul divano, avrei potuto accorgermi della vecchia signora Bohacek che sfrecciava lungo la strada a venti chilometri all'ora. Non era abbastanza alta per vedere oltre il volante della sua immacolata e vintage Oldsmobile Toronado del 1974, cosa che normalmente non avrebbe avuto importanza, ma Luke Skycocker era diretto proprio verso la griglia anteriore dell'auto, con Trixie al seguito.

«Trixie, attenta alla signora Bo!» Mi avvicinai, ma presi velocità solo quando Luke cercò di spiccare il volo. Era diretto verso il parabrezza.

«Luke! Usa la forza, stupido gallo, usa la forza» gridò Trixie.

Quell'idiota di un pollo si sarebbe schiantato contro l'auto, si sarebbe spiaccicato sul finestrino spaventando a morte la signora Bo. Non avrei permesso a Luke di fare il kamikaze. Trixie sarebbe stata devastata se il suo gallo fosse finito nel grande pollaio nel cielo.

Odiavo quando piangeva. Il mio agente, il coach e la linea offensiva mi avrebbero ucciso se avessero saputo che stavo per lanciarmi su una macchina in corsa. Eppure, decisi di mettere a repentaglio la carriera per salvare un gallo del cazzo.

Avrebbe dovuto essere facile.

Non avevo considerato che vedere un gigantesco gallo color arcobaleno volarti dritto in faccia spaventerebbe anche gli automobilisti più esperti. La signora Bo non lo era, neanche nelle giornate migliori. Sterzò in una direzione, poi nell'altra, come se fosse una nave agitata dal vento. Avrei ancora potuto farcela ad afferrare

Trixie e l'uccello, se la signora Bo non fosse andata fuori di testa e non avesse premuto l'acceleratore. Andava ad almeno venticinque chilometri all'ora e continuava ad aumentare la velocità.

«Veloce, Beatrix, hut, hut.» Stava cercando di anticipare la sterzata della signora Bo, ma non c'era via di fuga.

La familiare adrenalina mi scorreva dentro, come se fossi sul campo. La vista si fece cristallina e puntai uno sguardo laser sull'auto, sul gallo e sulla mia ragazza, calcolando al volo il percorso che avrei dovuto seguire per fare questa giocata ed evitare di essere placcato dalla vecchietta.

Saltellai sui piedi e partii di corsa. Con una mossa degna del Super Bowl, balzai sul cofano dell'auto allungando la mano più che potevo, acchiappai Luke Skycocker per la lunga coda e me lo infilai sotto il braccio come un pallone da football.

Mi spinsi sul cofano, afferrai Trixie intorno alla vita, abbracciandola, e rotolai a lato dell'auto urtando il fianco contro il metallo lucido mentre la signora Bo sterzava di nuovo. Incassai l'impatto della caduta, proteggendo il gallo e Trixie dal terreno.

Scivolammo sul cordolo erboso tra la strada e il marciapiede davanti a casa mia. La signora Bo si fermò con uno stridio. Restammo sdraiati tutti e tre per un minuto con il petto ansimante. Facendo respiri profondi spinsi fuori l'aria e l'adrenalina.

Anche il respiro di Trixie era rapido e irregolare. Sollevò la testa dal mio petto dove era caduta e si sistemò gli occhiali sul viso.

«Ebbene, signor Kingmans. Hai un gallo in tasca o sei solo felice di vedermi?»

Anche se non fossi stato già eccitato per aver fantasticato sul culo di Trixie, si sa che l'adrenalina fa strane cose all'anatomia. Mi era capitato spesso di dover combattere un'erezione durante le partite. Ma combinando le due cose, questa volta non sarebbe andata da nessuna parte senza un aiuto.

Che non avrei ricevuto dalla donna distesa sul mio corpo in quel momento. Per fortuna, Luke Skycocker scelse quell'occasione per mettere la testa in mezzo a noi e beccarmi il braccio, due volte.

Saltò dalla presa e attraversò il cortile fino al portico di Trixie come se nulla al mondo lo disturbasse. *Quello stronzo.*

Trixie scosse la testa e sbuffò. «Penso sia il suo modo di ringraziarti per averci salvato.»

No, non lo era. Quel gallo beccava chiunque non fosse Trixie, soprattutto gli uomini. L'amava e sono abbastanza sicuro che pensasse fosse il suo vero amore e la sua anima gemella.

«E tu come mi ringrazierai?» *Idiota*. Mi era sfuggito, con tono ammiccante e pieno di allusioni. Sapevo che era meglio non dire stronzate del genere ad alta voce.

Mi fissò per un minuto davvero troppo imbarazzante. Era più strano di quanto potessi sopportare alle sette del mattino. Mi sedetti e con attenzione la spostai dal mio grembo e dalla suddetta erezione e mi alzai tendendole la mano per aiutarla.

La prese e fu davvero difficile non stringerla tra le braccia quando la tirai su. Mi lasciò la mano prima che fossi pronto e si spolverò la gonna schiaffeggiandosi i fianchi e il sedere. Dovetti mordermi la lingua per trattenermi dall'aiutarla o dal farmi sfuggire qualcos'altro.

C'era una lunga doccia gelata nel mio immediato futuro.

«Ehi, ragazzi, state lontano dalla strada. Non costringetemi a chiamare i vostri genitori per dire loro che stavate giocando nel traffico» ci urlò la signora Bo, come se avessimo ancora otto anni e corressimo per il quartiere di sabato mattina.

«Mi spiace, signora Bo. Staremo più attenti» rispose Trixie all'anziana vicina. Ciò la placò, sbuffò e proseguì per la strada a un ritmo ancora più tranquillo, come se fosse la proprietaria del posto.

In realtà, ero io.

«Vieni stasera e ti preparerò una cena a base di pollo arrosto per ringraziarti.» Lanciò un'occhiata a Luke Skycocker appollaiato soddisfatto nel vaso di fiori accanto alla porta d'ingresso. Amava quello stupido pollo e lui la ricambiava. Non avremmo mai potuto mangiarlo.

«Non posso. Ho promesso a Johnston che stasera avrei fatto un'apparizione all'inaugurazione del Manniway.» Avevo un ruolo importante da gestire da quando i Mustang mi avevano scelto come quarterback di riserva del giocatore più amato nella storia della squadra. Manniway mi aveva preso sotto la sua ala e si era assicurato che vincessi più anelli del Super Bowl di quanti ne avesse avuti lui. Era davvero un brav'uomo e facevo sempre di tutto per accontentarlo, qualsiasi cosa mi chiedesse. Non che bere e cenare nel suo nuovo ristorante a Cherry Creek fosse un problema. «Vieni e sii il mio appuntamento.»

Arricciò il naso in quel modo che adoravo. «Uhm, no. Non sono adatta alla Steak House di Manniway. Hai bisogno di una cheerleader o... *oh, lo so!* Chiedi alla nuova conduttrice di 9NEWS. È bella e sofisticata. Potreste essere la nuova coppia di Denver. Vi daremo un nome di coppia come Chrisangela o Angtopher.»

Anche no. Sono certo che Angie Cruz fosse una persona adorabile, ma di sicuro noiosa a un appuntamento quanto guardare il golf. «Non penso sia il mio tipo. Dai. Sarà divertente, e la moglie di Johnston si è assicurata che avessero un intero menu vegano, quindi non dovrai ordinare patate al forno in una Steak House. Hanno anche quella strana cosa gommosa che puoi fingere sia carne di manzo.»

Trix si girò canticchiando: «Perché sono una pazza vegana».

«Quindi verrai? Mi devi un favore per aver salvato la vita di Luke Skycocker.» Non che fosse un vero appuntamento, anche se il mio uccello sembrava non capirlo.

«Sono tentata. Mi piace guardare il sedere dei giocatori di football.» Si picchiettò il dito sulle labbra. «Chi altro ci sarà?»

Non ero geloso del fatto che volesse fissare il sedere degli altri uomini. *No. Non io.* Stavo solo pensando di chiedere ai coach della squadra di aggiungere al mio allenamento qualche esercizio extra per i glutei.

«Deck, Everett, Hayes» i miei tre fratelli che giocavano con me per i Mustang «e mio padre.»

Coach Kingmans era un re del football a pieno titolo. Sette campionati nazionali per i DSU Dragons non erano un'impresa da poco. Né lo era stato crescere otto figli come padre single negli ultimi diciassette anni, quattro dei quali giocavano a livello professionistico, altri tre nel campionato del college con ottime prospettive di essere selezionati nei primi turni del draft quando sarebbe toccato a loro, e una scontrosa adolescente che tutti noi amavamo.

Non c'era un solo evento nell'area metropolitana di Denver che coinvolgesse lo sport a cui mio padre non fosse invitato. In pensione o no, era un uomo impegnato.

«Non ci sarà spazio per nessun altro nel ristorante con i Kingmans che tengono banco, e quelle non sono le chiappe che voglio adocchiare. Chi altro?» Trixie mi guardò di traverso.

Non ero geloso. Proprio no. «Alcuni altri ragazzi della squadra e ovviamente Johnston e Marie. Ma sai che non è per questo che vuoi venire. Lo farai per i pettegolezzi.»

Trixie alzò le spalle e mi rivolse un gran sorriso. «Suppongo di poter trovare qualcosa da fissare per tutta la serata e sei tu quello che conosce tutto delle celebrità di Rocky Mountain, non io.»

Evvai. L'avevo convinta. «Ecco perché mi accompagnerai. Così posso rivelarti chi è stato reclutato per ospitare il Great Mile High Bake Off.»

«No. Non ci credo. Stanno venendo qui? Come hai potuto non dirmelo subito? D'accordo. Vengo.» Mi spinse e feci finta che fosse abbastanza forte da spostarmi facendo un passo di lato.

Trixie era dipendente dai reality show. Aveva tutti gli abbonamenti in streaming. Lo sapevo perché mi obbligava a guardarli insieme ogni dannata settimana. Se qualcuno avesse scoperto che sapevo chi erano Paul Hollywood, Mary Berry e Prue Leith, non sarei sopravvissuto alla vergogna.

«Passo a prenderti alle sette.» Mi costrinsi a non sembrare troppo eccitato, visto che aveva accettato uno pseudo-appuntamento.

Salì di corsa le scale del portico, aprì la porta d'ingresso, spinse dentro Luke Skycocker e mi fece cenno di andarmene come se uscire con me stasera non fosse un grosso problema. Non lo era. L'avevo trascinata a tutti i tipi di eventi quando il mio agente non mi incastrava con qualche modella per le pubbliche relazioni. Lo faceva di rado, per fortuna, perché sapeva che mi sarei lamentato per tutto il tempo.

Non. Era. Niente. Di. Che. Perché eravamo amici. Vicini. Nulla di più.

Avrei avuto bisogno di un'altra lunga corsa e di almeno dodici docce fredde prima di arrivare a sera.

CAPITOLO 2

Strane consegne postali

TRIXIE

Una cosa a cui non mi sarei mai abituata era trovare un vibratore nella cassetta della posta.

No, un attimo. Non è del tutto vero. Sono convinta che ogni donna debba avere una bella selezione di giocattoli a disposizione, ma sono sempre stata una fan dello shopping online con confezioni discrete. Ero felice di ricevere per posta il vibratore che avevo scelto. Ne avevo una bella collezione tutta mia, grazie mille.

Ciò che mi faceva scuotere la testa, ancora una volta, era che quella particolare consegna proveniva da mia madre.

Già, mia madre, l'ex pornostar diventata mamma casalinga, poi sex therapist e influencer sex positive e body positive, mi mandava, come chiamarli, *aiutini per il piacere* per posta, regolarmente. Durante le sue numerose avventure in giro per il mondo, invece di spedirmi una maglietta con scritto: "I miei genitori sono andati in Thailandia e tutto quello che ho ricevuto è stata questa stupida maglietta", mi mandava i giocattoli sessuali più esotici.

Un orgasmo al giorno toglie la tristezza di torno, questo era il suo motto. Non scherzo: era lo slogan del suo account Instagram. Non che non la amassi per aver cercato di avere un impatto sul mondo, ma era comunque strano.

A malincuore aprii la scatola e tirai fuori un pene scolpito con cura, aveva perfino una faccia felice e sorridente sulla punta. Naturalmente, nel momento in cui lo presi, iniziò a vibrare e girare, sembrava non ci fosse un pulsante per spegnerlo. Non riuscivo nemmeno a capire dove diavolo si trovassero le batterie per poterle strappare e buttare nella spazzatura. Alzai gli occhi al cielo e gettai la *cosa* sul divano.

Luke cantò, volò sui cuscini e lo beccò come se fosse il più grande e gustoso dei vermi. *Oh, Dio.* Be', a patto che non se ne andasse in giro con quell'aggeggio nel becco, poteva tenerselo. Forse avrebbe ucciso quella cosa posseduta e avrei potuto gettarla nel cesto della biancheria nell'armadio, insieme a tutte le altre. A quel punto, avrei potuto avviare un centro per la *donazione di sex toy per le donne che non potevano permetterseli*. Se mai qualcuno avesse scoperto quello strano tesoro... No, non sarebbe successo.

Per fortuna non avevo già ritirato la posta quando Luke Skycocker era scappato, altrimenti Chris avrebbe placcato me, il mio gallo e il cazzo vibrante. Ero certa avesse visto una buona dose di giocattoli sessuali nelle sue numerose avventure, ma nemmeno lui sapeva della sporca scorta segreta nell'armadio. Dovevo davvero capire come smaltirli.

Guardai di nuovo la scatola e tirai fuori un sacchetto di lecca-lecca a forma di pene e una busta con ideogrammi e fiori di ciliegio con stami a forma fallica. Ah, erano in Giappone. Ricordavo che mi aveva accennato di essere andata al Festival del pene a Kawasaki.

Doveva essersi divertita tantissimo, visto che aveva deciso di mandarmi quel regalo da lì. Mi scriveva sempre degli appunti sulle avventure che lei e mio padre stavano vivendo, i luoghi che stavano visitando, il cibo che stavano provando e dove erano diretti dopo. Quella parte mi interessava. Attendevo con ansia le lettere.

Potermi sedere e leggerle con una tazza di tè, come si faceva un tempo, mi piaceva da morire. Erano i regali che le accompagnavano di cui potevo fare a meno.

Le avrei mandato un messaggio più tardi per verificare in quale fuso orario si trovassero per vederci su Facetime e assicurarla di aver ricevuto la scatola. Avevo imparato molto tempo prima che, anche se le cose che mi mandava erano shoccanti e sconvolgenti, dovevo comunque ringraziarla per aver pensato a me.

«Ehi, Luke, hai già ucciso quella cosa orribile? Devo andare al lavoro e non puoi portarlo fuori.»

Luke si avvicinò al divano e mi osservò come se fossi matta. Abbassai lo sguardo e sì, il giocattolo stava ancora vibrando e danzando sul cuscino, anche se sembrava un po' acciaccato dopo l'attacco del gallo. «Bel tentativo, amico. Potrai riprovarci stasera, quando tornerò a casa.»

Speravo che, lasciandolo in funzione tutto il giorno, le misteriose batterie nascoste si sarebbero consumate. Presi in braccio Luke e lo portai attraverso la cucina, fuori nel cortile sul retro. Si liberò dalla presa e camminò arrogante verso il pollaio dove le sue ragazze lo stavano aspettando. La principessa Laya, Chew-bock-bock e Kylo Hen corsero a dare il benvenuto a casa al loro uomo.

Quelle tre lo seguivano ovunque, soprattutto la nuova gallina, Kylo. Purtroppo, Luke non dedicava a nessuna la minima attenzione. Feci loro qualche coccola. Avevo iniziato il piccolo pollaio con Laya e Chewie. Poi avevo fatto una pazzia e aggiunto Luke e Kylo. Ne volevo un altro paio e avevo messo gli occhi su una Barnvelder e una Wyandotte. Avevo persino scelto i nomi. Ma per farlo sarebbe stato necessario rinnovare il pollaio e il cortile. «Mi dispiace, mie dolci ragazze. Ha occhi solo per me.»

Quando avevo aggiunto Luke, mi avevano consigliato di raccogliere le uova ogni giorno, per non ritrovarmi un mucchio di uova fecondate, ma, anche se era ferocemente protettivo nei confronti delle ragazze, per quanto ne sapevo, era ancora un pollo vergine.

Non metteva in dubbio la mia decisione di non fare sesso, quindi non avrei messo in dubbio la sua.

Una volta dato da mangiare a tutti, aver riempito l'acqua e controllato le uova, promisi loro delle larve più tardi, se avessero fatto le brave. Mi lavai, misi il caffè nella mia tazza da viaggio con scritto "Sai cosa, mi piace il becco", perché i ragazzi della biblioteca pensavano fosse divertente, e andai al lavoro.

Avrei avuto una valutazione con il direttore della filiale, l'inquietante Karter. Alzai gli occhi al cielo. Non era poi così male. Mi guardava sempre come se fossi un pezzo di torta. Ma ero convinta di averlo spaventato a sufficienza, quindi le valutazioni per diventare una bibliotecaria migliore e più produttiva di solito erano positive e del tutto inutili.

Lulu, la mia migliore amica dall'asilo, era la persona da cui andavo per quello. Avevamo frequentato insieme la scuola di biblioteconomia e lavorava alla programmazione del sistema bibliotecario della Thornminster. Era l'unica persona che mi diceva sempre, e senza peli sulla lingua, come stavano le cose, e mi aiutava a capire come migliorare. Quello era sempre stato l'obiettivo. Essere la migliore.

Era metà del motivo per cui io e Chris eravamo così buoni amici. Aveva un'enorme serie di successi straordinari. Non avrebbe potuto diventare il quarterback dei Mustang se non si fosse fatto il culo per essere il migliore. Non era infastidito dalle mie tendenze perfezionistiche. E lo adoravo per quello.

Tutta la sua famiglia era super competitiva. Lavoravano duro e giocavano duro. A un certo punto avevo avuto una cotta per tutti e tre i fratelli maggiori. I sederi dei giocatori di football... *gnam*.

Chris ed Everett erano il motivo principale per cui avevo un allevamento di polli nel cortile. Mi avevano accusato di lavorare troppo e non giocare abbastanza. Le serate di giochi da tavolo con la famiglia Kingmans non contavano, perché non potevo partecipare ogni mese.

Avevo bisogno di un hobby, di un animale domestico o qualcosa del genere. Con Laya e Chewie, avevo trovato entrambi in una volta sola. Non ero sicura che il mio padrone di casa avrebbe permesso una cosa simile, ma Chris mi aveva convinto che non esisteva rischio senza ricompensa e mi aveva spinto a chiedere. Quando la società di leasing aveva dato il permesso, metà del clan Kingmans era venuta ad aiutarmi a costruire tutto.

Per quale motivo Chris mi volesse all'inaugurazione di Manniway era al di là della mia comprensione. L'idea mi faceva stringere lo stomaco. Odiavo i riflettori. Speravo che almeno non ci fossero troppi paparazzi. Uffa. Avrei dovuto pensare a cosa diavolo mettere.

Uno dei graziosi vestiti con cardigan che indossavo al lavoro non sarebbe stato abbastanza elegante. Nella mia testa, le donne che partecipavano a eventi come quello indossavano abiti scintillanti e attillati, sorseggiavano champagne da lunghi flute e ridevano delle battute sull'essere ricche.

Lo so, da bambina avevo guardato troppe repliche di *Dynasty*. Ma non possedevo nulla di scintillante. Avevo qualcosa di carino, un sacco di vestiti comodi e quattro maglie Denver Mustang autografate, più un'altra dozzina di maglie Denver State Dragon, una per ciascuno dei ragazzi Kingmans. Era una steakhouse, giusto? Potevo indossare jeans e una maglia? No, non era il caso.

Almeno avevo qualcosa che mi distraesse dall'inquietante Karter e dalla sua valutazione mentre ero al lavoro. Sarei rimasta alla scrivania per gran parte del pomeriggio in modo da essere a disposizione degli adolescenti che frequentavano la biblioteca dopo la scuola. Forse potevo chiedere a Jules, la più giovane e unica ragazza del clan Kingmans, una consulenza sulla scelta dell'outfit. Veniva quasi ogni giorno per partecipare al programma di volontariato. Anche se ero convinta fosse lì solo per uscire un po' da quella casa piena di testosterone.

«Ehi, Trixie.» Karter mi tenne la porta aperta per troppo tempo. Avevo appena parcheggiato ed ero scesa dalla macchina quando l'aveva aperta. Mi stava fissando? Visto. Inquietante.

«Ciao, Karter. Non dovevi tenermi la porta, ma grazie.» Dovevo darmi una mossa.

«Non è un problema.» Alzò le spalle e sorrise, a chiunque altro sarebbe sembrato tenero. «Ti ho inoltrato alcune e-mail dei genitori che ho ricevuto stamattina. Ho pensato ti avrebbe fatto piacere essere avvisata.»

Aggrottai la fronte e raddrizzai la schiena. «Sono lamentele? Denunce, contestazioni?»

Erano capitati genitori arrabbiati e una buona dose di genitori repressi che volevano che qualche libro fosse bandito dalla biblioteca, in particolare dalla sezione per adolescenti, ma non avevo mai ricevuto lamentele per qualcosa che avevo fatto. Mi domandai se avessi commesso qualche errore.

L'unica cosa che mi veniva in mente era il nuovo programma per aiutare gli adolescenti con le iscrizioni al college. Qualche genitore voleva controllare quella parte della vita del proprio figlio e si era risentito con la biblioteca per aver interferito? Erano successe cose più strane.

Ridacchiò e abbassò lo sguardo sulle scarpe. «Certo che no. Sono richieste di aiuto individuale da parte della mamma apprensiva di un ragazzino ambizioso.»

Quello era il motivo per cui io ero la bibliotecaria nella sezione degli adolescenti e Karter no. Non gli piacevano i ragazzini e i loro genitori. «Nessun problema. Posso prendermi cura di loro. Grazie per avermi avvisato.»

Scivolai nell'edificio e non mi persi il modo in cui rimase sulla soglia quel tanto che bastava perché i miei fianchi lo sfiorassero mentre passavo. *Che schifo.*

Per fortuna, la mia scrivania non era visibile dall'ufficio di Karter e non dovevo sentirmi i suoi occhi addosso mentre mi sistemavo e iniziavo la lista di cose da fare per la giornata. Quella e-mail era la prima cosa, e non era nemmeno come Karter l'aveva descritta.

Volevano solo sapere se potevano venire a fare alcune domande sulle opportunità di volontariato al prossimo orario di ricevimento.

Solo pochi minuti prima dell'apertura della biblioteca, due e-mail arrivarono con un *bip* nella casella di posta. La prima era la notifica di una riprogrammazione della valutazione con Karter. *Ottimo.* Ma la seconda mi fece andare fuori di testa. Era un messaggio inoltrato da Lulu.

Lo lessi due volte, provai a bere un sorso dalla tazza di caffè vuota e lo lessi di nuovo.

Siamo lieti di annunciare che i seguenti bibliotecari sono stati candidati per il titolo di Bibliotecario dell'anno della Young Adult Romance Writers Association.

Io? Bibliotecaria dell'anno? Di tutto il Paese?
No.
Che cosa?
Impossibile.
«Trixie, vieni alla riunione?» Una delle altre bibliotecarie passò davanti alla scrivania mentre saliva al piano principale. Ci incontravamo ogni giorno per una riunione veloce poco prima dell'apertura, per verificare la programmazione della giornata e tutte le notizie o informazioni che potevano essere utili.

«Ehm, sì. Arrivo.»

Fissai il computer per un altro minuto, lo chiusi e feci le scale giusto in tempo per vedere Karter iniziare a parlare. Non prestai attenzione finché non dichiarò chiusa la riunione e non ci mandò ad aprire le porte. Tornai nella sezione adolescenti e mi sedetti dietro la scrivania fissando le pile di libri per tre minuti interi prima di rendermi conto che avevo lasciato tutte le cose su cui lavorare al piano di sotto.

Merda. Dato che era raro essere presi d'assalto il venerdì mattina, mi affrettai a scendere, afferrai i libri, gli appunti e il raccoglitore pieno di campioni di saggi universitari da correggere e corsi di nuovo alla scrivania. Wow. Quello sarebbe stato il mio allenamento della giornata.

Poggiata sulla scrivania, proprio dove la mettevano ogni mattina, c'era una copia del Denver Post. E, come previsto, a fissarmi dalla grande immagine in prima pagina, c'era Johnston Manniway in piedi davanti alla sua nuova Steak House.

Girai il giornale. In quel momento non avevo la capacità cerebrale di pensare all'inaugurazione di stasera e allo stesso tempo essere sotto shock e in fibrillazione per la candidatura. Potevo impazzire per l'uno o per l'altro.

Guardai di nuovo il giornale. L'inaugurazione di Manniway era il minore dei due mali. Era solo una sera e Chris sarebbe stato lì per proteggermi dai giornalisti. E poi, non vedevo l'ora di sentire i pettegolezzi sulle celebrità. Metà del divertimento nell'essere trascinati a questi eventi stava nello stare al bar mentre mi faceva notare chi fosse chi e chi si stava facendo chi.

Okay, potevo concentrarmi su cosa indossare quella sera e pensare alla candidatura il giorno dopo. Mi diressi verso i periodici e recuperai un sacco di riviste di moda. Le avrei guardate con Jules più tardi.

Anche se non avevo in programma di andare a fare shopping o altro. Lo stipendio da bibliotecaria copriva la benzina, l'affitto, il cibo per i polli e la mia dipendenza da creme dai gusti fantasiosi, con quel tanto che bastava per mettere da parte qualche risparmio come dovrebbe fare ogni brava ragazza.

Merda, merda, merda. Le dita non riuscivano a comporre il numero di Lulu abbastanza velocemente. Doveva essere telepatica, perché rispose ancora prima che squillasse. «Hai ricevuto la mia e-mail e stai andando fuori di testa, vero?»

«Sì. No, sì. Ah.» Quell'attacco d'ansia sarebbe venuto dopo. «Dovrò impazzire per questo domani. Ho una crisi completamente diversa e tu devi aiutarmi.»

Il tono passò da scherzoso a serio in un istante. «Ci sono. Dimmi tutto. Hai il cancro? Ce l'ha tua madre? Tuo padre è stato messo in prigione perché si trovava nel quartiere a luci rosse in Thailandia? Luke Skycocker sta bene? Non è stato investito da un'auto o qualcosa del genere, vero?»

Avrebbe potuto andare avanti così per un'ora senza lasciarmi dire una parola. «Lu, fermati. Nessuna delle precedenti. Stasera devo andare all'inaugurazione della Manniway's Steakhouse.»

La linea si fece muta. Era peggio di quanto pensassi. Lulu non era rimasta in silenzio così a lungo in tutta la sua vita. «Perché diavolo mi hai spaventato in quel modo allora? Maleducata.»

«Prima di tutto, pensi sempre alla peggiore delle ipotesi, e in secondo luogo» deglutii «non ho niente da mettermi.»

«Oh. Merda.» La reale gravità della situazione la colpì.

«Lo so.» Misi da parte le riviste di moda e aspettai il suo saggio consiglio. Lulu sapeva sempre cosa fare.

«Aspetta. Perché vai da Manniway? Tu non mangi carne.» Non era d'aiuto. Lo sapevo già.

«Chris me l'ha chiesto.» Niente di strano. Mi aveva invitato spesso con lui e la famiglia. In pratica ero una Kingmans. Come una cugina o qualcosa del genere.

«Chris? Cioè Chris Kingmans, quarterback dei Denver Mustangs, lo scapolo più ambito del Denver Post, il tuo super sexy vicino di casa, Chris, ti ha chiesto di uscire?» Il suono dal suo capo divenne ovattato, come se stesse coprendo il ricevitore per poter strillare. «Alleluia. Grazie dolce Gesù bambino. Era ora.»

Lulu tifava perché ci mettessimo insieme dai tempi del liceo. Non sarebbe mai successo. Non era interessato a me. Non in quel senso. Eravamo amici. Lo eravamo da molto tempo. E mi stava bene così. Era gentile, sicuro e un buon amico a tutto tondo. «Non è un appuntamento. È solo Chris.»

«Hai sniffato la scorta di colla del bibliotecario per bambini?»

«Dai. Mi serve davvero una mano. Non voglio sembrare stupida.» Flashback del liceo mi investirono, la voce cantilenante della cheerleader delle *Api Regine* mi ronzava nella testa. All'epoca mi prendevano in giro per un sacco di cose, ma mia madre mi aveva aiutato a costruire un'ottima armatura a prova di vergogna fin dall'infanzia.

Sapevo che il mio vero valore non risiedeva nell'aspetto e dovevo ricordarmelo. Sarebbe andata bene. Qualunque cosa avessi scelto di indossare sarebbe stata adatta. Non era come se fosse... una premiazione.

Un gruppo di ragazze salì le scale, facendomi uscire dal congelamento mentale. «Devo andare, Lu. È arrivato un gruppo di adolescenti.»

Jules Kingmans si allontanò per raggiungermi alla scrivania. Tirai fuori la scatola degli snack che tenevo nel cassetto. «Hai già il nuovo libro *Dragons Love Curves*?»

«Ho sentito che questo parla di un misterioso drago viola.» Spinsi sulla scrivania la pila dei libri appena aggiunti al catalogo e li afferrò all'istante. Le ragazze si diressero verso la zona lettura piena di pouf. Feci cenno a Jules di avvicinarsi. «Ehi, sai che i ragazzi andranno tutti da Manniway stasera?»

«Sicuro. Non che io possa andarci. È solo per chi ha ventuno anni e oltre.» Sospirò, alzò gli occhi al cielo e incrociò le braccia come solo un'adolescente poteva fare.

«Uh, scusa se è un punto dolente. Ma Chris mi ha invitato e non so cosa indossare. Qualche idea?»

Passò da adolescente scontrosa a entusiasta in un secondo, poi di nuovo fredda e apatica, come se fosse stata sorpresa a essere eccitata per qualcosa di cui non voleva nessuno sapesse. «Oh, ehm, sì. Qualsiasi cosa di blu scuro e crema. Indossa quel maxivestito blu navy che avevi per la lezione sulle domande di iscrizione al college che abbiamo fatto alla fine dell'anno scolastico. Era di classe. Ma senza maglione. Solo qualche gioiello.»

Sì. Avrebbe potuto funzionare. Non sapevo perché non ci avevo pensato. Stavo bene con quel vestito e non era troppo elegante, ma non era nemmeno casual. Senza un cardigan a coprire la parte superiore, metteva in mostra le mie ragazze un po' più di quanto fosse appropriato per la biblioteca, ma sarebbe stato perfetto per l'apertura di un ristorante. Era perfetto. «Non è troppo, sai, da bibliotecaria?»

«Lo è, ma una bibliotecaria calda e sexy. Chris andrà fuori di testa.» Fece una smorfia e se ne andò prima che potessi spiegarle che non stavo puntando a quello.

«Non cercare di incastrarmi con tuo fratello» le urlai dietro.

«Troppo tardi» rispose da sopra la spalla.

Gli adolescenti e i loro ormoni erano troppo romantici. Ero più che cosciente di cos'era quella serata.

CAPITOLO 3

Solo amici

CHRIS

Mi sentivo come se fosse il primo appuntamento della mia vita. Le mani sudavano così tanto che non riuscivo nemmeno a trattenere il pallone. Lo lanciavo quando avevo bisogno di tenere il corpo occupato e permettere alla mente di fare il suo dovere. La palla rimbalzò sul divano e fece cadere una lampada, che mi limitai a raccogliere dal pavimento per la terza volta.

Non era nemmeno un vero appuntamento. Ma non era neanche del tutto falso. Mi ero messo il completo e la cravatta del giorno della partita, pronto per l'inaugurazione, e avevo già un'erezione nell'immaginare cosa avrebbe indossato Trixie.

L'avevo già trascinata a qualche evento di famiglia, ma niente del genere. La maggior parte delle serate a cui l'avevo invitata erano casual. Jeans e maglietta, hamburger e patatine fritte. Non abiti e cravatte, sicuramente non vestiti e tacchi.

Sembrava proprio un fottuto appuntamento.

Non lo era, però, e la mia mente e il mio corpo dovevano calmarsi.

Avrei dovuto comprarle dei fiori?

«Che diavolo ti succede?» Everett si appoggiò al frigorifero e prese una birra. Ne erano rimaste solo un paio nella scorta estiva. Poteva anche finirle. Il ritiro sarebbe iniziato in poche settimane e il mio consumo di alcol sarebbe passato da uno o due drink a settimana, a nessuno.

Everett poteva usare e abusare del suo corpo e continuare a giocare altrettanto bene il giorno successivo. Io no, e lui lo sapeva.

«Niente.» Lanciai la palla sul divano e infilai le mani in tasca. Non avevo mai mentito ai miei fratelli, perché ogni volta che ci provavo mi beccavano in un attimo. Era l'unico motivo per cui Everett sapeva già cosa provavo per Trixie.

Ma ero il maggiore, e anche se Declan ed Everett mi superavano entrambi in altezza dai tempi del liceo, potevo comunque prenderli a calci in culo. In parte perché sapevano che era meglio non fare altro che proteggere la salute e il sostentamento del loro quarterback.

«Bel tentativo, amico. Sputa il rospo. Non esco con un QB stressato. Respinge le donne.» Arricciò il naso come se puzzassi.

«Non respingo le donne.» Avevo migliaia di fan adoranti che erano pronte e disposte a mostrarmi le tette o lanciarmi le mutandine come se fossi una specie di rock star. Le donne non erano il mio problema. *Una* donna lo era.

Alzò il sopracciglio e bevve un lungo sorso di birra mentre mi lanciava un'occhiata di traverso. «Sei il peggiore. Qual è l'ultimo appuntamento a cui sei andato?»

Non avevo bisogno di rispondere. Era il mio fratellino. Da piccoli, lo avevo spaventato tirando lo sciacquone e dicendogli che c'era un leone nel bagno.

«Mmh.» Bevve un altro sorso come se si trattasse di una conversazione su quando era stata l'ultima volta che avevo mangiato un cheeseburger, e non sul mio cuore. «È quello che pensavo. Devi scopare, amico.»

Okay, quindi non una conversazione sul cuore. Ma sul mio cazzo. Questo potevo gestirlo. «Non ho problemi a scopare.»

Declan sfondò la porta principale come se fosse la linea offensiva del San Francisco. «Chi scopa?»

Everett mi indicò con la bottiglia. «Vivo dall'altra parte della strada e non sei bravo a nascondere le cose. Quindi no, non lo fai. Non porti mai le donne a casa.»

Su questo aveva ragione. Non portavo a casa donne o nessuno che non fosse nella cerchia ristretta. Non permettevo nemmeno a persone che non conoscevo, e di cui non mi fidavo, di affittare o acquistare in tutto il quartiere. Mi infastidiva perfino il fatto che Everett portasse lì così tante ragazze. Non aveva la mia stessa cerchia di fiducia. «Solo perché non ho dodici donne diverse nel letto ogni notte, non significa che non scopo.»

Perché volevo interessarmi davvero della persona con cui andavo a letto.

Hayes entrò, con l'aria di essersi ricordato a malapena come mettersi una cravatta. Si strofinò le mani. «Scopiamo stasera? Sono pronto a mettere in scena questo spettacolo.»

«Stiamo aspettando Trixie.» Nel momento in cui mi lasciai scappare il nome, mi resi conto di aver commesso un errore. *Merda.* Avrei dovuto dire a quegli stronzi di andare in centro senza di me. A che cazzo stavo pensando?

Noi quattro andavamo quasi sempre insieme agli eventi della squadra, ed essendo il più grande e quello che odiava arrivare in ritardo, guidavo io. Era la prassi. Ma quella sera non era un'occasione normale.

Avevo invitato Trixie.

Si girarono tutti a fissarmi sciocccati, neanche avessi aperto la bocca e cantato come Luke Skycocker. La bocca di Hayes rimase aperta come se stesse aspettando di catturare delle mosche.

Tirai fuori la migliore imitazione di papà e li guardai male. «State zitti. Non è la prima volta che invito Trixie a uscire con noi. Viene sempre alla serata dei giochi. È mia amica e ho pensato che le sarebbe piaciuto venire con noi stasera. Questo è tutto.»

Declan prese la birra da Everett e tracannò la seconda metà. Aprì la bocca per dire qualcosa, ma non volevo starlo a sentire.

«Non parlare.»

Hayes mi lanciò uno sguardo che diceva che mi considerava un completo idiota, Deck mi fissò come se gli avessi rubato le mutande fortunate, ma Everett lo sapeva. Quello stronzo era troppo intuitivo. Ecco perché era un giocatore eccezionale ed era ancora più bravo con le ragazze. Se non fosse stato il mio fratellino, forse sarei già andato da lui per un consiglio.

No. No. Non avevo bisogno di consigli quando si trattava di Trixie. Non stavo mentendo. Era mia amica. Probabilmente la mia migliore amica.

Non l'avrei sottoposta all'inquisizione Kingmans che la stava aspettando. Con tre tocchi sul telefono, ordinai loro un Uber Black XL e ne avrei preso un secondo per noi due. Saremmo arrivati più tardi, ma andava bene. Non avrei dato di matto. Avremmo avuto un ritardo elegante. Ero una star dello sport, potevo arrivare alla festa quando volevo. Strinsi gli occhi.

«Il vostro passaggio sarà qui tra dieci minuti. Julio verrà a prendervi con una Escalade nera con targa che inizia con ILV. Ora uscite da casa mia prima che arrivi Trixie.» Indicai la porta d'ingresso.

Hayes non era turbato. Non lo era mai. «Io sto davanti.»

Lui e Declan si diressero verso la veranda, ma Everett non mosse un muscolo.

Lo fissai. «Idiota.»

Si allontanò dal bancone, ma mentre mi passava accanto si portò le due dita agli occhi e poi indicò i miei. Per cosa diavolo pensava di dovermi tenere d'occhio? *Idiota*.

Una volta tutti fuori dalla porta, telefonai a Trixie. «Ehi, sei quasi pronta? Sto chiamando un Uber.»

«Ehm. Forse. Fammi chiedere.»

Chiedere a chi?

«Jules? Mi adatto allo stereotipo patriarcale che stavamo cercando? Devo mettere più mascara?»

Trixie si stava truccando con mia sorella? E perché cazzo la bambina diciassettenne della famiglia si preoccupava dello *stereotipo patriarcale*? Si era allenata per abbatterlo da quando aveva due anni. L'idea che pensasse a come gli uomini guardano le donne? *No. No. Non mi piaceva.*

«Permettimi solo di aggiungere questo illuminante... e sì. Sei ufficialmente pronta per farli cascare ai tuoi piedi.» La voce della mia sorellina salì di un paio di decibel. «Faresti meglio a tenerla abbracciata tutta la notte, fratellone, o qualche puttaniere te la porterà via.»

Chi parla così?

Jules Kingmans, la più giovane di otto figli, unica femmina e, ovviamente, la pupilla di tutti. Più tardi stasera, avrei detto a papà di tenerla chiusa in casa fino ai trent'anni.

«Puttaniere è una definizione sessista, Jules.» Trixie non aveva capito il punto.

«Passo a prenderti. Non lasciare che Jules ti convinca a...»

«Ciao, fratellone.»

Cadde la linea. Jules mi aveva riattaccato in faccia, cazzo. La mia raccomandazione a papà era arrivata a tenerla chiusa in casa fino a quarantadue anni. E mezzo.

Uscii dalla porta sul retro, scivolai attraverso il cancello laterale nel cortile di Trixie per evitare i miei fratelli, il che non aiutò la mia causa, perché Luke Skycocker mi saltò addosso come un pipistrello uscito dall'inferno. Se non avessi avuto ottime abilità da quarterback, il mio outfit sarebbe andato a pezzi.

Attraversai di corsa il cortile. «Luke, lo giuro su Dio, sarai il pranzo della domenica se mi fai un buco nei pantaloni o mi caghi sulle scarpe.»

Non sarebbe stata nemmeno la prima volta.

Mi precipitai verso il recinto, usai il pollaio come trampolino di lancio e saltai illeso nel cortile della casa della mia infanzia. Dall'altro lato della recinzione proveniva uno stridio di scontento. «Sottovaluti il potere del lato oscuro, Luke.»

Attraverso la portafinestra che dava sul cortile, potevo vedere Jules e mio padre in cucina. Ma quando passò Trixie, il cuore perse un battito e mi martellò contro il petto. Alzai la mano per assicurarmi che non saltasse fuori dalla camicia.

La mia carriera era finita. Sarebbe stato irresponsabile da parte mia praticare uno sport professionistico con un cuore che non funziona bene. Game Over.

Trixie era stupenda. Un vestito blu scuro che metteva in risalto ogni maledetta curva, un bel rossore sulle guance e tacchi lucenti con suole rosse che potevo intravedere mentre camminava.

Ero morto. Caput.

O almeno pensavo di esserlo finché non si girò e mi sorprese in piedi nel cortile sul retro come uno zombie viscido e bavoso. Mi sorrise, e santo cielo. La curva delle sue labbra... quella era la curva che preferivo in assoluto.

Dimenticai come parlare, come muovermi, come pensare.

Mi salutò con la mano e aprì la porta, e mi risvegliai dallo shock in un attimo per nascondermi dietro i mobili da giardino, così da non farle vedere la tenda sul davanti dei pantaloni.

«Ehi» mi salutò come se ci fossimo appena incontrati accanto alla cassetta della posta.

«Ciao.» *Dolce Gesù bambino, ero finito.*

«Sei pronto?» Inclinò la testa e mi guardò con gli occhi socchiusi.

Lo ero mai stato? «Uh, lasciami ordinare la macchina.»

Le voltai le spalle e mi diedi una bella sistemata, pensai al baseball, alla Regina d'Inghilterra e alla perdita del Super Bowl, cosa che non avevo mai fatto. Qualche respiro profondo dopo, la nostra macchina era in viaggio, e il mio uccello era solo a mezz'asta invece che come un missile che aveva puntato Trixie come bersaglio.

«Stai benissimo.» Sembravo un idiota.

Fece un piccolo balzo e girò in tondo. «Grazie, Jules mi ha aiutato a mettere insieme il look. Neanche tu sei male. Mi sei sempre piaciuto in giacca e cravatta.»

Era il momento. Se mai avessi avuto intenzione di flirtare con Trixie, quella era la mia occasione. Avrei potuto fare una battuta su come le piacesse ancora di più guardarmi il sedere in divisa. «Sì, questo vestito è... costoso.»

Okay, avevo scelto un'idiozia. Mi ero trattenuto. Perché Trixie non voleva che flirtassi e, per quanto volessi dimostrarle che potevamo stare davvero bene insieme, non potevo oltrepassare quella linea che aveva tracciato tanto tempo prima.

Era meglio essere un monaco che godeva solo della compagnia del suo sputo e della mano piuttosto che perdere la sua amicizia per una scopata. Solo che per me non sarebbe stato solo sesso.

Trixie mi fissò con un'espressione strana. Non le importava dei soldi. Anche se ero uno dei giocatori più pagati nella storia del campionato.

Si avvicinò e allungò la mano per aggiustarmi la cravatta. Questa era la parte in cui avrei dovuto baciarla. Invece, rimasi immobile come una mascotte che viene presa in giro dalla squadra ospite. «Suppongo abbia senso che un ragazzo famoso come te indossi un abito costoso per una festa come questa.»

«Non dobbiamo andare se non vuoi. Potremmo guardare le repliche di Bake Off e lanciare popcorn a Luke.» Ancora una volta la mia bocca stava dicendo cose che il cervello non aveva autorizzato. Dovevo andare all'inaugurazione del ristorante. Non avrei deluso un amico e mentore saltando la sua inaugurazione. Nemmeno per una ragazza.

Be', forse per Trixie.

«Oh, no. Non ne uscirai adesso. Mi sono vestita bene e voglio i pettegolezzi su tutti i tuoi amici famosi.»

Non se ne rendeva proprio conto. Ero lì a lottare contro me stesso per non piegarla sul tavolo da picnic, e si comportava da brava ragazza. «Non sono miei amici, Trixie. Tu lo sei.»

Ciò che ottenni per la mia sincerità fu uno schiaffetto sul petto. «Smettila di essere così adorabile e dolce. Adesso dammi da mangiare e dimmi che sono carina.»

Si voltò e si avviò verso il cancello che conduceva alla parte anteriore della casa. Lasciai cadere la testa all'indietro e fissai il cielo con un sospiro. Voleva che fossimo amici, quindi eravamo amici.

Assunsi un tono triste, come se la sua richiesta fosse la più difficile sulla faccia della Terra, solo per prenderla un po' in giro. «Bene. Se devo.»

Non la seguii subito, perché ancora una volta mi persi a guardarle i fianchi e quel culo rotondo che ondeggiava mentre si allontanava. Mi sarebbe piaciuto godermi lo spettacolo molto più a lungo, ma sorpresi Jules con le braccia conserte e un sorriso malvagio sul viso che mi osservava dalla porta sul retro.

CAPITOLO 4

Le patatine fritte vengono prima dei ragazzi

TRIXIE

L'Uber si fermò all'inaugurazione di Manniway, l'ingresso principale sembrava una dannata zona di guerra, tanti erano i paparazzi. Sembrava che ci fossimo imbattuti sul set di una première di Hollywood, di uno di quei film con un budget da capogiro. I flash scoppiavano come lucciole rabbiose e il tappeto rosso si estendeva più della strada per Mordor.

Uno sguardo fuori dal finestrino e lo stomaco cominciò ad agitarsi come quella volta in cui Kylo Hen aveva trovato i chicchi di caffè ed era impazzita per ore sotto l'effetto della caffeina. Ma Chris, sempre un professionista, sfoggiò il caratteristico sorriso. Il problema non era farmi fotografare. Ma quelle non erano poche foto. Era un attacco mediatico in piena regola.

Ciò che la mia bocca fece in risposta a quel pensiero non si avvicinava neanche lontanamente a un sorriso. Era più simile alla faccia che si fa quando si morde un limone ammuffito. «Non mi avevi detto che avremmo camminato su un tappeto rosso.»

Alzò le spalle e mi lanciò quello sguardo. Quello che mi faceva ogni volta che sapeva di aver commesso un errore, ma non era dispiaciuto di avermi messo in un pasticcio. Quello con cui mi implorava di perdonarlo *solo per questa volta*. Quello sguardo da cucciolo funzionava sempre, dannazione. «Non credevo avrebbe fatto tanto scalpore. Saremo dentro in un batter d'occhio e ti prometto un sacco di pettegolezzi piccanti. Stammi solo vicino. Andrà bene.»

Sbuffai. La frequenza cardiaca si stava già avvicinando a un ritmo pericoloso. «È facile dirlo per te, Kingmans. Sono certa che usi le mischie mediatiche come ginnastica mattutina.»

La risata con cui mi rispose era una gradita distrazione mentre mi conduceva sul tappeto rosso. Mi aspettavo il caos, ma fu come essere gettata in un turbine di squali che si erano tutti laureati in giornalismo con specializzazione in urla.

Navigammo su quel tappeto molto più lentamente di quanto promesso. Un fotografo si mise sulla nostra strada e gridò qualcosa di molto simile a "Chi è, la tua nuova ragazza?". Quasi mi soffocai con la mia stessa saliva. Noi? Una coppia? Era ovvio che lo pensassero. Nessuno qui conosceva la nostra storia.

Provai a dire qualcosa sul fatto che eravamo solo amici, ma Chris mi sussurrò all'orecchio di sorridere e mi fece scivolare il braccio intorno alla vita con un movimento così fluido che sospettavo fosse lo stesso che usava tutte le volte che lanciava un pallone. Con una rapida rotazione che avrebbe reso orgoglioso il coach, ci guidò verso il gruppo di fotografi successivo e tre metri più vicini all'ingresso del ristorante.

Ci fermarono ancora, mi incollai al viso un sorriso in modo da non sembrare un cervo spaventato davanti a un'auto in corsa in ogni singola foto, e pizzicai Chris sulla gamba in modo da infliggergli una tortura simile alla mia.

Ridacchiò e si abbassò per premermi di nuovo le labbra sull'orecchio, era l'unico modo per sentirlo oltre le grida di tutti. Il suo respiro mi scompigliava i capelli e mi faceva venire la pelle d'oca. Era colpa di tutta quell'agitazione. Ecco perché avevo la pelle d'oca in una soffocante notte estiva, c'era una spiegazione scientifica. «Ricorda, Trix, non ti danno la caccia. Sono qui per lo spettacolo. Pensa a loro come ai gabbiani. Rumorosi, fastidiosi, ma del tutto innocui, a meno che tu non abbia le patatine fritte.»

In effetti, somigliavano davvero a gabbiani. Gabbiani strillanti che potevo gestire. Ma Chris era il loro cibo preferito. Ci vollero almeno dieci minuti per muoverci di altri tre metri.

L'energia del pubblico, che alla fine capii essere formato da un sacco di tifosi dei Mustang, mi investì. Era inebriante, disorientante, e mi fece desiderare una serata tranquilla a casa con un buon libro e le mie galline. Chris si sentiva a suo agio in questo mondo di sfarzo e glamour, ma io? Ero un coniglietto paffuto che si era ritrovato per sbaglio in un sentiero pieno di volpi.

A quanto pare, alle volpi piacevano i coniglietti. Le fotocamere non ne avevano mai abbastanza. Stringergli il braccio era l'unica ancora di salvezza, continuavo a fingere di sorridere e a seguirlo attraverso quel caos vorticoso, sperando di sopravvivere al resto del tappeto rosso senza inciampare nel nulla e diventare un meme.

Un miliardo di foto dopo, riuscimmo finalmente ad arrivare a un metro dall'ingresso. Guardai Chris e gridai: «Le patatine fritte vengono prima dei ragazzi». Poi scappai all'interno del ristorante.

Fu al mio fianco con la porta chiusa alle spalle in meno tempo di quanto mi servì per emettere un lungo respiro di sollievo. «Le patatine fritte vengono prima dei ragazzi?»

Io ero esausta, lui fresco come una rosa. «Non lo so. Sono andata nel panico. Se non mi riempi di zucchero, alcol o entrambi, morirò entro i prossimi dodici secondi.».

E per morire intendevo scoppiare in lacrime o vomitare. Entrambi sembravano ugualmente probabili a quel punto. Non ero sconvolta, ma l'adrenalina pura di tutta quell'attenzione era più di quanto avesse mai colpito il mio flusso sanguigno in tutta la vita.

Ecco perché ero una bibliotecaria. Il panico da palcoscenico maggiore che avevo dovuto sopportare era stato quello di essere responsabile del club del libro della casa di riposo, quando le donne volevano leggere un romance molto piccante e gli uomini preferivano storie d'azione. Avevo dato loro un romantasy sui lupi mannari e questo aveva soddisfatto entrambe le fazioni.

Chris mi sollevò il mento e abbassò la testa per guardarmi negli occhi. «Sei stata spettacolare là fuori. Mi dispiace sia stata una lotta con i paparazzi, giuro mi farò perdonare per il resto della serata.»

Non potevo rimproverarlo. Soprattutto quando mi stava rivolgendo di nuovo lo sguardo da cucciolo con gli occhi scintillanti. «Grazie. Mi devi ancora quel drink, e faresti meglio a rivelare la vita segreta più profonda e oscura di qualche vip, svelandomi che ha un rapporto perverso coi polpi o qualcosa di altrettanto folle, altrimenti questa notte sarà un totale disastro.»

Everett si avvicinò con un drink in ciascuna mano. «Io so tutto sulle *piovre*.»

«Non stiamo parlando della tua vita sessuale, amico.» Gli diedi una pacca comprensiva sulla spalla. Se qualcuno avesse mai avuto un incontro ravvicinato con una piovra o avesse indugiato nel sesso tentacolare, sarebbe stato il fratello numero tre di Kingmans. Trasudava sex appeal. Aggiungeteci che era davvero un bravo ragazzo e capirete perché doveva allontanare le donne con un bastone.

«Di cos'altro dovremmo parlare? Questo evento è noioso da morire e non ho trovato nessuna donna single su cui esercitare il mio fascino. Vuoi venire a casa con me stasera, Trix?» Alzò un sopracciglio proprio come aveva fatto a ogni evento a cui avevo partecipato con i Kingmans dai tempi della scuola media. Era davvero una macchina da flirt.

Chris cercò, letteralmente, di prendere a pugni suo fratello minore. Everett si abbassò e mi fece l'occhiolino.

«Sei incorreggibile, e no. Sono qui per il cibo e i pettegolezzi. Ma sono certa troverai qualcuno, aspetta qualche minuto. Ci sono ancora alcune patatine fritte sul tappeto rosso.» Everett guardò l'ingresso principale e poi me, come se stessi parlando un'altra lingua.

Hayes, il fratello numero sei, da adorabile impiccione qual era, fece un salto nel nostro piccolo circolo. «Ci sono le patatine fritte? Non ho visto altro che questi strani antipasti senza carne. Ops, scusa Trixie, la cucina vegana è straordinaria.»

Afferrai Hayes per il colletto sbottonato e lo scossi. «Portami alcuni di quegli antipastini vegani e non lo dirò a tuo padre.»

Gli occhi di Hayes si spalancarono e saettarono in giro. Abbassò la voce, che restò acuta per la paura. «Dirgli cosa?»

«Tutto.» Gli rivolsi uno sguardo da sorella maggiore indemoniata. Non avevo fratelli, ma ero cresciuta con quei ragazzi e potevo prenderli in giro con grande facilità.

«*Merda*. Snack vegetariani in arrivo.» Hayes si alzò in tutta la sua mostruosa altezza, quasi portandosi via le unghie con cui gli stringevo il colletto.

Gli snack vegani e le bollicine stavano facendo il loro lavoro. Avevo appena sgranocchiato un panino con avocado quando una presenza che potrebbe essere descritta solo come una montagna di puro carisma e forza si avvicinò.

«Signor Kingmans.» Anche se conoscevo quell'uomo da gran parte della mia vita, ed era stato come un secondo padre per me, avevo sempre la sensazione che avrei dovuto fare un inchino al suo cospetto. Aveva una presenza così, be', regale. Quegli occhi severi brillavano sempre di un pizzico di umorismo, persino io potevo ammettere che i capelli brizzolati non facevano altro che aumentare la forte, formidabile attrattiva da volpe argentata. Non ero l'unica a essere sorpresa che Bridger Kingmans non si fosse mai risposato.

«Chiamami Coach, Beatrix» borbottò, perché facevamo questa conversazione ogni volta che lo incontravo. «È bello vederti qui.»

«È un locale meraviglioso, signor Kingmans. Johnston e Marie hanno fatto un lavoro fantastico» risposi indicando il ristorante sciccoso che si stava riempiendo.

«Sappiamo tutti che è stata soprattutto opera di Marie. L'unica cosa che Johnston sa fare è un touchdown. Se non fosse stato per sua moglie, probabilmente sarebbe morto di fame prima di vincere un anello.»

«Oh, ho sentito le storie dell'orrore sui tentativi alla griglia, e di come servisse ai ragazzi bistecche più simili a dischi da hockey.» In effetti, avevo notato che nessuno dei giocatori di hockey della città era presente.

«Vedo che è il mio numero uno a tenerti compagnia. Tiene le mani a posto?» si informò il signor Kingmans con gli occhi che brillavano di malizia. Sembrava di essere abbracciata e minacciata allo stesso tempo da un orso.

«Sempre, signore.» Chris fece un cenno al padre, l'immagine dell'innocenza. Dovetti trattenere una risata.

«Bene. Ma non mi dispiacerebbe se non lo facesse.» Il signor Kingmans annuì e mi posò una mano carnosa sulla spalla.

Chris quasi si soffocò con il drink mentre io arrossivo, arrivando a un colore che rivaleggiava con i pomodori maturi. Il signor Kingmans rise di cuore e diede una pacca sulla schiena a Chris prima di andarsene, lasciandoci in un silenzio imbarazzato.

Dopo un momento, Chris si schiarì la gola. «Mi dispiace per mio padre, Trix.»

«Tuo padre è fantastico» riuscii a mormorare cercando di ritrovare la calma. Quell'uomo era terrificante e confortante allo stesso tempo, come un treno merci vestito con un costume da orsacchiotto.

Un attimo dopo si udì il *ding ding* di un bicchiere e Johnston e Marie Manniway salirono su una piccola piattaforma a lato della stanza. «Benvenuti a tutti all'inaugurazione della migliore steakhouse di Denver. Non sono bravo con i discorsi, quindi mi limiterò a dire grazie per essere venuti e la cena è servita.»

Marie sorrise a ogni parola e gli diede un dolce bacio. Sentii una fitta al cuore nel vedere quanto quei due fossero innamorati. Volevo la stessa cosa prima o poi.

Non che lo avrei mai ammesso ad alta voce.

Le porte della sala da pranzo si aprirono e Chris tese il braccio. «So che c'è una scala che conduce a un balcone con solo qualche tavolo. Possiamo stare un po' in pace, spiare le celebrità e spettegolare quanto vogliamo lassù.»

«Oh, amo un uomo capace di rivelarmi gli scoop.»

Chris mi lanciò uno sguardo strano, ma solo per un secondo, poi mi guidò verso le scale e su un balcone con una vista perfetta della stanza. I camerieri erano pronti per noi e altre due coppie, ma i tavoli erano separati da divisori trapuntati, quindi sembrava quasi di essere soli. Ordinammo un drink e, dopo il primo sorso, finalmente mi rilassai un po'.

Chris lanciò la prima notizia bomba. «Okay, non guardare adesso, ma il concorrente numero uno del reality show di pasticceria è proprio qui.»

«Che cosa? Come faccio a non guardare? E dov'è?» sbottai con le sopracciglia che quasi scomparivano nell'attaccatura dei capelli.

Chris si avvicinò. «Non indovinerai mai chi è stato invitato all'edizione delle celebrità.»

«Aspetta, faranno un'edizione con i vip? Questo significa che non è necessario che sappiano cucinare. Chi? Dimmi, dimmi.» Morivo dalla voglia di saperlo. Chris aveva sempre i migliori pettegolezzi.

«Johnston» sussurrò crogiolandosi nella vittoria di aver condiviso il miglior scoop della storia.

«Non ci credo» strillai reprimendo a malapena una risata. «Non riesce nemmeno a tostare il pane senza dare fuoco alla cucina. Sarà un disastro. Un bellissimo disastro da vedere.»

Chris rise. «Esatto. Non vedo l'ora di guardarlo provare a preparare una torta mentre canta e fa il giocoliere. Gli ascolti dello show stanno per salire alle stelle.»

Ci facemmo travolgere dal divertimento, lasciando che la serata si svolgesse intorno a noi, un vortice di sfarzo e glamour, atleti famosi e celebrità. Mi divertii davvero tanto.

***

Ecco perché la mattina dopo mi svegliai con i postumi di una sbornia e le orecchie che fischiavano. No, un attimo, quello era il telefono. «Pronto?»

«Qualcuno si è divertito troppo ieri sera.» Lulu stava decisamente ridendo di me.

Non avevo una risposta adeguata. «Mnhrhvagh.»

«Tiro a indovinare dicendo che è per questo che sei in ritardo?» Il tono non era più così scherzoso.

Mi tirai la coperta sopra la testa per bloccare la luce. «Oggi non lavoro.»

«Vero, ma hai detto che mi avresti coperto le spalle al comitato di pianificazione della reunion.»

Oh, no. Avevo promesso a Lulu, o meglio, ero stata costretta ad accettare, di aiutarla nell'organizzazione del ritrovo decennale del liceo. Non parlavo con nessun compagno di scuola da dopo il diploma. Non mi era dispiaciuto lasciarmi quelle stronze alle spalle.

Ma Lu mi aveva convinta che questa riunione fosse tanto nostra quanto loro. Inoltre, c'era la raccolta fondi di beneficenza che ogni classe faceva ogni estate. Speravo di aiutare la scuola a rifornire la biblioteca con qualche libro pubblicato dopo il 1955. Essere in ritardo per il primo incontro non avrebbe aiutato la mia causa.

Soprattutto se Rachel fosse stata nel comitato e, a meno che non si fosse trasferita in Siberia, ero certa ci sarebbe stata.

Mi presentai alla riunione ancora mezza addormentata e del tutto impreparata alla gelida accoglienza che mi aspettava. Non che quelle ragazze fossero state calde e accoglienti al liceo, ma non mi aspettavo nemmeno che si trasformassero in stronze 2.0.

«Ah, ecco la nostra ultima celebrità» tubò Amanda, capitano della squadra di golf e perenne spina nel fianco dieci anni fa, dal posto accanto a Rachel, a capotavola. Rachel si limitò a fissarmi con un sopracciglio alzato.

Non erano cambiate per niente. Le acconciature biondo platino erano perfette, quella di Rachel era formata da morbide onde che avrebbero fatto ingelosire una sirena, Amanda aveva la stessa coda di cavallo che sfoggiava dieci anni prima.

E, dannazione, avevano ancora quei sorrisi compiaciuti che avevo sempre trovato irritanti. Un coro di risatine echeggiò nella stanza mentre prendevo posto sulla sedia vuota accanto a Lulu.

«Scusate il ritardo» mormorai, cercando di ignorare il moto di nausea e il dolore alla testa.

Mi incuriosì il fatto che l'*Ape Regina* numero tre non fosse presente. Forse Lacey aveva commesso qualche crimine atroce, come essere gentile con qualcuno, e le era stato detto che non poteva più sedersi al tavolo delle ragazze popolari.

«Stiamo rivedendo il budget. Vogliamo assicurarci che la nostra classe organizzi la più grande raccolta fondi che la Saint Ambrose abbia mai visto» cominciò Rachel con una dolcezza esagerata che mi fece venire l'amaro in bocca. Mi aveva preso in giro abbastanza al liceo da riconoscere quel tono. Stava per dire o fare qualcosa di decisamente cattivo.

Perfetto. Quello era il motivo per cui non volevo essere lì. Ormai ero un'adulta. Non mi importava più cosa pensassero di me Rachel, Amanda o qualunque altro compagno di liceo. Ero brava, fantastica, felice di quello che ero diventata.

Era esattamente il tipo di meschino dramma liceale che speravo di evitare. Ma ormai era troppo tardi per tirarsi indietro. Avevo promesso a Lulu che ci sarei stata ed ero determinata a non lasciarmi scuotere dalle *Api Regine*.

Se non erano cresciute, non era un mio problema. Ora che indossavo quell'armatura mentale, potevo gestire qualunque cosa stesse per lanciarmi.

«Sei la nostra arma segreta, Bea» continuò Rachel, le labbra arricciate in un sorrisetto mentre usava il mio vecchio soprannome. «Abbiamo pensato di organizzare un'asta di scapoli, ed è tutto grazie a te.»

Prima che potessi rispondere, Amanda frugò nella borsa e tirò fuori una copia del giornale del mattino. Lo sbatté sul tavolo con uno svolazzo trionfante. Lì, in prima pagina, c'era una foto di me e Chris sul tappeto rosso, con un aspetto davvero troppo intimo per essere solo amici.

«È così che ieri sera ti sei ritrovata con lo scapolo più ambito di Denver all'evento della stagione, vero? Hai vinto un concorso o sborsato una bella somma, no?» Lo sguardo di Rachel si incastrò nel mio, aveva un sorriso predatorio. Ero certa che volesse aggiungere altro oltre all'insinuazione che avevo pagato per una serata fuori con Chris. «Sono sicura che puoi darmi il suo numero, a meno che non abbia cenato e sia scappato a gambe levate da quel piccolo appuntamento.»

Ridacchiarono tutte, ma sentii Lu al mio fianco, tesa e pronta a dar battaglia.

Le afferrai la mano per trattenerla e mi ritrovai a sbottare: «Be', sono certa che Chris sarebbe disposto ad aiutare per una buona causa. Ma non metterò all'asta il mio fidanzato.»

Nella stanza calò il silenzio, tutti gli occhi erano puntati su di me. Quasi non potevo credere alle parole che mi erano uscite dalla bocca, ma ormai non potevo più riprendermele.

CAPITOLO 5

Il guru dell'amore

CHRIS

Tirai fuori il telefono dalla fascia che indossavo mentre mi allenavo e chiamai l'unica persona che avrebbe preso sul serio la mia eterna cotta per Trixie e mi avrebbe dato una mano.

Dopo ieri sera, avevo finito di cazzeggiare. Ero innamorato di lei e non volevo più essere suo amico. Sapevo benissimo il rischio che comportava. Avrei potuto perderla per sempre. Poteva mandarmi a quel paese, proprio come aveva fatto l'ultima volta che le avevo chiesto di uscire. Ma non eravamo più ragazzini, ora le conseguenze sarebbero state molto più gravi.

Chiedere aiuto al mio fratellino mi uccideva, ma la disperazione richiede misure drastiche e io ero ben più che disperato.

Everett era il guru dell'amore della famiglia. Era sempre pieno di donne che gli mangiavano dal palmo della mano. Alla quarta chiamata senza risposta, perché non si degnava neanche di alzare il telefono come una persona normale, iniziai a correre verso casa sua. Era solo a un isolato, ma prima di presentarmi lì avrei voluto sapere se fosse in compagnia femminile. Come accadeva quasi tutte le sere.

Trixie e io avevamo lasciato Manniway's prima di tutti gli altri Kingmans, quindi potevo solo supporre che avesse, in effetti, trovato una donna single da corteggiare.

Cercai di nuovo il numero e gli mandai un messaggio, tutto in maiuscolo, intimandogli di rispondere o sarei entrato con la chiave che sapevo teneva nascosta nello gnomo verde sulla veranda. Non poteva dire di no. Possedevo la casa e gliela affittavo tramite la mia azienda, come facevo con la maggior parte delle persone che vivevano nel quartiere di Mustang Plains.

«Che c'è? Perché mi stai chiamando? Odio quando lo fai. Non puoi mandare messaggi come fanno tutti gli altri?» Era chiaro che l'avevo svegliato. Si comportava come un bambino.

«L'ho fatto. Non hai risposto.»

«Perché sono le sette del mattino. Il ritiro non inizierà prima di altre due settimane. Lasciami dormire, stronzo.» Come diavolo facesse a festeggiare tutta la notte rimanendo un atleta di prim'ordine sfidava le leggi della fisica. E mi faceva sentire vecchio.

«Non ti chiamo per obbligarti a correre con me, sono già qui, quindi vieni ad aprire questa dannata porta.»

C'era una piccola macchina sportiva bianca parcheggiata nel vialetto. Le auto sportive non facevano per Everett. Non ci entrava nemmeno. Nessuno di noi Kingmans ci entrava. Ci fu una lunga pausa in cui non disse una parola. «Dammi un minuto e vieni sul retro.»

Okay, quello era di certo un codice per avvisarmi che c'era una ragazza in casa e non voleva obbligarla alla camminata della vergogna di fronte a me. Non me ne fregava niente di come o dove gli altri scegliessero di divertirsi. Ma va bene, avrei dato loro la privacy necessaria.

Saltai la staccionata e andai a sedermi su una delle sedie a sdraio accanto al barbecue. Rimasi seduto per tre secondi in tutto, poi cominciai a camminare avanti e indietro sotto il pergolato, mi sedetti di nuovo, ricominciai ad andare su e giù. Feci del mio meglio per non premere la faccia contro la porta scorrevole in vetro per sbirciare se lui e la sua ragazza fossero già scesi prima di sedermi ancora una volta.

Un secolo dopo, Everett si lasciò cadere sulla sedia accanto a me con solo un accappatoio avvolto intorno alle spalle, per il resto nudo come quando era venuto al mondo, con una tazza di caffè in mano. «È meglio che tu abbia una buona ragione per essere qui. Stavo per darmi da fare. Stavo per bagnarmi il cazzo. Ancora.»

«Se il tuo uccello si bagna ancora di più, si accartoccerà come le dita quando resti troppo nella vasca da bagno.» Faceva più sesso dell'intera linea difensiva e offensiva dei Mustang messe insieme.

Alzò la tazza di caffè per fare un brindisi e annuì. «Ai cazzi rugosi.»

«Il mio no di certo.» *Merda.* Non avrei dovuto dirlo. Regola numero uno dei Kingmans: non lasciare mai che vedano i tuoi punti deboli.

Strizzò gli occhi per guardare la luce del mattino e bevve un sorso di caffè. «Bagnato o rugoso?»

«Nessuno dei due.» *Fanculo.* Dovevo tapparmi la bocca.

«Se è questo il motivo per cui sei qui, posso sistemare la cosa. Ho almeno cinque ragazze in rubrica che sarebbero ben felici di farti un pompino, ti ringrazieranno pure.»

Sospirai. «Sei davvero pessimo.»

«Pessimo, ma pieno di divertimento. A differenza tua.» Inclinò la tazza verso di me e bevve un altro sorso come se questa non fosse la conversazione più importante della mia vita.

Non stavo dicendo nulla e questo attirava l'attenzione di Everett più di quanto avrei voluto. Si sedette con la schiena dritta sulla sedia e si concentrò su di me come se stesse aspettando che gli passassi la palla. «Non vuoi che ti procuri una ragazza, vero?»

Mi alzai, mi avviai verso il cancello, mi fermai dopo tre passi e mi voltai. Essere un codardo non mi avrebbe dato quello che volevo. E dopo la sera prima, ero più sicuro che mai di volere Trixie. Non solo nel mio letto, anche se non avevo dubbi che mi avrebbe fatto impazzire, la volevo nel mio cuore. Più precisamente, volevo entrare nel suo.

Ecco perché dovevo chiedere aiuto. Perché quello che avevo fatto negli ultimi dieci anni mi aveva relegato nella fottuta *friendzone.*

«Be', merda. Finalmente lo farai. Finalmente dirai a Trixie che la ami.»

Ero a un soffio dal negare. Era quello che facevo da molto tempo. Ma io ed Everett avevamo trascorso un sacco di tempo, dentro e fuori dal campo, prestando attenzione a ciò che pensava l'altro. Questo era il motivo per cui avevamo la percentuale di passaggi riusciti più alta del campionato. Il più delle volte sapeva cosa stavo pensando ancora prima di me. Ero andato da lui per chiedere aiuto e mi avrebbe dato una mano a mettere a punto un piano o gli avrei infilato la testa nel water. «Sei un idiota. Non mi limiterò ad ammettere che sono innamorato di lei. Devo conquistarla e questo richiede una buona strategia di gioco.»

Mi fissò a lungo, non ero sicuro se stesse pensando o se i postumi della sbornia e la mia ammissione di provare dei sentimenti per Trixie gli avessero mandato in tilt il cervello. Bevve un lento sorso di caffè, lo appoggiò sul tavolino e si strofinò le mani. «Sei nel posto giusto, fratello. Conquisterai quella ragazza in un attimo e la farai saltare nel tuo letto, uhm, intendo cuore.»

Oh, Dio, in cosa mi ero cacciato?

Everett si sporse in avanti. «Aspetto tu me lo chieda da quando si è trasferita nella casa accanto quando eravamo bambini.»

La famiglia di Trixie comprò la casa accanto alla nostra quando avevo dieci anni. «Non essere così drammatico.»

Mi fissò aspettando che ammettessi di essere un idiota. «Non mentire a te stesso. Sei innamorato di lei dal momento in cui ti ha battuto a minigolf nelle pozzanghere di fango. Lo sapevano tutti. Anche mamma.»

Quelle parole mi colpirono più forte della difesa del Seattle quando cercava di battere il record stagionale di *sack*. Mi abbandonai sulla sedia a sdraio più vicina così forte che il metallo cigolò. Non ero preparato a portare in questa discussione i ricordi di mamma.

«Il fatto che Trixie mi abbia battuto a minigolf non significa nulla, pozzanghere o no. È successo solo una volta.» Ero un campione nel deviare la conversazione da quel particolare argomento.

«Certo, fratello. Continua a ripetertelo.» Everett si appoggiò allo schienale, con un sorrisetto sulle labbra, ma notai lo stesso lampo di dolore dietro il suo sorriso. *Era stato lui a nominarla, cazzo.*

«Bene. Ma chiederle se vuole giocare nel fango con me non mi aiuterà a conquistare il suo cuore. Non che non mi piacerebbe fare una lotta nel fango con Trixie.»

«Potrebbe. Se fai esattamente quello che ti dico.» Mi sorrise e bevve un sorso di caffè così lungo che sapevo stava solo facendo scena, non era possibile ne fosse rimasto così tanto nella tazza. Si stava divertendo troppo.

Non mi ero mai tirato indietro dalle cose difficili. Se non fossi stato in grado di superare il dolore, non sarei stato un atleta professionista di alto livello. Non sarei stato un multimilionario. Di certo non sarei stato in grado di aiutare mio padre a crescere i miei fratelli e sorella più piccoli dall'età di dodici anni.

Ma ero certo che Everett avrebbe reso l'intera faccenda dolorosa, solo per divertimento.

«Okay» sibilai tra i denti.

Posò la tazza di colpo. «Ora, perché cazzo non le hai mai chiesto di uscire?»

«L'ho fatto. E mi ha detto di andare a fanculo, letteralmente.» Non lo avevo mai ammesso con nessuno prima.

Socchiuse gli occhi verso di me. «Ehi, ehi, ehi. Che cosa? Quando? Alla faccia del consenso entusiasta, amico.»

All'età di dieci anni, nostro padre ci fece sedere, ognuno di noi, per farci il discorso sul sesso. Non ho dubbi che si fosse fatto consigliare dalla signora Moore, perché non era stato un semplice "tienilo nei pantaloni" o "assicurati che sia sempre avvolto", con un colpo sulla spalla e fine della chiacchierata.

Aveva dei maledetti diagrammi e ce l'aveva messa tutta per aiutarci a capire che, con lui, non c'era vergogna sull'argomento. Ma il principale punto di discussione era proprio ciò che Everett stava cercando di ricordarmi: il *consenso entusiasta*. "No" non significa continua a insistere finché non dice di sì. Non significa non adesso. Significa NO.

Mi ero scontrato con questo concetto quando avevo pensato di corteggiare Trixie. Ero stato innamorato di lei in tutti questi anni? Sì. Ma non volevo essere lo stronzo che fingeva di essere un bravo ragazzo e un buon amico solo per infilarsi nei suoi pantaloni. Mi piaceva sul serio. Era divertente da morire, anche quando non aveva intenzione di esserlo. Era gentile, senza lasciare che le persone la calpestassero. Anche al liceo, quando doveva affrontare le malefiche compagne di classe, aveva sempre un'innata fiducia nella propria autostima.

Come potevo non amarla? Niente di tutto ciò aveva nulla a che fare con il romanticismo o il sesso. Di certo speravo che, se le avessi chiesto di uscire di nuovo, e avesse detto di no, *di nuovo*, non avrebbe reso il rapporto imbarazzante. Apprezzavo la sua amicizia più di quanto potessi spiegare.

Il rischio di perderla c'era.

Ma la desideravo abbastanza da provarci lo stesso.

Perché volevo che la donna con cui avrei passato il resto della mia vita fosse la mia migliore amica, non solo una bella ragazza o una groupie in cerca dei riflettori.

E il mio fratellino mi stava giudicando, pensando che volessi convincere Trixie con insistenza o manipolarla per farla stare con me. «Perché cazzo pensi abbia aspettato dieci maledetti anni per provare a chiederle di uscire di nuovo, stronzo? È mia amica. Al di fuori della famiglia, è la mia migliore amica.»

«Aspetta. Le hai chiesto di uscire dieci anni fa e ti ha detto di no? Stai giocando un gioco lungo, dannazione.» Scosse la testa verso di me. Vedete? Quello stronzo stava giudicando.

«Non sto giocando solo per divertirmi. Voglio farla impazzire a letto? Ovvio. Ma sono innamorato di lei, della vera lei. Quella che ama le sue strane galline, i reality e la letteratura per bambini, la persona gentile che si preoccupa di rendere il mondo un posto migliore in cui vivere. Ma siamo cresciuti molto da quando avevamo diciotto anni e ci siamo diplomati. Se mi dice di nuovo di no adesso, non distruggerò la nostra amicizia per questo. Dovrò semplicemente andare avanti, cazzo.»

«Bene. Avrei dovuto ucciderti se fossi caduto dal piedistallo di fratello maggiore-barra-bravo ragazzo che tutti ammiriamo.»

Afferrai un cuscino dalla sdraio e glielo lanciai in faccia. «Mi aiuterai o no?»

«Certo. C'è una sola cosa che devi fare.»

Dubitavo ci fosse una magica soluzione miracolosa. «Solo una cosa?»

«Sì. Smettila di fingere che tutto ciò che desideri sia l'amicizia. Lascia che ti veda come qualcosa di più. Ti comporti come se fosse fatta di vetro e che se la tocchi si romperà. Siete amici da quando avevate dieci anni. Ti vede ancora come un bambino. Dimostrale che sei un uomo e che la vuoi come donna.»

Non l'avevo mai fatto, vero? Avevo sempre mantenuto una rispettosa distanza. Solo che, quando eravamo sul tappeto rosso la sera prima, non ci ero riuscito. Avevo dovuto toccarla per guidarla attraverso quel campo minato. Era stato necessario premerle le labbra all'orecchio perché potesse sentirmi al di sopra della folla. Di certo non si era rotta. Era perfetta tra le mie braccia.

Okay, forse il mio fratellino aveva ragione. Non che glielo avrei fatto sapere. «Come ti aspetti che mi comporti con lei? Non posso semplicemente avvicinarmi e strapparle i vestiti di dosso, mettermela sulle spalle e portarla nel mio letto.»

«Cristo, Chris. Prima di tutto, era un po' troppo specifico per non essere qualcosa che hai davvero fantasticato di fare. Scommetto una cazzo di casa che Trixie adorerebbe che te la mettessi in spalla per trascinarla a letto.»

Visto che possedevo la casa in cui viveva, quelle parole non erano solo una scommessa amichevole.

«Se riesci davvero ad aiutarmi a conquistare il cuore di Trixie, e non solo a darmi qualche consiglio idiota, ti darò questa casa, gratis.» Sarebbe stato perfettamente in grado di comprarla se avesse voluto, ma non ero disposto a vendere le mie proprietà a chiunque.

Allungò la mano. «Abbiamo un accordo.»

Risposi alla stretta, stringendo un po' troppo forte solo perché potevo, e chiesi: «Da dove comincio? Rose, gioielli, un cucciolo? No, aspetta, un nuovo pollo?».

«Non abbassarti ai cliché, amico. Invitala a una serata di giochi in famiglia. Difficile comportarsi in modo falso davanti a tutta la famiglia senza essere smascherati.»

Cavolo, era già la prima domenica del mese? La prima domenica di ogni mese della bassa stagione era la serata di giochi da tavolo della famiglia Kingmans. Mamma aveva iniziato la tradizione quando Everett, Declan e io eravamo bambini, e non l'avevamo mai abbandonata. Diventava sempre rumorosa e piena di litigate perché eravamo la famiglia più competitiva sulla faccia della Terra, anche tra noi.

Trix aveva già partecipato, ma solo poche volte. Forse perché più di uno di noi ne era uscito con un occhio nero. Sempre in modo molto divertente, intendiamoci.

«No. Non esiste. Hai detto che dovevo dimostrarle che non sono più un ragazzino, e la serata giochi non è il modo per farlo. Non perderei mai una partita di proposito. Neppure a dama con la mia sorellina.»

«Non c'è niente di più sexy per una donna di un vincitore, fratello.»

Aveva appena...? Il mio fratellino mi aveva fatto un complimento ammettendo che ero un vincitore? *Wow*. «Nel senso che mi lascerai vincere?»

Rise e mi puntò contro lo sguardo di sfida del giorno della partita. «Non credo proprio. In effetti, farò del mio meglio per farti il culo.»

Questo era il peggior consiglio sugli appuntamenti che avessi mai ricevuto in vita mia. Faceva meglio ad avere ragione, maledizione. Ma Everett non aveva mai torto. Non quando si trattava di donne.

Se quella sera avessi perso anche un solo round, lo avrei preso a pugni.

Con le mani tremanti, neanche fossi un novellino, inviai un messaggio a Trixie.

CHRIS: Ehi, Trix. Stasera c'è la serata giochi in famiglia Kingmans. Vuoi venire?

Aggiunsi un'emoji sorridente e poi la cancellai, perché non ero un ragazzino. Un bacio? No, troppo. Lo inviai prima che potessi scrivere qualcosa di stupido. Aspettai fissando il telefono come se potessi imporgli con la mente di squillare con una risposta.
E poi il telefono si illuminò con una notifica.

TRIXIE: Serata giochi? Sembra divertente. Cosa dovrei portare?

Sospirai rilasciando il nervosismo e feci un cenno a Everett per confermare che sarebbe passata. Primo passo, fatto. Ora dovevo pensare al secondo, facendole capire che in me c'era qualcosa di più di un semplice amico. Solo che non avevo la minima idea di come fare.

CHRIS: Niente. Basti tu. Ci vediamo alle sette.

Puntai il cellulare verso Everett. «Hai circa dieci ore per insegnarmi le mosse che mi faranno fare bella figura agli occhi di Trixie, quindi farai meglio a metterti dei vestiti, testa di cazzo.»

CAPITOLO 6

Giochi da tavolo con la famiglia Kingmans

TRIXIE

La serata giochi della famiglia Kingmans era leggendaria nel quartiere. Tirai fuori due impacchi di ghiaccio dal kit di pronto soccorso in cucina e li sistemai nel congelatore per dopo. Per esperienza, ero certa ne avremmo avuto bisogno.

Quando arrivai, casa Kingmans era già in fermento, sembrava più che stessero celebrando un touchdown in una partita in trasferta piuttosto che buffonate intorno a un gioco da tavolo. La famiglia di Chris era sempre stata rumorosa, un entourage entusiasta di fanatici di football che amavano rendere competitiva qualsiasi cosa, dai voti scolastici alle lotte nel fango. Ma quella era la serata giochi, quindi tutto era amplificato.

Chris aprì la porta con un ampio sorriso sul volto prima che avessi la possibilità di bussare.

Sollevai ciò che avevo portato come ringraziamento: una confezione da sei di birra artigianale e un'altra di root beer. Chris non era un grande bevitore nemmeno in bassa stagione, ma, una volta iniziato l'allenamento, la quantità di alcol che ingeriva si abbassava a zero e i due Kingmans più giovani non erano ancora abbastanza grandi per bere. E se c'era qualcuno che seguiva le regole, quello era il clan Kingmans.

Questo mi rendeva ancora più nervosa per la serata. Non che fossi un'imbrogliona o qualcosa del genere. Non mi importava. Ma stavo per chiedere a Chris di infrangere alcune regole per me. «Dietro ogni quarterback di successo c'è una migliore amica amante della birra.»

Sì, lo so, mi sfuggivano cose imbarazzanti quando ero nervosa. La birra non mi piaceva nemmeno.

Mi lanciò uno sguardo strano e prese le bottiglie. «Entra. Stiamo formando le squadre.»

Anche se conoscevo quella casa meglio di quanto conoscessi la mia, mi mise una mano sulla parte bassa della schiena e mi guidò all'interno. Scatenò... diverse emozioni in posti in cui non avrebbe dovuto.

Ci spostammo verso il caos organizzato del soggiorno, attraversammo il corridoio fiancheggiato da foto oltrepassandone una in particolare che aveva sempre attirato la mia attenzione: la famiglia Kingmans, tutti insieme. In primo piano c'era Bridger Kingmans, alto e con quei lineamenti straordinariamente belli che i figli avevano ereditato. Accanto a lui c'era April Kingmans con un sorriso radioso, luminosa e felice, con in braccio la piccola Jules e otto ragazzi, dal bambino piccolo al preadolescente, a circondarli. Chris aveva dodici anni quando fu scattata quella foto e riuscivo già a riconoscere lo sguardo da quarterback negli occhi. Era un momento congelato nel tempo, una testimonianza dello stretto legame della famiglia. E mi aveva sempre straziato il cuore.

Il signor Kingmans mi fece un cenno amichevole e gran parte dei ragazzi gridarono il mio nome in segno di benvenuto. Se mai fosse esistita una grande famiglia rumorosa a cui avrei voluto appartenere, erano i Kingmans. Non eravamo parenti di sangue, ma questo clan molto affiatato mi aveva sempre fatto sentire come se lo fossi.

«Squadre di due persone, gente. Stiamo giocando a Footballopoly. Andiamo, andiamo» gridò Chris battendo le mani per attirare l'attenzione. Mi fece l'occhiolino e mi parve di vedere una scintilla divertita nel suo sguardo.

Si lasciò cadere proprio al centro di uno dei grandi divani che occupava metà della stanza e lasciò giusto lo spazio per me accanto a lui. Diede una pacca al sedile. «Sei mia, Beatrix.»

Beatrix? Non mi aveva mai chiamata così. Mai, a meno che non si trattasse di qualcosa di serio. E ogni volta che partecipavo a queste serate, quasi sempre rimanevo incastrata in squadra con il signor Kingmans o Jules. Chris e i suoi fratelli erano troppo interessati a vincere per giocare con qualcuno a cui non importava davvero.

«Jules, stasera sarai la mia spalla, ragazzina.» Everett afferrò la sorella e la trascinò dall'altra parte della stanza per farla sedere accanto a me e Chris.

Gli altri ragazzi si scambiarono sguardi stranieri, sembravano incuriositi quanto me per quello che stava succedendo. Declan afferrò Isak, il più giovane dei fratelli. «Se voi vi prendete le ragazze come portafortuna, noi avremo il cuscino.»

Una reliquia dei tempi della carriera nel professionismo del signor Kingmans, era stato ricamato a mano da sua moglie e recitava: "In questa casa, sanguiniamo verde".

Declan, Hayes ed entrambi i gemelli si gettarono sul cuscino, ma Deck, con le migliori mosse da linebacker, li bloccò tutti e agguantò il premio tenendolo sopra la testa. Lo lanciò a Isak, che saltò più veloce di quanto qualsiasi essere umano sarebbe stato in grado di fare per afferrarlo al volo sopra le teste di Flynn e Gryffen. «Cazzo, sì. Abbiamo il cuscino fortunato. Adesso siamo in vantaggio.»

I gemelli alzarono gli occhi al cielo e si sedettero uno di fronte all'altro, così Hayes e il signor Kingmans dovettero scegliere tra loro. Tutti si sistemarono ai loro posti mentre Everett e Jules preparavano il gioco sul grande tavolino quadrato al centro della stanza.

Questo era l'unico ambiente della casa a non avere la televisione, anche se si potrebbe pensare che fosse la stanza migliore per guardare le partite. Era stata la signora Kingmans a insistere che ci fosse una stanza in cui non fosse consentito vivere di football, e anche dopo più di quindici anni le cose stavano ancora così. Era scomparsa, ma continuavano a onorarla in molti modi, ogni giorno.

Anche se c'era un intero cinema con uno schermo da un milione di pollici, una macchina per i popcorn, un frigorifero per le bevande e fantasiose poltrone reclinabili nel seminterrato, quello era rimasto l'unico posto libero dallo sport.

Everett stava borbottando qualcosa a Jules mentre preparavano il gioco e lei si sforzava di far finta di non lanciarmi occhiate. *Mmh.* Stavano pianificando un qualche imbroglio proprio sotto il nostro naso. Che sfacciati bastardi.

Chris si avvicinò e mi sussurrò all'orecchio. «Qual è la nostra strategia per vincere, Pulcina?»

Il suo tono era giocoso, basso e... sensuale, l'aria condizionata doveva essersi accesa perché mi era venuta la pelle d'oca.

«Strategia? Vuoi dire oltre alla fortuna cieca mista a un po' di intuizione?» squittii.

«Mmh. Allora stasera saremo fortunati» mormorò come se fosse la versione sexy di una star del cinema romantico, poi prese i dadi, li lanciò e iniziò la partita.

Rimasi seduta lì come un ghiacciolo che si scioglieva mentre il resto delle chiacchiere dei Kingmans si trasformavano in una colonna sonora forte e familiare. Che diavolo stava succedendo?

Stava flirtando con me?
Chris?
Chris Kingmans?
Flirtava?
Con me?
No. No, no, no. Non poteva essere. Era solo il cervello che stava impazzendo, inventando scenari romantici per non sentirmi a disagio per quello che avrei dovuto chiedergli di fare per me in seguito. Sì. Ecco cos'era. Chris avrebbe potuto conquistare qualunque ragazza al mondo, e non era mai stato interessato a me. Era mio amico. Forse il migliore che avessi.

Ecco perché avrebbe accettato di accompagnarmi alla reunion anche se non eravamo nemmeno lontanamente innamorati l'uno dell'altra. Ecco perché avrebbe finto di essere il mio ragazzo. Perché era davvero un buon amico.

Non sarebbe nemmeno stato imbarazzante. Non potevo non chiederglielo, o non presentarmi alla riunione con lui al fianco, non ballare, o... *uffa*. Tutto sarebbe andato bene e senza problemi.

«È il tuo turno, Trixie, e Chris non può più lanciare i dadi. Non mi fido del suo strano atteggiamento di stasera.» Declan era determinato a sfidarlo come dovrebbe fare qualsiasi fratello minore. Li avevo visti scontrarsi e sostenersi a vicenda senza remore per metà della loro vita.

Quella sera, in effetti, aveva davvero uno strano atteggiamento.

Durante la partita, Chris era molto più concentrato su di me che sul gioco. Doveva essere malato. Avere la febbre. Aveva bevuto? Perché non avrebbe mai permesso a nessun altro di vincere una partita di Footballopoly. O qualsiasi altro gioco da tavolo, a dirla tutta.

La sua mano indugiò nella mia quando mi diede i dadi. Al tiro successivo, la sua coscia si appoggiò contro la mia anche se c'era abbastanza spazio per distendersi sul divano. La sua risata mi risuonava nelle orecchie dopo ogni round che vincevamo per pura fortuna. Ciascuno dei suoi tocchi mi trasmetteva un ronzio di energia lungo la schiena, ma continuavo a riderci sopra.

Dopo un'ora avevo sete. Perché faceva così caldo? Con otto Kingmans determinati a vincere a ogni costo che mi circondavano era normale, no?

Lanciai un'occhiata a Jules e mi rivolse uno sguardo d'intesa e un pollice in su. Alzai gli occhi al cielo. Jules e le sue fantasie adolescenziali. Erano solo la partita, la posta in gioco alta, la competizione giocosa, la domanda che dovevo fargli stasera a cui doveva rispondere di sì, altrimenti sarei stata umiliata per sempre di fronte alle mie ex compagne di scuola, che mi stavano facendo sudare.

La competizione tra Chris e Declan era palpabile quanto la strana tensione tra noi. Era qualcosa che cercavo di ignorare, dicendomi che era colpa del gioco, della pressione di vincere, della mia richiesta che avrei fatto a fine serata.

Quando il gioco finalmente raggiunse l'apice e vidi Chris muovere la pedina per schiacciare Declan e Isak, non potei fare a meno di riprendere fiato. Nonostante tutte le prese in giro, le risate, l'energia di casa Kingmans, qualcosa a cui ero stata testimone dozzine di volte, il modo in cui Chris e io avevamo dominato il tabellone, distruggendo squadra dopo squadra insieme, mi aveva emozionato molto più di quanto un gioco da tavolo dovrebbe fare.

Declan non amava perdere, sapevo che non avrebbe evitato un'uscita drammatica. Lanciò il cuscino fortunato a Everett e Jules. «Fareste meglio a sconfiggere quei due.»

Poi, con un sorrisetto stampato in faccia, si precipitò in cucina, prese un paio di birre dal frigorifero e ne lanciò una a Isak facendoci tutti scoppiare a ridere. Isak diede una rapida occhiata a suo padre, tolse il tappo e bevve un sorso. Il signor Kingmans scosse la testa e alzò gli occhi al cielo.

Everett e Jules erano l'unica altra squadra rimasta. Tutti gli altri cominciarono a fare il tifo e a tirarci noccioline da dietro il divano, indecisi su chi scegliere per stare dalla parte di chi avrebbe vinto.

Lanciammo i dadi e, quando uscirono due uno, Chris mi diede una pacca sulla gamba, appena sopra il ginocchio. Mentre Jules faceva la mossa successiva, la sua mano restò lì, il pollice che faceva piccoli movimenti circolari sulla mia pelle. Arrivò di nuovo il nostro turno e Chris si avvicinò: «Devi fare sei o nove, Trix, e vinciamo la serata».

Quella vicinanza era sorprendente. Il calore del suo respiro mi solleticò il collo, facendomi rabbrividire. Scrollandomi di dosso la reazione inaspettata, annuii e scossi i dadi, poi li lanciai al centro del tabellone. La stanza esplose in applausi e fischi.

Ridendo, Chris mi prese in grembo per abbracciarmi. Tra le sue braccia persi il fiato. *A causa di quanto mi stringeva, non perché non mi ero mai seduta sulle sue ginocchia.* «Siamo una grande squadra. Non ti lascerò mai più giocare con nessun altro.»

Quando mi lasciò andare e potei respirare di nuovo, per un secondo rimasi intrappolata nel suo sguardo, le risate svanirono e i nostri occhi restarono fissi gli uni negli altri. Aveva uno sguardo intenso, un sorriso caldo, non potei fare a meno di leccarmi le labbra.

Ma poi sbattei le palpebre e distolsi lo sguardo, voltandomi verso Jules ed Everett. I due si scambiarono un'occhiata strana e Jules annuì. Everett mosse le sopracciglia, si alzò e prese il gioco da tavolo e tutti i pezzi. «Voi due siete i peggiori. Nessuno può battervi. È un vantaggio ingiusto.»

Nessun singolo Kingmans era in grado di accettare la sconfitta. Nemmeno a un semplice gioco da tavolo. La stanza esplose e ne seguì una cacofonia di insulti rivolti a Everett. Tutti intervennero tranne il signor Kingmans, che se ne stava lì con un largo sorriso sulla faccia e beveva un lungo sorso di birra.

Chris mi tirò via dalla mischia, mi trascinò verso la cucina e fuori dalle porte scorrevoli, nel cortile sul retro.

Ero accaldata e feci un profondo respiro nell'aria fresca della notte. Per tutta la serata avevo mentito a me stessa convincendomi che era solo a causa del gioco. Stasera, tra tutte le sere, c'era qualcosa di più tra me e Chris.

Ma ero anche certa di essermi immaginata tutto, perché avevo pensato a lui che fingeva di essere il mio ragazzo nelle settimane successive. Eravamo amici. Solo amici. Ero una sciocca se ci vedevo qualcosa che non c'era. Niente di più.

Il mondo fuori sembrava essere a un universo di distanza, il frastuono della famiglia Kingmans venne sostituito dal dolce sussurro della brezza che faceva frusciare le foglie nel cortile sul retro. Si sedette sull'altalena all'estremità del pergolato e, con un sorriso giocoso, accarezzò lo spazio accanto a lui. «Vieni qui, Pulcina.»

Esitai per un secondo, poi mi accasciai accanto a lui. Un po' più vicino del necessario, ma a Chris non sembrava importare. Anzi, si appoggiò a me, sfiorandomi la spalla a ogni minimo movimento. Pensavo quasi che mi avrebbe abbracciato.

Aveva la voce bassa, appena al di sopra dei suoni notturni dei grilli nell'erba, ma le sue parole rimbombarono nell'aria notturna. «Se continuiamo a vincere in questo modo, inizieranno a pensare che tu abbia un piccolo Kingmans in te.»

C'era un'allusione in quelle parole, vero? Non lo stavo immaginando. Mi soffocai in una risata e gli diedi una leggera sberla. «È ridicolo.»

Si avvicinò, quel tanto che bastava perché potessi sentire il suo respiro solleticarmi la guancia, la gola. Poi abbassò la voce ancora di più. «Lo è? Eravamo in fiamme stasera.»

Quella vicinanza mi stava sconcertando. Ero sicura che la mente mi stesse giocando qualche scherzo, niente di più. Avevo passato tutta la serata a convincermi che proporgli di fingersi il mio fidanzato fosse solo la richiesta di un favore tra amici.

«Forse sì, forse no.» Sussurrai, il cervello mi urlava che quello era il momento perfetto per chiederglielo, ma non riuscivo a trovare il coraggio per farlo.

Il silenzio tra noi era di quel tipo in cui riesci a sentire il battito del cuore echeggiare nelle orecchie. La mano di Chris si alzò e mi afferrò la guancia, girando il mio viso verso il suo. Fissò gli occhi nei miei per un attimo, la sua espressione era illeggibile. Si avvicinò ancora di più, il suo respiro caldo mi sfiorava le labbra, il cuore che mi batteva forte nel petto.

Stava per baciarmi?

Ma poi mi arruffò i capelli e quel sorriso sfacciato gli tornò sul viso. «Be', Beatrix, se mai desiderassi un po' di Kingmans in te, sai dove trovarmi.»

CAPITOLO 7

Un piccolo favore

CHRIS

Trixie mi guardò come se fossi fatto di crack.

Ero a mezzo secondo dal baciarla. Ma il consiglio di Everett di non andare troppo in fretta, l'assoluto bisogno di dimostrarle i miei sentimenti senza farle dimenticare quanto riuscivamo a divertirci insieme, mi fece fare una cosa stupida come arruffarle i capelli.

Cazzo, volevo baciarla così tanto che riuscivo già ad assaporare le sue labbra.

Quella bocca grande e morbida sarebbe stata deliziosa. Sarebbe stato fantastico sentirla contro la mia. Ancora meglio avvolta attorno all'uccello. Non avrei mai potuto darle *un po'* di Kingmans. Avevo *un sacco* di Kingmans sotto la cintura con cui riempirla. Dio, mi stavo comportando davvero da stronzo.

E, ancora una volta, ero fortunato che fuori fosse buio e non mi guardasse in grembo, perché quel gran pezzo di Kingmans che volevo metterle dentro stava diventando più grande di momento in momento.

Rimase in silenzio per un minuto, non poteva essere perché era nervosa. Non la mia Trixie. Si schiarì la gola, la prima parola le uscì un po' stridula. «Ho bisogno di un favore. Un favore davvero enorme.»

Uh, sembrava una cosa seria e non era il momento di flirtare. *Merda.* «Chiedi pure. Ci sono per qualunque cosa tu abbia bisogno. Lo sai.»

Annuì, ma la vidi deglutire con difficoltà. Era davvero nervosa e la cosa non mi piaceva per niente. «Lo so, e mi sento a disagio da morire a chiedertelo, ma lo farò lo stesso. Perché siamo amici da molto tempo e, uhm, quindi penso di poterti chiedere questo. Ehm... ho bisogno di un appuntamento.»

Perché all'improvviso le mie mani stavano sudando così tanto? *Stai calmo, Kingmans.* Sii. Tranquillo. Mi sembrava di essere in ballo per l'anello del Superbowl, sulla linea delle venti yard e tre secondi rimasti sul cronometro, avere pochi secondi mi rendeva sempre nervoso. Beatrix Moore che mi chiedeva un appuntamento non poteva essere peggio.

Solo che lo era. Era la ragazza fatta per me e lo era da quando avevamo dieci anni e mi sgridò perché chiamavo il pallone da football *cotenna* offendendo i maiali, perché anche i maiali hanno sentimenti. C'era voluto solo quello. Potevo dimenticare tutti i consigli assurdi di Everett perché anche lei provava qualcosa per me e finalmente avremmo...

«Ho bisogno che tu finga di essere il mio ragazzo alla riunione del liceo. Lo so, lo so, è imbarazzante, ma devo andarci perché faccio parte del comitato, mi hanno obbligato, e non posso affrontare Rachel, Amanda e Lacey da gattara solitaria, quello che dicevano sarei diventata. O, nel mio caso, la signora delle galline. E forse, per sbaglio, ho detto loro che sei il mio fidanzato, perché hanno visto la nostra foto sul giornale e... non ti dispiace fingere per un paio di piccoli eventi al mio liceo, vero?»

Fingere.

Il sudore sulle mani si asciugò in un attimo, mi si seccò la bocca e il sangue che stava pompando dal cervello all'uccello si congelò.

Trixie voleva che fingessi di essere il suo ragazzo.

Che cazzo significava?

«È strano, lo so. Non devi rispondere adesso, pensaci e basta. Va bene? Hai un paio di settimane prima della riunione, quindi... sì, fammi sapere cosa decidi.» Mi diede una pacca sulla gamba, si alzò e si diresse verso il cancello tra la casa di mio padre e la sua. Me ne rimasi seduto lì, immobile come la squadra che perde la partita.

Non le avevo nemmeno risposto. L'avevo lasciata andare via sentendosi a disagio. *Ben fatto, idiota.*

Avevo quasi sbottato che lo avrei fatto. Fingere di essere il suo ragazzo, anche solo per una notte durante una stupida riunione scolastica, poteva essere un passo avanti nel farle capire quanto potevamo funzionare insieme come più che amici. Si adattava alla perfezione al piano di Everett di trascorrere del tempo insieme e mostrarle quanto potevamo stare bene come coppia, facendola innamorare di me.

Non ti agitare, idiota.

Avevo bisogno di una lunga corsa e di almeno dodici docce fredde. Ma quello che avevo era solo l'ennesima serata di giochi in famiglia, che dovevo passare a torturarmi chiedendomi cosa diavolo fosse successo. Everett avrebbe avuto una giornata campale con questa storia, e dovevo assicurarmi di fare tutto il possibile perché Declan non ne sentisse parlare, altrimenti non avrei mai...

«Trixie Moore ti ha appena chiesto di essere il suo finto accompagnatore al ballo di fine anno?» Declan si appoggiò alla portafinestra aperta, con le braccia incrociate e un sorriso da stronzo sul viso.

Odiosi fratellini che origliano, cazzo.

Misi i gomiti sulle ginocchia e affondai la testa tra le mani. «No. È la reunion del liceo.»

Deck si sedette accanto a me e il peso di due giocatori di football fu quasi letale per l'altalena. Cigolava e il mio fratellino gigante continuava a muovere il culo in ogni direzione cercando di mettersi comodo.

Di sicuro stava solo prendendo il tempo per escogitare un milione di modi per prendermi in giro su questa cosa. Ecco a cosa servivano i fratelli.

«Amico. Devi farlo. È la tua dannata occasione per mostrarle cosa provi per lei.»

Alzai di scatto la testa, prima ancora che il cervello capisse cosa stessi facendo. Essendo i più grandi della famiglia, Deck e io non perdevamo mai l'occasione di infastidirci a vicenda. Tranne che sul campo. Ma quando era importante, ci sostenevamo sempre.

Scosse la testa verso di me. «Cosa pensavi? Che ti avrei preso in giro? Avanti, fratello. Non quando conta davvero, idiota.»

Ah.

«Come fa metà della famiglia a sapere che sono innamorato di Trix? Non ho mai detto niente.»

Deck alzò gli occhi al cielo e sbuffò come se fossi un vero deficiente. «Prima di tutto, in famiglia lo sanno *tutti*. Voglio dire, chi di noi non si è innamorato un po' di Trixie nel corso degli anni? Ma tutti sanno anche che è la tua fottuta anima gemella.»

La grandezza delle parole di Declan era sospesa nell'aria come un passaggio perfetto in attesa di trovare le mani adatte per portarlo in endzone. Il cuore mi batteva forte contro il petto e il sangue mi scorreva nelle orecchie come se fossi davvero sul campo e l'adrenalina mi pompasse nelle vene. La mia anima gemella? Solo sentirle pronunciare ad alta voce mi fece realizzare quanto fossero vere quelle parole.

«Sì, penso lo sia.»

«Va bene, allora qual è il piano?» chiese Deck alzandosi dalla panca, facendola cigolare di nuovo. «Dobbiamo elaborare una strategia, e Dio ti aiuti se sbagli, Chris. Non riguarda solo te, è Trixie. Se le fai del male, dovrai affrontare tutti noi. Siamo tutti protettivi nei suoi confronti.»

Quella era l'ultima cosa che volevo. Mi alzai e gli diedi un pugno sulla spalla. Non avevo parole per ringraziarlo di essere un bravo fratellino in quel momento. Un livido doveva bastare.

«Alleluia, finalmente si è deciso» sbottò Flynn alzando gli occhi al cielo. Saltò giù dai gradini e ci raggiunse nella veranda sul retro, Gryffen era solo due passi dietro di lui. Fantastico, altri fratellini da prendere a pugni.

«Stavate tutti origliando?»

Hayes, Isak e Jules si sporsero da dietro le tende. Everett li afferrò per il colletto uno ad uno e li trascinò nel cortile. «Sì.»

Jules alzò le spalle e si lasciò cadere sulla panchina accanto a me. «Certo che lo stavamo facendo.»

Everett indicò Declan con il mento. «Abbiamo mandato Deck come agnello sacrificale nel caso stessi dando di matto.»

Non riuscivo a pensare all'ultima volta in cui tutti e sette i miei fratelli mi avevano preso di mira. «Non sto andando fuori di testa.»

«Uh, sì invece.» Hayes, che non aveva ancora giocato la sua prima partita con i Mustang, mi guardò di traverso. «Se il tuo piano di gioco è anche solo un briciolo fuori asse, vai fuori di testa, e abbiamo visto tutti Trixie incasinarlo per bene.»

«Se vuoi far crescere questa famiglia, vogliamo tutti farne parte» se ne uscì Jules, come se non mi stesse lanciando una bomba addosso.

Alzai le mani, pronto a chiamare un fallo tecnico. «Fermi tutti. Nessuno ha detto nulla sulla crescita della famiglia.»

Isak mi indicò con una mossa che somigliava da morire a quella che papà ci faceva quando sospettava ci stessimo mettendo nei guai. «Ehi, se pensi di sbatterti Trixie e poi di lasciarla a bocca asciutta, sono qui per dirti che è una decisione che porrà fine alla tua carriera. Perché non ti riprenderai dalle torture che il resto di noi ti infliggerà.»

Lasciai cadere la testa sulle spalle e fissai il cielo attraverso le stecche del pergolato. «Siete tutti un mucchio di teste di cazzo.»

«Tranne me. Io sono una fottuta signora» mi corresse Jules, miss stronzetta.

Quella boccaccia. L'aveva ereditata crescendo con sette fratelli maggiori e nessun'altra donna in casa. Non avrei mai ammesso quanto pensavo fosse adorabile.

«Ma certo mia bellissima principessa, tranne te. Tu sei una fottuta signora.» Li guardai tutti, assicurandomi di catturare ogni singolo sguardo. «È ovvio che non ho intenzione di trattarla in quel modo. Ma non sono ancora riuscito a convincerla a baciarmi, tanto meno a portarmela a letto o a chiederle di sposarmi.»

Declan annuì con aria saggia, come se non avesse intenzione di dire qualcosa per prendermi in giro. Conoscevo quello sguardo. «Mmh, giusto, giusto. Non riuscirai a convincerci che non stai già immaginando una staccionata bianca con una mezza dozzina di piccoli Chris e Trixie che corrono in giro con il loro intero stormo di galline al seguito.»

Ci furono mormorii di consenso da parte di tutti. «Dovete tutti uscire dalla mia testa, cazzo.»

Hayes sorrise e scosse il capo. «Che divertimento sarebbe?»

«Signore, salvami.» Mancavano solo due persone a questa riunione di famiglia improvvisata. E una delle due ci osservava sempre dall'alto. «Cosa ne pensa papà?»

Jules mi diede una pacca sul braccio. «Chi pensi ci abbia mandato a origliare e intervenire se necessario?»

A papà era sempre piaciuta Trix. Lui e mamma erano buoni amici dei Moore. Mi sono chiesto spesso se i nostri genitori avessero mai avuto una di quelle strane chiacchierate sui figli che *si sarebbero sposati da grandi*. Ma se anche papà era nel team Trixie, saremmo andati avanti a tutta birra.

«Bene. Avvicinatevi. Passeremo il resto della serata a elaborare una strategia per il mio grande piano d'amore.» Sarei diventato il miglior fidanzato finto che Trixie avesse mai visto.

«Amico, devi fare il misterioso» suggerì Flynn. Intervenne anche Gryffen: «Sì, tienila all'erta. Le ragazze adorano un po' di intrigo».

«Da quando voi due sapete qualcosa di ragazze? Il vostro ultimo appuntamento è stato un disastro, l'avete organizzato a un festival di fantascienza» ribatté Jules ridacchiando nella sua soda.

I due le lanciarono un'occhiataccia, ma entrambi alzarono le spalle, per niente preoccupati. Flynn sentenziò: «Questa è la strada».

Gryffen lo seguì a ruota. «È il modo migliore.»

Hayes, che per qualche strano motivo aveva in mano un libro di fisica quantistica, intervenne: «Regali. A Trixie piacciono le cose uniche. Comprale qualcosa a cui nessun altro penserebbe».

«Ad esempio, cappelli per le sue galline. Li ho visti su FlipFlop. Sono esilaranti. A Trixie piace ridere» suggerì Isak iniziando già a cercarli sul cellulare. Sia lui che Everett avevano un seguito enorme su quel social. Io, invece, mi rifiutavo persino di scaricare l'app sul telefono.

Jules alzò gli occhi al cielo: «Oh fantastico, un consiglio da parte del ragazzo la cui unica relazione è con i suoi follower online».

Isak si limitò ad alzare le spalle. «Ehi, mi amano.»

«Ragazzi, Chris deve dirle come si sente.» La dichiarazione di Declan provocò un'ondata di silenzio che si diffuse tra tutti. Jules che succhiava l'estremità della cannuccia in modo molto, molto rumoroso, era l'unico suono nel cortile.

Con la coda dell'occhio vidi Everett appoggiarsi allo schienale della sedia con un sorrisetto perplesso sul volto. In qualità di donnaiolo della famiglia, e visto che mi aveva già detto cosa fare, non si era unito a quel caotico brainstorming, optando invece per guardarci arrancare come imbecilli.

«Nessuno ha intenzione di chiedere a Everett?» Hayes finalmente ruppe il silenzio, indicandolo.

«Pensavo di tenere il meglio per ultimo.» A quanto pare, non si era ancora lasciato sfuggire che avevo già trascorso tutta la mattinata a casa sua esaminando quasi lo stesso elenco di idee che tutti avevano appena menzionato.

Il sorriso di Everett durante tutta la conversazione non aveva mai vacillato. «Non ha bisogno di una strategia come durante una partita.»

Mi guardò dritto negli occhi. «Te l'ho già detto, smettila di nascondere i tuoi sentimenti per lei. Trixie ti conosce da anni. Qualsiasi tentativo di essere qualcuno o qualcosa che non sia te stesso al cento per cento sarà inutile. Ti leggerà come fanno Flynn e Gryffen con la loro telepatia gemellare.»

I gemelli si fissarono e poi lanciarono uno sguardo a Everett in perfetta sincronia.

«Inoltre, aspettiamo tutti da anni che tu faccia una mossa. Ora che hai ammesso di provare dei sentimenti per lei, non vediamo l'ora di spingervi e vedervi insieme, soprattutto per farti smettere di sembrare un fottuto cucciolo triste ogni volta che pensi non ti stia guardando.» Declan alzò la birra, brindando ai miei anni di miseria.

La nostra famiglia era sempre stata unita. Ci sostenevamo a vicenda e ci prendevamo cura l'uno dell'altro. La famiglia era tutto. Ma il più delle volte negli ultimi sedici anni, ero stato io ad aiutare gli altri, ed ero più che sopraffatto nel vedere come non si limitavano a dichiarare di essere dalla mia parte, ma erano pronti a unirsi per aiutarmi nel modo giusto.

Uno per uno ricevettero un pugno o una pacca sulle braccia da parte mia. Tutti tranne Jules, che dovette accettare un imbarazzante pizzicotto sulla guancia.

«Va bene, razza di idioti, questo non è affatto un vero piano, e non ho idea di cosa sto facendo.» Dovetti fermarmi solo un secondo e schiarirmi la gola. «Ma con voi che cospirate con me, non posso perdere.»

Avrei potuto, anzi, di certo avrei fatto un casino in almeno tre modi diversi. Non ero abituato a lasciare che Trixie vedesse i miei sentimenti, ma lo avrei fatto. Fingermi il fidanzato mi stava solo dando l'opportunità e la scusa perfetta per passare ancora più tempo insieme. Afferrai la birra di Declan e la alzai, ma non avevo parole per esprimere come questi stronzi ficcanaso mi scaldassero il cuore.

«Per Trixie» suggerì Isak. Era davvero un tenerone travestito da lupo.

Gli altri, tutti seri all'improvviso, alzarono ciascuno il proprio drink. «Per Trixie.»

Reunion del liceo, preparati. La squadra Kingmans è pronta a giocare.

Avrei conquistato il cuore di Beatrix Moore o sarei morto provandoci. Oh. Il mio cuore aveva già perso più di un battito quella sera. Speravo solo che non fosse di cattivo auspicio. Dovevo andare a cercare i miei calzini fortunati da indossare a quella dannata serata.

CAPITOLO 8

La pratica rende perfetti

TRIXIE

«Aspetta, gli hai chiesto di essere il tuo finto appuntamento? Hai proprio pronunciato la parola *finto*?» Lo sguardo che mi rivolse Lulu dallo schermo del telefono mi fece desiderare di averla chiamata invece di aver iniziato una conversazione su Facetime.

«Sì. Non capisco perché ne stai facendo una cosa così importante. Non è stato un grosso problema. Voglio dire, non dovrebbe esserlo. Siamo davvero solo amici. Andrà bene. Benissimo.»

«Non capisco perché non gli hai chiesto di essere il tuo vero appuntamento. È ovvio che è preso da te. L'intera area metropolitana di Denver e chiunque segua i siti di gossip sulle celebrità l'ha visto.» Lu mi agitò la sua copia del giornale di Denver, anche se le avevo espressamente detto di non uscire a comprarne una dopo la riunione del comitato di pianificazione.

Già. La foto che Rachel e Amanda mi avevano sbattuto in faccia era stata vista da tutto il mondo. Avrei di certo dovuto chiedere a Chris come comportarmi con i media ora che mi stavano perseguitando. Avevo ricevuto circa un miliardo di nuove richieste di amicizia su FaceSpace e davvero troppi messaggi. Qualcuno mi aveva persino lasciato un messaggio in segreteria chiedendo un'intervista e un servizio fotografico nuda.

Mia madre sarebbe stata davvero orgogliosa. Uffa.

«Perché siamo amici. Sarebbe come chiedere a te di farmi da accompagnatrice.» Cosa che probabilmente avrei dovuto fare sin dal principio. Quelle bulle ci prendevano di mira anche al liceo accusandoci di essere lesbiche. Se Lulu non fosse già stata sposata con una donna meravigliosa, che adoravo e che era davvero super entusiasta di partecipare a quella serata, forse l'avrei fatto. Sarebbe stato meno stressante di questa bugia in cui mi stavo invischiando.

«Mina dice che possiamo fare una cosa a tre, se vuoi.» Lulu spostò la telecamera in modo che sua moglie, che era in piedi dietro di lei in cucina, potesse salutarmi.

«Grazie, ma ormai è troppo tardi. Mi sono già invischiata in questo disastro. A meno che Chris non dica di no, ovviamente. Ieri sera, quando gliel'ho chiesto, sembrava non gli piacesse proprio l'idea e stamattina non ho ancora avuto sue notizie. Ho detto che gli avrei dato tempo per pensarci. Ma l'ho fatto soprattutto perché non mi rifiutasse su due piedi. Avevo intenzione di offrirgli alcuni dei biscotti di Paul Hollywood più tardi per corromperlo un po'.»

In fondo, non era un impegno a lungo termine. Due serate e un picnic. Potevamo anche saltare il picnic, se davvero non ci voleva andare. In realtà, avremmo potuto saltare anche la cena e il ballo. L'unica cosa di cui avevo davvero bisogno era che si presentasse alla raccolta fondi. Dovevo ancora chiedere se lui e qualcuno dei suoi fratelli avrebbero preso in considerazione la possibilità di donare qualcosa.

Non avevo nessuna intenzione di organizzare una dannata asta di scapoli. Che schifo. Dato che Rachel mi aveva incaricato della raccolta fondi, avremmo fatto quello che volevo io. Punto e basta.

Dio, quella ragazza tirava fuori il peggio di me e lo odiavo. Non eravamo più al liceo, non ero un'adolescente che stava ancora cercando di capire chi e cosa voleva essere, e avevo smesso di preoccuparmi di ciò che pensavano o dicevano i bulli molto tempo fa. O almeno pensavo di averlo fatto.

Mi sarebbe servita qualche bella perla di saggezza vecchio stile di mia madre in quel momento. Era la regina delle massime di vita contro gli stronzi. Ma lei e papà erano a una specie di ritiro sessuale tantrico sull'Himalaya o qualcosa del genere.

«Bene, cosa ha detto quando glielo hai chiesto?»

Oh. «Non ha ancora risposto. Gli ho detto che poteva pensarci. È stato imbarazzante.» Cosa a cui non ero abituata con Chris.

«Sono scioccata. Scioccata, lo ammetto.» Lulu non lo era, in realtà. Lo sguardo al cielo e il tono impassibile erano molto più forti delle parole.

Non sapevo cosa avrei fatto se avesse detto di no. Non lo avrebbe fatto, però. Non poteva. *O forse sì?* Non c'era così tanto imbarazzo tra noi dall'estate prima del college. All'epoca ero arrabbiata e ferita e me l'ero presa con lui quando stava solo cercando di essere gentile.

Dopo quella sera non ci eravamo più parlati molto e avevamo quasi perso del tutto i contatti quando ero partita per il college in Wisconsin. Ma quando ero rientrata a Thornminster, un paio di anni fa, eravamo tornati a essere culo e camicia e non aveva mai accennato a quanto fossi stata scortese quella notte, nemmeno una volta.

Come direbbe Anna dai capelli rossi: "Alcune persone sono solo spiriti affini". Chris e Lulu erano i miei. Non importava se non ci sentivamo per qualche ora o qualche anno, potevamo sempre riprendere da dove avevamo interrotto.

Avevo appena distrutto quell'affinità oltrepassando i confini dell'amicizia? Probabile. Era stato davvero stupido da parte mia. L'amicizia di Chris significava di più che mostrare a Rachel che non ero una pazza amante delle galline.

«Credo sia meglio chiamarlo e dirgli di dimenticare tutto. Non so a cosa stessi pensando.» Potevo gestire il disprezzo e le provocazioni delle ragazze che pensavano di essere ancora al liceo meglio di quanto mi sarei sentita se avessi rovinato la relazione con uno dei miei migliori amici.

«Io so cosa dovresti fare, ma Mina dice che dovrei tenere i miei pensieri per me e lasciarti capire tutto da sola.» Riuscivo ancora a vedere Mina sullo sfondo, aveva le braccia incrociate e stava annuendo.

«Mina è cattiva.» Feci la linguaccia a entrambe.

Lulu scosse le sopracciglia. «Lo so. Non è sexy?»

Erano dannatamente dolci e innamorate, e la cosa mi rendeva felice, ma allo stesso tempo mi faceva soffrire. Cercavo di non pensarci, tanto meno dirlo ad alta voce, ma nel profondo ero terrorizzata dall'idea di non poter mai sperimentare un amore del genere.

Tranne con Luke Skycocker. Mi amava, anche se nessun altro uomo mi voleva più che per vantarsi.

«Credo lo chiamerò e...» Cosa avrei detto? *Stavo scherzando?* Avrebbe capito subito che stavo mentendo. E Chris odiava le bugie. Che disastro.

«Dagli la possibilità di rispondere prima di negare l'intera faccenda. Sono certa che dirà comunque di sì. Quando mai ti ha negato qualcosa?»

Non dovetti rispondere perché Luke iniziò a cantare e a dare di matto. Era migliore di qualsiasi cane da guardia quando si trattava di avvisarmi del pericolo di estranei in casa. «Devo andare, c'è qualcuno.»

Salutai Mina e riattaccai prima che loro due potessero trattenermi con altre stronzate. Erano bravissime in quella particolare abilità. Ed è a questo che servono gli amici.

Trovai Luke intento a inseguire Chris nel cortile sul retro. Chris faceva finta di voler cucinare il mio gallo allo spiedo, ma in realtà credo che a entrambi piacesse prendersi in giro a vicenda. Luke si tuffò verso le scarpe di Chris, che lo superò con un salto e corse verso il recinto. Li avevo visti giocare a questo gioco una mezza dozzina di volte prima. L'obiettivo di Chris era ingannare Luke e portarlo nel pollaio, quello del gallo era fare buchi in qualsiasi vestito o lembo di pelle disponibile. O fare la cacca sulle scarpe di Chris. Un gran divertimento.

Quel giorno fu Chris ad avere il sopravvento. Teneva la principessa Laya sotto il braccio come un pallone da football e questo fece innervosire Luke. Sapevo di essere la sua ragazza preferita, ma nessuno poteva scherzare con le sue galline. Mi sedetti sul gradino più alto della veranda sul retro per godermi la scena. «Corri, Luke, corri.»

Chris mi lanciò un'occhiataccia solo per tornare a concentrarsi sul saltellare, nel tentativo di far inciampare Luke. Il gallo aveva qualcosa nel becco e non riuscivo a capire cosa.

Chris si precipitò verso il pollaio e, proprio all'ultimo momento, mise giù Laya dandole una piccola pacca sul sedere per farla starnazzare e correre oltre il cancello. Le altre si avvicinarono per salutarla e Luke si fece distrarre dalla banda femminile. Lanciò a Chris uno sguardo che diceva chiaramente "traditore", ma quello chiuse il cancello muovendo le dita per salutarlo. Era uguale al gesto che regalava al pubblico quando segnava un touchdown.

Mi appoggiai allo scalino, felice di non dover più sistemare le galline prima di uscire. «Grazie. Stavo per rimetterlo nel pollaio prima di andar via.»

Chris si lasciò cadere accanto a me, era ansimante e arruffato, come se avesse attraversato una battaglia, per quanto breve. Aveva una macchia rosso-arancione sul collo e un'altra che gli correva lungo l'avambraccio. Non era sangue, era di un colore diverso. Lo guardai socchiudendo gli occhi. «Quello è... rossetto?»

Non mi piaceva la strana sensazione che sentivo al pensiero che fosse stato con una donna.

Chris si toccò il collo e abbassò lo sguardo sulla mano e sul braccio concentrandosi sulla macchia rossa. «No, è salsa per le alette di pollo. Ne ho portato con me un pacchetto per provocarlo, ma ha saltato e me lo ha strappato di mano.»

«Mi stai dicendo che Luke Skycocker ti ha aggredito con salsa piccante?»

Annuì con solennità. «Mi è corso incontro, con il pacchetto stretto nel becco. L'ha scosso come una foto Polaroid. Ma non preoccuparti, non è quella forte. Non penso sia ancora pronto per passare a quella piccante.»

Dovetti coprirmi la bocca per non scoppiare a ridere. Mi guardò torvo e alzò gli occhi al cielo come se l'intero incidente non fosse al cento per cento colpa sua. «Dove sei diretta? Non stai andando al lavoro.»

Indossavo una maglietta con l'immagine di un pollo e i miei jeans preferiti. Abbigliamento non adatto alla biblioteca. «No, stamattina vado a fare volontariato. Ho il turno di chiusura in biblioteca stasera.»

Si limitò ad annuire e guardò il prato. Era una bella mattinata limpida che ci permetteva una magnifica vista dei Flatirons e delle Montagne Rocciose. Fissai il panorama per un po', non era del tutto imbarazzante, ma tra noi non c'era nemmeno il solito atteggiamento rilassato e confortevole. Aspettavamo entrambi che l'altro dicesse qualcosa sulla notte scorsa.

Mi schiarii la gola. Ero con Chris, non con un ragazzo a caso dopo un'avventura di una notte. «Non devi venire alla mia riunione scolastica se non vuoi. Non intendevo metterti in una posizione strana.»

Ero davvero molto vicina al cominciare a blaterare in preda all'imbarazzo, ma mi interruppe. «Sì.»

«Sì?» Sì, l'avevo fatto sentire strano e in obbligo, oppure sì, sarebbe stato il mio finto appuntamento? Non so perché, ma non riuscivo a chiederglielo in modo diretto. *Perché all'improvviso era così difficile parlare?*

«Sarò il tuo finto appuntamento, Trix...» Fece una pausa, non mi piaceva il "ma" che sapevo sarebbe arrivato.

Merda. Lo avevo fatto sentire a disagio, mi sarei davvero arrabbiata con me stessa se questo avesse cambiato la nostra intera amicizia. Era una delle persone più importanti nella mia vita. Il mio migliore amico. Ma molte amicizie tra ragazzi e ragazze sono state rovinate a causa del sesso. *Non che gli avessi chiesto di fare sesso con me.* Oh Dio, stavo impazzendo nell'aspettare quel "ma".

Guardò nella mia direzione, poi di nuovo verso il panorama, dovetti mordermi la lingua per lasciargli dire quello che aveva bisogno di affermare prima di peggiorare la situazione.

Mosse la testa da un lato all'altro, allungando il collo. Era davvero in difficoltà. Aprii la bocca per rinnegare l'intera faccenda e pregare di non incasinare tutto ancora di più, ma riuscì a terminare il pensiero prima che potessi parlare. «Sai che sono un pessimo bugiardo, quindi, se vogliamo farcela, dobbiamo fare pratica.»

«Pratica?» A quanto pare, avevo dimenticato come avere una vera conversazione, perché tutto quello che riuscivo a fare era porre domande ripetendo l'ultima parola che aveva detto. Il mio cervello era entrato in un tornado all'idea degli *esercizi* con cui avremmo dovuto fare pratica. Nessuno c'entrava con il football e tutti con i baci. Gli amici non si baciano. *Neanche per fare pratica.*

Uffa. Visto? Avevo rovinato la nostra amicizia. Cosa c'era di sbagliato in me?

«Esatto. Se mi devo presentare con te e ballare e fingere di essere più che amici, dovremmo passare un po' di tempo insieme, comportandoci come se stessimo davvero, sai, insieme. Se non lo facciamo, manderò tutto a puttane.»

«Oh. Tipo... vuoi che usciamo insieme?» Immagino che potessimo definire l'uscita da Manniway un appuntamento. Ma quella non era stata né la mia intenzione né la sua. Certo, mi ero vestita bene e avevamo cenato da soli, ma non era stato romantico.

Se questo è ciò che proponeva, potevo farcela. E significava anche che non avevo rovinato la nostra amicizia. *Forse.* Continuava a non guardarmi.

«Se tra un paio di settimane vogliamo convincere le *Api Regine* che sono il tuo ragazzo, dovremo dare il massimo. Guardarci profondamente negli occhi, tenerci per mano e... tutta quella roba lì.»

Tutto? Decisi di ignorare ciò che quelle parole stavano facendo al mio basso ventre. Di certo era solo fame.

«Le *Api Regine*? Non ci credo che te lo ricordi.» Rachel, Amanda e Lacey si erano autoproclamate così al liceo. La mascotte della nostra scuola era un'ape, visto che la scuola prende il nome da Sant'Ambrogio, santo patrono degli apicoltori. Quelle tre facevano di tutto per tenere sotto controllo il loro alveare.

Forse me ne ero lamentata in passato, ma non mi aspettavo che ricordasse il nome o quanto fossero state orribili con me. Io non ero sicura di ricordare di chi fosse amico a quel tempo.

«Certo che lo ricordo. Non posso dimenticare le ragazze che ti hanno reso la vita un inferno. Non voglio che abbiano il minimo dubbio che ciò che c'è tra noi è reale al cento per cento, né voglio dar loro modo di darti fastidio. Quindi, ci eserciteremo finché stare insieme non diventerà una seconda natura.»

La maggior parte dei giorni mi sentivo comunque così stando con lui: quando guardavamo la TV o giocavamo a giochi da tavolo o altro. Aveva ragione, però. Mi ero sentita a disagio quando i riflettori erano puntati su quel tappeto rosso e, anche se non ci sarebbero stati i fan e la stampa dei Mustang, ci sarebbero state di sicuro molte persone che scattavano foto e scrutavano ogni nostra mossa. Dopotutto Chris era famoso. Soprattutto a Denver. Avevo trascorso appena dieci minuti sotto i riflettori e già stavo cercando di capire come nascondermi.

«Hai ragione. Ma potremmo iniziare con qualcosa di non troppo... pubblico?» Non che avessi qualche suggerimento. Era una celebrità ovunque andasse. Tranne per me e la sua famiglia. Per noi era solo Chris.

Abbassò le spalle ed emise un sospiro che non credo avrei dovuto notare. Era davvero nervoso per questo? Chris Kingmans non era mai nervoso. Era sicuro di sé e deciso, sempre. «Okay. Sembra una buona idea. Soprattutto considerando il modo in cui il telefono è esploso dopo la foto da Manniway.»

«Oh, mio Dio, anche il mio. Volevo chiedertelo ieri sera, ma... uh, me ne sono dimenticata.» Dato che ero concentrata nel chiedergli qualcos'altro.

Tirai fuori il cellulare e gli mostrai il numero rosso che indicava la presenza di quattordici messaggi in segreteria. Non avevo risposto a nessuna chiamata che veniva da numeri che non conoscevo e avevo ascoltato solo alcuni messaggi. Erano tutti giornalisti. Come se volessi che la mia vita venisse diffusa su tutti i giornali e su Internet. *Assolutamente no.* «Come gestisci il fatto che le persone siano così coinvolte negli affari tuoi? Ti prego, dimmi che finirà.»

Fece una smorfia e scosse la testa. «Mi dispiace. Ho incaricato la responsabile delle pubbliche relazioni di lavorarci con il mio agente per tenere tutto sotto controllo. Davvero, non pensavo saremmo finiti in prima pagina.»

Si bloccò prima di guardarmi dritto negli occhi. «Ma probabilmente non se ne andranno se ci vedranno di nuovo insieme.»

«Oh. Sì. Giusto. Ma non credi che alla stampa interesserà la mia reunion del liceo, vero?» Anche se ero certa che le altre ragazze avrebbero fatto carte false per quel tipo di attenzione. Forse avrei potuto usarla a mio vantaggio.

Mi prese la mano e mi strofinò il pollice sulle nocche nel tentativo di calmarmi. Solo che quel tocco mi mise ancora più in agitazione. «Be', in un certo senso si preoccupano di quasi tutto ciò che faccio. Ma ci ho pensato. Potremmo chiedere alle pubbliche relazioni di annunciare che sto uscendo con una ragazza del posto. A meno che non sia troppa pressione per te. Andrebbe a braccetto con i tuoi piani malvagi. Devo comunque sentire il mio agente per una pubblicità di macchine a cui sta lavorando, sarà entusiasta di raccontare una storia d'amore nella mia città natale.»

Cavolo. Questa finta relazione stava diventando molto più pubblica di quanto avessi pianificato. Più persone lo sapevano, più era probabile che qualcuno scoprisse che era tutto un inganno. Ma che scelta avevo a quel punto? «Certo, va bene. Purché i paparazzi non comincino a farsi vedere a casa mia.»

Spazzai via le mie e le sue preoccupazioni con un'alzata di spalle, anche se, in tutta onestà, avevo lo stomaco annodato per il nervosismo. Ero stata io a chiedergli di fingere di essere il mio ragazzo.

«Tranquilla, appena capiranno che non sei una celebrità, tranne per gli adolescenti in biblioteca ovviamente, useranno solo la nostra foto da Manniway altre cento volte.»

Meglio così. Non ero mai stata più felice che il solo pubblico che dovevo affrontare nel mio lavoro fosse fatto da adolescenti quando usciva l'ultimo romanzo sui vampiri. «Questo mi fa sentire meglio. Quindi, dovremmo pianificare il primo *allenamento* ora?»

Questo "appuntamento" con Chris, anche se finto, aleggiava tra noi caricando l'atmosfera di una tensione che non avevo mai sentito prima. Gli lanciai uno sguardo furtivo. Mi stava fissando con espressione illeggibile. All'improvviso, l'aria intorno a noi sembrava troppo calda, eravamo troppo vicini. Deglutii sentendo le guance riscaldarsi.

Sarebbe stato più complicato di quanto pensassi.

«Che ne dici di fare un'escursione? Potremmo fare un salto a Chautauqua, magari fare un picnic? Lontano dagli occhi del pubblico, solo io e te. Basso rischio, alta ricompensa» suggerì.

Adoravo il parco e lo spazio aperto, nascosto proprio accanto ai Flatirons. «Possiamo andare domani? Ho promesso che oggi avrei fatto volontariato al Rooster Rescue. Quei poveri polli hanno bisogno di tutto l'amore possibile.»

Chris rise e scosse la testa come se non fosse del tutto sorpreso da quel programma. «Bene, allora. Diamoci al salvataggio dei galli. Ma se tentano di uccidermi, la colpa è tua.»

CAPITOLO 9

Galli e Flirt

CHRIS

«Ciao anche a te, Foghorn» tubò Trixie tenendo uno dei galli vicino a sé. Il pollo strillò arruffando le piume rosso vivo e si appoggiò a lei affondandole il becco proprio in mezzo alle tette. *Bastardo fortunato.*

Stavo osservando la scena dalla stalla da quando ero stato incaricato di riempire le mangiatoie. «Quel gallo si sta approfittando di te, Trix.»

In quel momento avrei voluto avere il culo coperto di piume, solo per il modo in cui stava coccolando quell'uccello. Anche io volevo quelle attenzioni. Quello pseudo-appuntamento non stava andando come avevo sperato. Ero del tutto favorevole ad aiutare gli animali, ma sembrava una delle solite uscite tra noi.

Dare da mangiare alle galline e raccogliere la loro merda non era il modo più romantico per avere un contatto ravvicinato e personale. Ma era quello che adorava, quindi lo avrei fatto con un sorriso sul viso. Sempre tenendo gli occhi aperti per ogni opportunità di dimostrarle che ero più di un semplice amico.

Mi guardò, gli occhi le brillavano di divertimento. «Sono dolci se sai come trattarli bene.» Il gallo gracchiò di nuovo, quasi come se fosse d'accordo.

Dio, era adorabile. Trixie avrebbe potuto convincere un alce alla carica a darle un po' d'amore solo sbattendo le ciglia. «Mi odiano, è chiaro che mi manca il tocco magico con i polli.»

Ero stato beccato almeno una dozzina di volte da quando eravamo arrivati. I coach si sarebbero divertiti a rimproverarmi per aver trattato il mio corpo come qualcosa di diverso da un tempio. Durante quella giornata mi convinsi sempre di più del motivo per cui i polli erano migliori come cena che come animali domestici.

Trixie rimise con attenzione Foghorn a terra. Il gallo mi guardò male prima di mettersi a beccare alcuni insetti invisibili nella terra e allontanarsi impettito.

Si concentrò sulla lista di cose da fare. «Okay, prossimo compito. Sembra che dovremo pulire il pollaio.»

Non avevo idea di come flirtare con lei in quell'ambiente, ero certo che stavo fallendo in modo spettacolare. Stava prestando molta più attenzione ai galli. Aveva chiacchierato con ognuno di loro, li aveva accarezzati e, per la millesima volta, ero geloso del pollame.

Le mie capacità di flirtare erano arrugginite, ma non potevo rivedere le registrazioni dei precedenti tentativi per individuare i punti deboli o esercitarmi sotto l'occhio vigile del coach. Forse avrei dovuto far venire Everett o Declan con noi, così da poter fare un'analisi dopo.

Ma ero da solo, dovevo cambiare piano di gioco.

«Sì, certo. Ma prima, puoi venire qui e dare un'occhiata a questo?» Le feci un cenno, come se avessi riscontrato qualche problema. Il vero problema era la mia libido. Quando si avvicinò per capire cosa mi preoccupasse, le lanciai una manciata di paglia come un bambino di quattro anni che cercava di convincerla a prestarmi attenzione.

Lo so, davvero maturo. Ma funzionò.

Trixie sussultò, poi rise e afferrò due manciate di fieno, e me le lanciò addosso. Fui bravissimo, se posso farmi i complimenti da solo, a fingermi del tutto sorpreso e offeso. «Oh, e guerra sia.»

Presi due enormi manciate e mi voltai verso di lei, saltellando sui piedi come se stessi cercando un ricevitore, solo per darle un po' di vantaggio.

Strillò e saltò via. «Non osare, Christopher Bridger Kingmans.»

Osai. Osai di brutto. Non solo le gettai un'intera manciata sopra la testa, ma le infilai l'altra dentro la maglietta. Se fossi stato fortunato, l'avrei aiutata a togliere la paglia dal reggiseno più tardi.

«Oh mio Dio, te la farò pagare.» Trix si lanciò in avanti e mi sorprese del tutto afferrandomi la cintura.

Mi bloccai, pregando che quella mano scendesse nei pantaloni, invece ci infilò una manciata di paglia.

«Basta, tregua» gridai ridendo e saltellando, cercando di scuotere la paglia quando un pezzo particolarmente affilato finì dove non batte il sole.

Trixie mi sorrise, gli occhi le brillavano di malizia. Ma quel luccichio mi diceva che era ben lungi dall'essere finita. «Hai iniziato tu.»

Era l'unica che mi avesse mai battuto ai miei stessi giochi. Ma questa volta avrei vinto. L'avrei conquistata. Le rivolsi il mio miglior sorriso e strizzai l'occhio. «Sì, l'ho fatto. Sei pronta per rotolarti nel fieno adesso?»

Trixie rise sbuffando. Le uscì perfino un piccolo grugnito. «Questa è la peggiore battuta di sempre. Dai, dobbiamo finire prima che sia ora di andare.»

Si allontanò e mi fece cenno di seguirla. Cosa che feci, ovviamente.

Ero riuscito a laurearmi, cazzo, ero il quarterback di una squadra di football vincente, multimilionario, piccolo imprenditore e affettuoso fratello maggiore, eppure non riuscivo a capire come affascinare la persona più dolce, formosa e intelligente. La donna più gentile che avessi mai conosciuto.

Fanculo.

Foghorn, il gallo, trotterellò verso di me e mi rimase accanto intanto che entrambi guardavamo i fianchi di Trixie ondeggiare mentre camminava verso i pollai. Guardai in basso sperando di trovarci una spalla fatta di... piume, ali? Quel dannato gallo mi guardò e mi beccò sui piedi. «Va bene, va bene, piccola peste, vado. Trix, aspetta.»

Ci dedicammo al resto delle faccende che il rifugio ci aveva assegnato continuando a giocare e a scherzare, ma avevo bisogno di qualche suggerimento prima di tentare di flirtare di nuovo con lei. Stavo mettendo in dubbio il consiglio di Everett di essere solo me stesso. Le piacevo già, ma non mi amava. *Mmh. Forse potevo fermarmi a prenderle delle rose durante la corsa mattutina del giorno dopo.*

Trixie andò ad avvisare che ce ne stavamo andando, ma tornò con una signora in tuta con una vecchia macchina fotografica. Nessuno si era preoccupato di chi fossi quando eravamo arrivati, il che era stato perfetto per poter passare del tempo insieme senza che nessuno ci guardasse. Ma forse non era la strada giusta da percorrere. Se fossimo stati sotto gli occhi del pubblico nelle prossime settimane, saremmo stati costretti a comportarci di più come una coppia.

Indicò il cartello lì vicino con il nome del rifugio, dove era appollaiato il gallo Foghorn. Dove altro poteva essere? «Ehi, i proprietari si chiedevano se ti dispiacerebbe fare una foto. Potrebbero postarla sui loro social media? Di sicuro attireresti moltissima attenzione e questo porterà donazioni e...»

«Mi sembra fantastico.» Trascinai Trixie oltre il cartello, le avvolsi un braccio attorno e la spinsi nella classica posa di un casquè, ma non la baciai. *Non. La. Baciai.*

Fissai quegli scintillanti occhi azzurri. Avrei dovuto farlo. *Avrei dovuto baciarla, cazzo.*

Al momento giusto, la proprietaria fece scattare la macchina fotografica. Sentii lo svolazzare delle ali di pollo che passava proprio sopra le nostre teste e la signora tubare: «Oh, siete davvero adorabili».

Ero certo fosse lo scatto perfetto, finché Foghorn non mi atterrò sulla testa e mi affondò gli artigli nel cuoio capelluto. Urlai fino a farlo volare via. Io e Trixie cademmo a terra, rotolai per proteggerla, sopportando il peso della caduta sulla schiena e stringendola tra le braccia. Atterrò sopra di me e la tenni contro il petto un po' troppo a lungo.

Un formicolio mi colpì come una fiammata alla consapevolezza di ogni centimetro delle sue curve che mi si modellavano addosso. Era una sensazione più potente dell'adrenalina che di solito mi scorreva nelle vene il giorno della partita. I capelli le profumavano di fieno e sole, il corpo era caldo e morbido tra le mie braccia. Era Trixie, la mia migliore amica, ma era anche la donna di cui ero perdutamente innamorato.

In quel momento, con la sua risata che ancora mi risuonava nelle orecchie e il corpo premuto contro il mio, il pericolo di quello stratagemma mi colpì dritto allo stomaco lasciandomi senza fiato, come se mi avessero appena placcato.

«Chris?» La sua voce era dolce, interrogativa. Si aggiustò gli occhiali che erano andati di traverso nella caduta e mi fissò, con gli occhi spalancati e vulnerabili. Lo aveva sentito anche lei? Il cambiamento nella nostra dinamica, l'attraversamento di una linea dalla quale non avremmo mai potuto tornare indietro del tutto?

«Stai bene?» La lasciai andare troppo velocemente e mi alzai in piedi per aiutarla.

«Sì, tutto a posto.» Sorrise, ma aveva negli occhi un lampo di confusione.

Una parte di me voleva confessarle tutto in quel preciso istante, dirle come mi sentivo e cosa volevo. Ma non era quello il piano. Prima le avrei dimostrato il mio valore. Così, invece, spazzai via la paglia e la polvere dai vestiti e mi sforzai di ridere. «Foghorn ce l'ha con me, vero?»

La proprietaria, con la macchina fotografica ancora in mano, guardava me e Foghorn, che si pavoneggiava come se fosse il proprietario del posto. «È solo un vecchio romantico. Gli piace assicurarsi che le galline che ama siano protette. Immagino ti somigli» se ne uscì con voce dolce e premurosa.

Quelle parole mi colpirono come un pugno prima ancora che potessi riprendere fiato. Era quello che stavo facendo? Stavo proteggendo ciò che amavo, anche se rischiavo di perderla? La posta in gioco non era mai stata così alta e il gioco non era mai stato così reale. Non stavo entrando in campo per diventare l'amante di Trixie. Stavo cercando con tutto me stesso, anche se ero senza speranza, di entrarle nel cuore.

Mi affrettai a fare una donazione al rifugio che gli permettesse di nutrire i loro animali per il resto del mese.

Tornammo indietro, le battute e le risate di prima erano scomparse. I confini di ciò che stavo facendo, i piani che mi stavo impegnando a seguire, si erano confusi e le emozioni inespresse tra noi erano un disastro. Non era quello che volevo. Quel finto appuntamento avrebbe dovuto avvicinarci.

«Ti sei divertita?» Sapevo che lo aveva fatto, ma stavo cercando di valutare le sue reazioni a quel silenzio scomodo in cui eravamo finiti.

Trixie mi guardò con un lampo di sorpresa negli occhi. «Certo. Mi sono divertita molto, tu no?»

«Sicuro.» *Merda.* Non sembrava convincente.

Si morse il labbro in modo adorabile. «Ma... non sembrava un appuntamento, vero?»

«No. Non sono così sicuro che Foghorn sarebbe d'accordo, però.» Non ero riuscito a flirtare, non si poteva dare un bacio come si deve nel mezzo dell'aia. Non a lei, comunque.

Trixie si picchiettò il dito sulla bocca, non credo avesse idea di come mi stesse facendo impazzire attirando di continuo l'attenzione sulle sue labbra. Fece un mormorio pensieroso e sospirò: «È solo che è troppo facile essere me stessa con te. Forse non dovrei andare alla reunion e basta. Posso dire loro che...».

Okay, avrei analizzato a fondo tutta quella faccenda del "è troppo facile essere me stessa" più tardi con i ragazzi. La cosa più importante era assicurarsi che non si tirasse indietro.

«Non esiste, tesoro. Siamo qui per vincere. Questo è stato solo il primo allenamento, è chiaro che abbiamo del lavoro da fare. Ma non mi dispiace. Mi piace flirtare con te.» *O la va o la spacca.*

Le guance di Trixie diventarono rosa, e non per essere stata al sole. Bene. Se arrossiva al pensiero che flirtassi, forse non ero così lontano dalla strada giusta. Dio, stavo andando fuori di testa. Non ero mai stato così indeciso su cosa fare nella mia fottuta vita.

«Stavi flirtando con me oggi?» Strinse le labbra cercando di trattenere un sorriso.

Visto? Quelle labbra. Ancora. Cosa avrei dato per baciarle.

«Immagino dovrò impegnarmi di più.» Scossi la testa e ridacchiai fingendo di non morire dalla voglia di assaggiarla.

Quando mi fermai davanti a casa sua non mi sfuggì la riluttanza con cui mi salutò. Mi allontanai, ma non andai verso il mio vialetto a dieci metri di distanza. Avevo la mente piena di confusione e desiderio. Una sensazione simile al nervosismo che avevo provato quando ero stato selezionato, quando avevo dovuto mettermi alla prova per la prima volta, mi colpì.

Dovevo fare qualcosa di fisico, meccanico, per riuscire a pensare. Puntai l'auto verso il centro di allenamento. Il campo non sarebbe iniziato per altre due settimane, ma ciò non significava che non potessi allenarmi. Lo sforzo intenso e il sudore erano esattamente ciò di cui avevo bisogno.

Avrei solo desiderato di sforzarmi e sudare con... *No, se avessi lasciato la mente vagare, sarei stato costretto a farmi una doccia fredda invece che allenarmi.*

Perché non ero sorpreso nel vedere il pick-up di Declan davanti alla palestra? Si stava già allenando. Probabilmente lo faceva da tutta l'estate. Cercava sempre di anticiparmi.

Declan non era solo, c'erano anche Everett e Hayes, ognuno impegnato nei propri esercizi. «Avete dimenticato di chiamarmi per dirmi che iniziavano gli allenamenti?»

«Ehi, rubacuori» mi salutò Everett mentre entravo e lanciò un pallone nella mia direzione.

Avrei dovuto prenderlo con facilità, ma quasi mi scivolò tra le dita. La mente era ancora su Trixie e sul modo in cui le sue labbra mi provocavano.

«Sembra che la testa di qualcuno non sia concentrata. Com'è andata con Trix?» Declan lanciò uno sguardo d'intesa prima a me e poi ai ragazzi.

«Non chiedere. Sto fallendo miseramente» brontolai tirando la palla a Everett.

Hayes batté le mani, indicando a Everett di lanciargliela. L'afferrò e la scosse prima di puntarmela contro. Quel ragazzo un giorno mi avrebbe sostituito grazie a quelle mani e alle osservazioni silenziose. «Ne dubito. Raccontaci cosa è successo. Possiamo rivedere la strategia.»

Declan alzò le mani e Hayes gli passò la palla. «Esatto. E dirti dove hai fatto un casino.»

«Mi sono paralizzato. Non so più come comportarmi con lei.» Alzai le mani e Deck mi lanciò la palla. La passai a Everett, non avevo voglia di risentire il suo consiglio sull' "essere me stesso". «Ho fatto un lavoro schifoso cercando di farle vedere in me qualcosa di più di un semplice amico. So che mi hai detto di andarci piano, ma devo convincerla presto, prima della reunion.»

Prima che tutta quella farsa si sgretolasse e perdessi quell'unica possibilità.

Everett scosse la testa, l'incredulità sul volto. *Merda.* Questo era il motivo per cui i fratelli più grandi non dovevano chiedere consiglio ai fratelli minori. Doveva essere il contrario, stavo mandando in frantumi l'immagine da perfetto fratello maggiore che avevano di me.

Everett mi diede una pacca sulla spalla e lanciò a Hayes, ma non smise di parlare. «Ti avevo detto di essere naturale, non una fottuta lumaca malata d'amore. Andiamo, Chris. Sei un quarterback stellare. Prendi il comando in campo, prendi decisioni in pochi secondi, sai come giocare. Hai fatto lo stesso con il tuo business immobiliare, lo fai quando ci sfidiamo ai giochi da tavolo. Perché lasci che questa situazione ti intimidisca?»

«È diverso. È mia amica. Non voglio rovinare il nostro rapporto» protestai, anche se sapevo che aveva ragione.

Declan rise. *Mi rise in faccia, cazzo.* «Fratello, la tratti come se fosse di vetro. Smettila di camminare sui gusci d'uovo intorno a lei. Sii te stesso, sii fiducioso, sii audace. Se la vuoi, inseguila come insegui un touchdown, o quella casa all'angolo tra Park Place e Boardwalk che volevi acquistare.»

Hayes si mise la palla sotto il braccio e annuì in segno di consenso. «Smettila di giocare in difesa, non sei così. Sei Chris, il fottuto Kingmans, e giochi sempre in attacco, cazzo.»

Ero abbastanza sicuro che "fottuto" non fosse il mio secondo nome.

Declan prese la palla da Hayes, cominciò a correre e me la spinse addosso. «Sei nella *friendzone* da troppo tempo e hai paura di cosa accadrà se ne esci. Ma se non lo fai, non saprai mai quanto potrebbe essere bello, idiota.»

Dannazione. Quando erano diventati così intelligenti? Le loro parole mi colpirono proprio al plesso solare. Sapevo che avevano ragione.

Okay. Dovevo smettere di trattare Trixie come se fosse un premio irraggiungibile, e andare come un treno verso ciò che volevo. Era quello che facevo sempre, e di solito funzionava.

Tranne la notte in cui le chiesi di uscire dieci anni fa.

Afferrai la palla e la lanciai in una spirale perfetta attraverso l'intero campo di allenamento e dritta nel contenitore a cinquanta metri di distanza. Il ragazzo arrogante e sicuro di sé che mi aveva portato in cima al mondo del football era esattamente quello che dovevo essere per conquistarle il cuore.

E questa volta non avrei permesso a nulla di ostacolarmi. «Niente più trattenute, niente più ripensamenti. O si innamora di me oppure no.»

Non dovevo permettere che la paura di perderla del tutto, se non avesse voluto una relazione romantica con me, mi fermasse. Non l'avrei persa. Non sarebbe successo. Era la migliore amica che avevo al di fuori della famiglia, e i migliori amici sono i migliori amanti e partner per la vita.

Già, mi era davvero facile vederci insieme per sempre.

«Questo è il Chris Kingmans che stavamo aspettando di vedere, cazzo» esclamò Declan dandomi una pacca sulla spalla un po' troppo forte, come solo un guardalinee difensivo sa fare. «Ora facciamo un vero allenamento e rimettiamo la testa in gioco.»

Alcuni altri Mustang erano lì e trascorremmo le ore successive a fare esercizi e a spingerci a vicenda. Sarebbe stata una stagione fantastica, dannazione. Sarebbe stato ancora meglio se avessi avuto Trix a osservarmi dalla linea delle cinquanta yard, o nel box con le altre mogli e fidanzate.

Certo, guardava le partite, ma sapere di averla lì per me o che avrei potuto tornare a casa dopo e perdermi in lei, mi avrebbe reso ancora più entusiasta di giocare. Giocare e vincere.

CAPITOLO 10

Il buono, il cattivo e il brutto bibliotecario

TRIXIE

Anche se avevo fatto la doccia e mi ero cambiata in un completo da lavoro dopo il primo finto appuntamento con Chris, trovavo ancora pezzi di fieno in posti dove non dovrebbe mai trovarsi della paglia. Penso si fossero incastrati solo per ricordarmi quanto fosse stata strana la mattinata. Era la seconda volta in due giorni di fila in cui pensavo davvero che Chris stesse per baciarmi.

Baciare.

Me.

No, no, era troppo strano. Scelsi di attribuire la cosa al fatto che stava cercando di sforzarsi in tutta quella faccenda del finto flirt. Ma lo aveva fatto anche la sera precedente, *prima* che gli chiedessi di fingere di essere il mio ragazzo. Voleva baciarmi davvero?

Lo volevo anch'io?

Il computer trillò per una notifica via e-mail e quasi caddi dalla sedia. *Oh, porca miseria*. Era giunto il momento della valutazione con Karter. Avevo la testa fuori fase e l'inquietante Karter era l'ultima persona con cui volevo avere a che fare.

Afferrai il taccuino e la penna perché, se avessi fatto finta di prendere appunti, almeno non avrei dovuto guardarlo mentre mi fissava come una fetta di torta in cui voleva infilare il cazzo. Non era mai stato apertamente sessuale, quindi non avevo motivi per sporgere reclamo alle risorse umane, ma mi metteva comunque a disagio.

Il suo ufficio era proprio dall'altra parte dei nostri cubicoli, quindi mi vide arrivare. «Oh, Beatrix. Stavo proprio venendo a cercarti. Entra pure.»

«Grazie.» Mi sedetti e aprii il taccuino sulle ginocchia, feci scattare la penna facendo del mio meglio per trattenere il respiro profondo che mi sarebbe servito per prepararmi a quella conversazione.

«Come va? Come stanno tua madre, la tua famiglia?» Unì le mani e si sporse in avanti, gli occhi guizzarono verso il mio petto e poi di nuovo su.

Oh, Dio. Di certo non avevo mai parlato di mia madre con l'inquietante Karter. Quindi era quello che causava le vibrazioni disgustose che emanava ogni volta che lo vedevo? Proprio come ogni altro ragazzo nella mia vita, Karter aveva visto i video porno di mia madre e si era convinto che sarei stata una copia della mia famosa *hot mama*.

Cosa diavolo c'era che non andava negli uomini? Questo. Questo era il motivo per cui mi piaceva essere amica di Chris e del resto dei Kingmans. Eravamo *amici*.

In tutti gli anni in cui avevo vissuto accanto a loro, mai una volta mi ero preoccupata che potessero pensare di infastidirmi solo perché mia madre lavorava nel mondo del sesso. Per loro era solo un'altra mamma, apprezzata e rispettata.

Mi lasciai andare a quel respiro profondo. Forse stavo esagerando. Ero sempre stata troppo sensibile al modo in cui le persone mi trattavano a causa di mia madre, da quando mi aveva fatto il *discorso sul sesso* per la prima volta e mi aveva spiegato come si guadagnava da vivere.

Non mi ero mai vergognata di lei o di quello che aveva fatto. Adoravo che mi avesse aiutato a crescere con una conoscenza positiva sia nei confronti del sesso che del mio corpo. Ma il resto del mondo mi trattava sempre in modo strano per questo.

«I miei genitori stanno bene. Sono in viaggio all'estero. Possiamo concentrarci sulla valutazione?»

«La tua famiglia è davvero molto interessante. Non credo mia madre abbia mai lasciato lo Stato.»

Okay, forse voleva solo fare due chiacchiere. Bene. «Ah, be', il Colorado è bellissimo e ci sono un sacco di cose belle da vedere anche qui.»

«Vero.» Cliccò sul computer e si concentrò su qualcosa sullo schermo, ma da dove mi trovavo non riuscivo a vedere cosa. «Cos'è questa storia riguardo a una candidatura?»

Uffa. Lulu lo aveva inoltrato anche a Karter? Traditrice. Mi ero quasi dimenticata del premio con tutte le altre follie degli ultimi giorni. Non avevo spazio sufficiente nel cervello per preoccuparmi di tutto, e il nervosismo dell'accettare un premio non era più il numero uno nella mia lista delle ansie. Si aggirava intorno al quinto posto, e cinque cose di cui preoccuparmi erano troppe.

«Già, sono stata candidata come bibliotecario dell'anno nella sezione romanzi rosa per giovani adulti.»

La testa di Karter scattò all'indietro abbastanza da fargli comparire il doppio mento, non mi persi lo sguardo di disgusto. «Per favore, dimmi che non abbiamo libri sugli adolescenti che fanno» si guardò intorno come se si aspettasse che la CIA ci stesse ascoltando «esse e esse esse o.»

Santo cielo. Come poteva quest'uomo essere un bibliotecario? Strinsi i denti trattenendo gli insulti. Non era l'unico bibliotecario che conoscevo a pensare che l'intero genere romance fosse *porno per mamme*. Era uno snob letterario, avrei voluto schiaffeggiarlo con ogni libro che i miei autori preferiti avessero mai scritto.

«Quello non è proprio l'argomento principale dei romance per adolescenti.» Il fatto di doverlo istruire su un'intera sezione della nostra collezione mi sconcertava. Come diavolo aveva ottenuto la promozione a direttore di filiale? «Descrivono quelle sensazioni deliziose e vertiginose della prima volta che ti innamori, è ancora più divertente quando ci sono draghi e battaglie epiche contro il male, società distopiche da contrastare o il patriarcato da smantellare, il tutto mentre si va ancora al liceo.»

Continuava a guardarmi come se mi fosse spuntata una seconda testa fatta di peni. «Giusto, be', forse dovremmo arricchire i classici per la nostra popolazione giovanile, magari qualche giallo in più, e...»

«Manga? Hai ragione, me ne occuperò. Ho anche fatto domanda per un finanziamento che ci darà nuovi fondi per aggiornare il settore dei videogiochi questo autunno.» Ero certa non sapesse nemmeno che l'avessimo quel settore. Quella valutazione era del tutto inutile, come al solito.

«Al Consiglio fa sempre una buona impressione quando riceviamo una nuova sovvenzione. Lavoro eccellente.»

Certo. Perché avevo fatto domanda solo per fare bella figura con il Consiglio. Alzai gli occhi al cielo. «Grazie.»

«Non hai intenzione di andare a questa cerimonia di premiazione, vero?»

Forse la candidatura mi aveva mandato un po' fuori di testa, ma sì, certo che volevo andarci. «Speravo che la biblioteca potesse considerarla una trasferta di lavoro. La conferenza è in Texas.»

«Puoi usare i tuoi giorni di ferie per quello, ma non credo sarebbe appropriato finanziare il viaggio perché, be', non sono sicuro ci siano fondi per qualcosa del genere.»

Il modo in cui gesticolava, perché si sentiva a disagio con i libri scritti da, per e sulle donne, era una delle cose che mi faceva sempre pensare a lui come *l'inquietante Karter*. Avrei potuto registrarlo come un marchio, perché non sarebbe mai cambiato. «No? Hanno finanziato i biglietti di due colleghi che sono andati alla convention di fantascienza e fantasy. Non vedo perché sarebbe diverso, tranne che ci rappresenterei come candidata al premio, e non solo come partecipante.»

Dovevo comportarmi in modo civile, perché Karter era il mio supervisore, ma non avevo intenzione di lasciar perdere un affronto del genere. Sapevo di essere un'eccellente bibliotecaria, tanto da aver aumentato la partecipazione degli adolescenti, da quando avevo iniziato, e avevo fatto un ottimo lavoro promuovendo l'alfabetizzazione *anche* facendo conoscere la narrativa popolare come il romance. Meritavo quella nomina, dannazione, e la biblioteca e il Consiglio avrebbero dovuto essere orgogliosi di quel riconoscimento, non cercare di nasconderlo sotto il tappeto come vecchi, repressi, *imbecilli*.

Avrei voluto usare una parola diversa per descrivere la gente come Karter, ma ero una bibliotecaria professionista con un vocabolario enorme pieno di molte parole appropriate per il posto di lavoro.

Karter si diede di nuovo da fare cercando qualcosa sul computer. «Ci penserò.»

«Ottimo.»

«Il resto della valutazione è nella norma, come al solito hai ottenuto un punteggio elevato in tutte le categorie. Se dai un'occhiata e firmi in fondo, abbiamo finito e siamo pronti ad archiviare il tutto.»

Vigliacco.

«Sono felice di sentirlo.» Diedi una letta veloce, ne avevo fatti abbastanza per sapere più o meno quale fosse il mio punteggio standard. Firmai e gli restituii i documenti. «Se abbiamo finito, devo programmare alcune cose prima di dedicarmi ai clienti.»

«Solo un'ultima cosa, ho pensato che ti avrebbe fatto piacere sapere che il sito web della biblioteca è stato bombardato di visite durante il fine settimana, in particolare la pagina che elenca il personale. Secondo gli informatici, il tuo profilo è stato cliccato quattrocentonovantadue volte. Sembra che il tuo appuntamento, pubblicato ieri sul giornale, stia attirando nuovi clienti.»

Anche se sei ore prima non avevo fatto colazione, mi venne uno strano bruciore di stomaco. «Ah. Interessante.»

Non sapevo cos'altro dire, sul serio. Non ero sicura di dove fosse andata a finire tutta la mia spavalderia. *Ehi, spavalderia, vieni qui ragazza, dove sei?*

«Penso di sentire il telefono che squilla.» Mi voltai e corsi attraverso l'ufficio per tornare alla scrivania il più velocemente possibile. Non appena seduta, aprii Google, feci uno screenshot della foto del mio profilo sul sito della biblioteca ed effettuai una ricerca inversa delle immagini.

Okay, apparì la pagina della Biblioteca di Thornminster. Ma insieme a quella c'erano ben altri 4972 risultati. Oh, mamma mia, stavo per vomitare.

C'erano anche alcune delle pochissime foto che avevo pubblicato su FaceSpace. Non c'era da stupirsi che avessi ricevuto richieste di amicizia a destra e a manca. Poi c'era la foto di me e Chris sul giornale, che, a quanto pare, era stata ripubblicata da diversi siti di gossip.

Buon Dio, ero sui tabloid. I titoli non erano così brutti come pensavo. Alcuni non avevano potuto fare a meno di sfruttare il disprezzo della società per i corpi meno che perfetti, ma sapevo che era meglio non preoccuparsi di ciò che pensavano le persone stupide. Era chiaro, però, che almeno due terzi di Internet erano interessati a noi in modo assurdo.

In quella immagine non sembravamo *solo* amici, e questo significava che anche mia madre avrebbe pensato la stessa cosa, cavolo. Afferrai subito il telefono dalla borsa e aprii l'app di messaggistica. Sì, eccolo lì.

MAMMA: Ciao, tesoro. Solo un breve messaggio dall'aeroporto. Ehi, avresti dovuto avvisarmi che tu e quel gioiello di un Kingmans vi siete messi insieme! Che emozione. Assicurati di usare molto lubrificante, perché sono certa sia piuttosto grande. Vi mando qualcosa di divertente che ho trovato in Thailandia. Ne riparleremo tra qualche settimana!

Oh, no. Prima di tutto, la storia era arrivata fino in Thailandia? E cercare di spiegarle cosa stava succedendo in un messaggio non avrebbe funzionato.

TRIXIE: Ciao, mamma. Ci sentiamo su Facetime quando ne hai la possibilità. Saluta papà da parte mia.

Era troppo vago, ma non volevo dire niente che potesse essere interpretato come qualcosa che non era. Era troppo facile leggere un tono che non c'era in un testo. Sospirai. Se c'era mai stato un momento in cui avevo avuto bisogno di fare due chiacchiere con mia madre, era proprio quello. Mi avrebbe ordinato di tirare fuori la testa dal culo, ma l'avrebbe detto con quel suo strano modo di essere mamma e amarmi che mi avrebbe aiutato nel migliore dei modi.

Ero pronta a spegnere il telefono quando suonò di nuovo per un messaggio. Era di Chris.

CHRIS: Tu, io, la partita di baseball dei Mountaineers domani sera. Ci stai?

Sarebbe stato quello il prossimo finto appuntamento? Una partita di baseball era molto più pubblica del rifugio per galli. Ma forse era ciò di cui avevamo bisogno. Un luogo in cui non potevamo essere gli stessi vecchi e sciocchi noi stessi, senza essere del tutto sotto i riflettori. Avremmo potuto esercitarci meglio a comportarci da coppia.

Gli risposi.

TRIXIE: Ci sto. Hai visto le nostre foto sui tabloid?

I tre puntini che indicavano che stava scrivendo apparvero, scomparirono e riapparvero di nuovo. O aveva molto da dire su quelle foto o non sapeva cosa commentare.

CHRIS: No. Ho imparato a non guardare molto tempo fa. Non prestare loro alcuna attenzione. Ti assicuro che non hanno nulla da dire che interessi a te o a me.

Ecco cosa adoravo di lui. Così famoso che avrebbe potuto apparire nelle scatole di cereali, e non sembrava nemmeno accorgersi che il mondo intero voleva sapere con chi usciva. O in questo caso, con chi *non* stava uscendo, anche se nessuno aveva bisogno di saperlo.

Fu allora che la realizzazione mi colpì dritto allo stomaco, come se un pugno di ghiaccio mi avesse stretto l'intestino. Il mondo intero pensava che stessimo insieme. Cosa sarebbe successo dopo la reunion? Avremmo dovuto continuare la finzione? O, peggio, inscenare una rottura?

Perché, oh, perché, la mia vita sembrava la trama di una soap opera di bassa lega?

Probabilmente perché mi ero comportata come un'adolescente che cercava di farsi bella davanti alle *Api Regine*. Se fossi stata davvero la giovane professionista sicura e intelligente che pensavo di essere, avrei ammesso le menzogne e mi sarei dimessa dal comitato di pianificazione o, ancora meglio, avrei reso l'evento un successo indipendentemente dallo stato della mia vita amorosa.

Ma Rachel si aspettava di vedere i piani finali per la raccolta fondi al nostro prossimo incontro di sabato e, dopo il vortice che mi aveva colpito quel fine settimana, non avevo nemmeno iniziato. L'unica cosa di cui ero certa era che non avremmo fatto un'asta di scapoli. Sapevo come assicurarmi che l'evento di quest'anno fosse il migliore che la scuola avesse mai visto.

Inviai un altro messaggio a Chris.

TRIXIE: Tu e i ragazzi potreste donare qualcosa alla raccolta fondi per la Saint Ambrose? Pensavo di organizzare un'asta silenziosa.

Perché da qualche parte dentro di me ero ancora quella liceale persa e vittima di bullismo che cercava di mostrare alle ragazze cattive che era degna della loro attenzione.

Dannazione.

Al lavoro, ero una tosta. In tutti gli altri aspetti della vita? Non così tanto. Non so perché non potevo essere sempre la Bibliotecaria Wonder Woman.

CHRIS: Ci siamo, tesoro. Qualunque cosa ti serva.

Tesoro, eh? Doveva fare pratica con i nomignoli da finto fidanzato.

TRIXIE: Grazie, cucciolo. No, è orribile. Dolcezza? Piccolo? Orsacchiotto?

Riapparvero i puntini nella chat di Chris.

TRIXIE: Ops, devo tornare al lavoro. Chiederò agli adolescenti di consigliarmi i nomignoli migliori. Ah ah.

Misi via il telefono prima di poter vedere la risposta al comportamento strano e imbarazzato che mi ritrovavo ad avere ogni volta che pensavo a tutta la faccenda dei finti appuntamenti. Perché non riuscivo a reagire in modo normale come quando eravamo solo amici?

CAPITOLO 11

Un bacio sulla Kisscam

CHRIS

Avrei potuto chiedere un favore e farci entrare in una suite dello stadio S'mores? Sicuro. Conoscevo almeno una mezza dozzina di giocatori. Ma non lo feci. Perché avevo un piano. Avevo chiesto un diverso tipo di favore, e avevamo bisogno di sederci nel posto giusto perché tutto funzionasse secondo il programma.

Arrivammo in ritardo, apposta. Meno persone si sarebbero mosse sulle scale e sugli spalti una volta iniziata la partita.

Ci dirigemmo fino alla sezione centrale, dove avevo comprato i nostri posti, Trixie si guardava intorno verso le persone che ci circondavano. Non eravamo diretti ai posti privati dove di solito sedevano celebrità e pezzi grossi. «Qui? Sei sicuro?»

Sapeva che la famiglia Kingmans di solito restava fuori dai luoghi pubblici, perché saremmo stati assaliti in un attimo. Amavo i miei fan, ma oggi non era un'apparizione pubblicitaria.

Sedermi proprio in mezzo alla folla non era qualcosa che avrei fatto di solito, ma con il berretto da baseball dei Mountaineers abbassato e una semplice maglietta con dei pantaloncini cargo, non mi stavo proprio presentando come una star dello sport. O almeno ci speravo. Era rischioso perché, se fossi stato riconosciuto, avrei attirato l'attenzione su di noi prima di quanto volessi.

Avevo un piano di emergenza per tenere a bada i fan sovraeccitati dei Mustang, però. Si chiamava Declan, Everett e Hayes. Si erano seduti in posti strategici intorno al mio e sarebbero intervenuti se necessario.

Alzai le spalle e abbassai un po' il cappello. «Sì, andrà tutto bene. Nessuno sa che siamo qui e i paparazzi non sono in agguato dietro ogni angolo in attesa di fotografarci.»

Visto come era andato l'ultimo finto appuntamento, avevamo bisogno di un posto pubblico in modo da non ricadere nei vecchi schemi della *friendzone*. Era troppo facile comportarci come facevamo l'uno con l'altra ogni giorno. Questo avrebbe dovuto spingerci a comportarci come se fossimo una vera coppia.

«Prendo degli spuntini, va bene? Hot dog? Hanno quelli vegani. Vuoi una birra?» Indicai lo stand che era di strada verso i nostri posti.

«Sì, viziami con del cibo delizioso. Ma niente cipolle, questo è un appuntamento. Non posso avere l'alito cattivo.» Mi stava prendendo in giro, ma il fatto che stesse pensando di baciarmi mi faceva uno strano effetto a sud della cintura.

Fino a quel punto andava tutto liscio.

«Giusto, quindi niente nachos con formaggio e jalapeño?» Non lo mangiava nemmeno il dannato formaggio. Lo sapevo. *Perché facevo così schifo nel flirtare con lei?*

Perché questa era molto più che una semplice partita. Forse per lei lo era, ma non per me. E sapevo cosa sarebbe successo durante il sesto inning. Cavolo, avevo i palmi sudati?

No. Dannazione. Dovevo corteggiarla, farla divertire, poi avremmo avuto il nostro primo bacio. *Attieniti al piano, Kingmans.*

Presi gli snack, dovetti dare una mancia di cento dollari al ragazzo che lavorava alla cassa con un dito timido sulle labbra quando spalancò gli occhi per avermi riconosciuto. Abbassai ancora il berretto, presi le birre e i panini e afferrai la mano di Trixie per raggiungere i nostri posti.

Mi guardò sorpresa e il rossore più dolce le balenò sulle guance.

Le strinsi la mano. «Ci stiamo esercitando, piccola. Se mi guardi così alla riunione, ci scoprirebbero di sicuro. Le coppie si tengono per mano, quindi io terrò la tua.»

Guardò le nostre mani e diede una leggera stretta. «Oh. Giusto. Sì. Facciamo pratica. È solo che... non credo nessun ragazzo mi abbia mai tenuto la mano in pubblico in questo modo prima.»

Con che razza di ragazzi era uscita? Avrei voluto dare a ognuno di loro un pugno sulle palle. Di sicuro non potevo farlo, quindi mi sarei concentrato sull'essere un fidanzato così eccezionale da farle dimenticare che gli altri fossero mai esistiti. *Stronzi.*

«Qui allo scoperto?» si accigliò quando la trascinai giù per i gradini fino alla prima fila.

Passammo davanti a una bella famiglia con un paio di bambini, si alzarono tutti in modo che potessimo passare. Erano addobbati dalla testa ai piedi con il merchandise dei Mountaineers, quindi speravo non fossero grandi fan dei Mustang. Il che non era qualcosa che avevo mai sperato prima.

Le sorrisi. «Fidati di me. Questi sono posti fantastici. La maggior parte delle palle arrivano da questa parte e abbiamo una buona visuale sul maxischermo per vedere i replay e, sai, gli scherzetti della mascotte.»

«Hai appena detto "scherzetti"?» Trixie si sedette e afferrò gli snack.

«Ti confido un segreto: adoro tutto quello che fa la nostra mascotte e le do man forte il più spesso possibile.» Mi ci volle un minuto per mettere il culo sulla sedia. Quei sedili in plastica non erano stati realizzati per gli atleti professionisti. Il che significava che non erano fatti nemmeno per fianchi rigogliosi come quelli di Trixie.

Abbassai lo sguardo e sì, quelle cosce erano premute contro i lati, ma aveva appoggiato i piedi sulla ringhiera di fronte a noi e non sembrava infastidita. All'appuntamento successivo mi sarei accertato dello stato dei posti a sedere. Non volevo si sentisse a disagio solo perché il mondo non era progettato per corpi come il suo o il mio.

Se il piano non fosse dipeso dal fatto che fossimo seduti su quei posti precisi, avrei fatto una telefonata al volo per farci preparare una suite. *Fanculo*. Forse avrei dovuto farlo in ogni caso. Avrei trovato un altro modo per...

Trixie mi diede un colpetto sul braccio e rise in modo gioioso e divertito. «Sei un burlone.»

Okay, stava bene. Stavamo bene. Tuttavia, mi appuntai di essere più consapevole degli spazi in cui l'avrei portata. «Vuoi sapere cos'altro fa ridere?»

Ridacchiò di nuovo, perché era un gioco che facevamo insieme fin da quando eravamo bambini. «La tua faccia.»

«No, la tua.» Risi e le consegnai l'hot dog e la birra. Notai con la coda dell'occhio i miei fratelli in agguato nell'ombra, cercavano di passare inosservati. Rivolsi loro un rapido cenno del capo, assicurandoli che era tutto sotto controllo. Fino a quel momento, almeno.

Quando mi voltai, vidi Trix che stava dando un grosso morso all'hot dog e mi ritrovai a cercare subito una distrazione. O un volantino da mettermi sulle ginocchia. Il ragazzo che vendeva noccioline era lì vicino e lo fermai. Gli passai dei contanti per acquistare un barattolo. La madre della famiglia accanto si allungò sul sedile vuoto tra noi e mi fece l'occhiolino.

Uh. Feci finta di non vederlo. Speravo fosse dalla mia parte e non mi smascherasse. Tutto lo stadio avrebbe saputo che ero alla partita abbastanza presto. Avevo solo bisogno ancora di qualche inning.

«Nocciolina?» chiesi porgendole a Trix.

Aveva la bocca ancora piena di hot dog, ma annuì e si rallegrò mormorando "gnam". Merda. Ci volle tutto quello che avevo per distogliere lo sguardo dalla sua bocca. Afferrai una nocciolina e gliela offrii. «Un gentiluomo fornisce sempre alla sua signora solo le noci migliori.»

Scoppiò a ridere e si portò le dita alla bocca per coprire il cibo che non aveva ancora ingoiato. Ero fortunato a non essere stato preso in pieno da un pezzetto di hot dog. Scosse la testa e deglutì, cosa che attirò tutta la mia attenzione, poi prese lo spuntino dalle dita. «Davvero?»

Ancora una volta, non riuscivo a staccarle gli occhi dalla bocca «Sì. Certo. Chiamami ogni volta che hai voglia di noccioline.»

Mi sarei rimproverato per quella battuta davvero orribile più tardi, ma rimasi affascinato dal modo in cui le luci dello stadio le facevano brillare gli occhi e mi dimenticai delle noccioline, della partita e di come quello fosse un appuntamento falso. Tutto quello che volevo fare era avvicinarmi e baciarla. Volevo prenderla tra le braccia e assaporarne ogni centimetro. La volevo tutta.

Non ancora. Non dovevo spaventarla.

Oh, mamma, ero davvero nei guai. Avevo seppellito i miei sentimenti per così tanto tempo, e ora che ero così vicino a stringerla a me, stavo perdendo ogni controllo. *Resisti, amico. È un piano a lungo termine.* La volevo per sempre, non solo per un momento.

Gli inning successivi volarono, in parte perché il nuovo lanciatore dei Mountaineers era un asso e vincemmo due inning di fila. Non era una partita piena di suspense, ma ci stava accompagnando sempre più vicini al sesto inning. E alla kisscam.

Tifammo per i Mountaineers e fischiammo la squadra avversaria, partecipammo agli stupidi scherzetti che la mascotte e la redazione dello stadio programmavano per i momenti di pausa. Io contavo i minuti. Alla fine del quinto inning, Declan, Everett e Hayes scivolarono in silenzio ai loro posti. Erano vestiti in modo discreto quanto me, e nessuno, compresa Trixie, si accorse del loro arrivo.

Quando la kisscam iniziò a girare, Trixie stava facendo il tifo per le coppie sullo schermo proprio come il resto dello stadio, del tutto ignara di ciò che stava per accadere.

Rise e indicò lo schermo gigante di fronte a noi. «Guardali. Non se lo aspettavano. Era così carina e timida. Penso che abbiamo appena visto il loro primo bacio. Adorabile.»

Mi girai, ero abbastanza sicuro che il cuore mi sarebbe uscito dal petto a ogni battito. «Se vogliamo essere una coppia convincente, dovremmo esercitarci anche con quello, non credi?» Cercai di mantenere la voce ferma.

Mi fissò e sbatté le palpebre un paio di volte, con uno sguardo innocente sul viso. Aggrottò la fronte prima di avvampare alla realizzazione di ciò a cui mi stavo riferendo. «Con i baci?»

Appoggiai il braccio sullo schienale del suo sedile e mi passai i denti sul labbro inferiore. Le stavo fissando di nuovo la bocca, a quel punto non potevo farci niente, cazzo. «Esattamente.»

Proprio al momento giusto, la telecamera ci trovò. «Bene, guardate qui, gente, sembra che abbiamo Chris Kingmans dei Denver Mustang e la sua bella signora sugli spalti. Pensate che riusciremo a convincerli a baciarsi sulla kisscam?»

Trixie spalancò gli occhi e guardò il punto in cui eravamo apparsi sul grande schermo.

«Sembra che tocchi a noi» mormorai con la voce calma, ma il cuore che batteva all'impazzata.

Dietro di noi, i miei fratelli cominciarono ad applaudire e a esortarci a baciarci davanti alla telecamera. «Dai, QB, non essere timido.»

«Falle vedere di che pasta sei fatto» intervenne qualcun altro che non era un Kingmans.

Li sentivo a malapena. Sapevo che circa 50.300 persone stavano guardando e applaudendo il primo bacio con Trixie? Sì. Ma ero sempre stato bravo a escludere uno stadio pieno di gente. A Trixie non piaceva essere sotto i riflettori e speravo che non stesse per uccidermi davanti alla telecamera.

Senza che il mondo intero ci guardasse, mi avrebbe mai permesso di baciarla?

Il modo in cui mi stava guardando in quel momento diceva che avrei dovuto provarci, perché pensavo che avrebbe accettato. Sfoggiava un sorriso che era un misto di shock e gioia mentre si avvicinava, mi affrettai a girare il cappello in modo che la tesa non fosse d'intralcio.

«Credo che faresti meglio a baciarmi, Chris Kingmans.» Aveva una voce ansimante e si leccò le labbra.

«Già, penso di doverlo fare.» *Dovevo proprio farlo*.

La prima connessione delle nostre labbra fu esitante, e per un secondo pensai che sarebbe stato solo un bacio veloce. Se fosse stato tutto ciò che voleva, mi sarei fermato. Ma poi qualcosa cambiò. Trixie chiuse gli occhi e si sporse in avanti.

Le presi a coppa la guancia e le aprii le labbra con la lingua, approfondendo la connessione. Diventò qualcosa di reale e inaspettato, e così perfetto che mi persi nel momento. Finalmente stavo baciando Beatrix Moore, e lei ricambiava.

Alla fine, si allontanò e lo stadio esplose in un insieme di applausi e fischi scherzosi. Trixie stava arrossendo, gli occhi le brillavano di desiderio e si spalancarono per la sorpresa. Si sfiorò le labbra e sorrise, ma distolse lo sguardo nel modo più adorabile e timido. Non potevo sopportarlo.

La tirai indietro e la baciai di nuovo. Mettendoci tutto il desiderio che avevo.

Quando ci allontanammo per la seconda volta, lo stadio era una cacofonia di applausi, le persone intorno a noi, compresi i miei fratelli, guidavano la folla.

«Non me lo aspettavo» ammise senza fiato.

«Il bacio o quanto è stato bello?» Non avevo intenzione di dirlo. Ma il mio cervello e la bocca non erano coordinati in quel momento. E, già, anche il cazzo voleva partecipare al processo decisionale futuro.

«Sì» sussurrò. La kisscam aveva fatto il suo lavoro, ma era chiaro che tra noi stava accadendo qualcosa di reale.

La partita ricominciò e pensai che avessimo circa trenta secondi prima che tutti i tifosi dei Mustang presenti allo stadio ci travolgessero. Ma farsi vedere in pubblico faceva parte del piano per mostrarsi alle bullette della sua scuola, giusto? E il team del mio agente sarebbe stato felice di un po' di pubblicità su Internet.

Lanciai un'occhiata ai miei fratelli, che sorridevano come idioti con i pollici alzati in segno di approvazione. Trixie seguì il mio sguardo e li individuò a poche file di distanza.

«Cosa ci fate qui?» Inclinò la testa di lato e alzò un sopracciglio verso di loro.

«Non mi perderei la partita per niente al mondo» rispose Everett con un luccichio negli occhi.

Hayes le fece un piccolo cenno. «Siamo il vostro piano di fuga.»

Si alzarono entrambi e andarono alle due estremità della fila, bloccandola come se fossero la mia linea d'attacco.

«Merda. Dobbiamo andare, Pulcina.» Una schiera di fan si stava già avvicinando. Girai di nuovo il cappello, presi il barattolo delle noccioline che avevo autografato di nascosto un paio di inning prima e lo consegnai alla mamma seduta vicina a noi. «Grazie, signora. Buona giornata a tutti.»

Si alzarono e ci lasciarono passare di nuovo, questa volta il papà mi fissava a bocca aperta. Gli feci un cenno e mi trascinai su per i gradini con Trixie al seguito. Declan era in cima alle scale, impegnato a impedire a chiunque di infastidirci con quella grande presenza ringhiante. Mai nella vita ero stato più felice che fosse un bastardo scontroso come in quel momento.

«Ti devo un favore, amico.» Gli diedi una pacca sulla spalla e spinsi Trixie verso l'ascensore. C'erano meno possibilità di essere assaliti lì che sulle scale che scendono al piano terra. Visto che eravamo a metà partita, l'ascensore si aprì subito, entrammo e spinsi il pulsante per chiudere le porte almeno un milione di volte.

«Lo avevi pianificato, vero?» Trixie mi diede un colpo al braccio, ma non sembrava arrabbiata.

Visioni di me che la spingevo contro il retro dell'ascensore e la baciavo di nuovo, la tiravo su facendomi avvolgere la vita dalle gambe, e mi godevo alla grande quel momento di privacy, mi attraversarono la mente. «Sì. Pensavo avessimo bisogno di un piccolo incentivo per...»

«Esercitarci con i baci?» Si toccò le labbra come se stesse ricordando dove erano state le mie poco prima.

Se la porta dell'ascensore non si fosse aperta proprio in quel momento, mi sarei esercitato a baciarla di nuovo, ancora e ancora.

CAPITOLO 12

Cavalcare un Mustang

TRIXIE

Insistetti per ascoltare Taylor Swift per tutto il viaggio in macchina verso casa e cantare insieme solo per evitare di parlare di quel bacio. Perché ogni volta che l'ansia mi colpiva alla testa, al cuore o altrove... ad esempio alle labbra, la cura era sempre la mia ragazza, Tay. Avevo scelto una playlist di canzoni allegre, perché non avevo bisogno di una canzone d'amore che rendesse l'intera situazione ancora più confusa.

Avevamo condiviso molti viaggi in passato e molte playlist su cui cantare, ma nessuna dopo un bacio.

Un bacio che era stato preceduto da una presa per mano, diversi flirt e un atteggiamento protettivo che mi aveva evitato di avere a che fare con fan e paparazzi. A quanto pare, tutto pianificato con attenzione dal mio ormai ufficiale finto fidanzato.

Sembrava un sacco di lavoro per un appuntamento fasullo e un po' di esercizio nel fingere di essere una coppia.

«Grazie per... l'appuntamento di prova» me ne uscii con voce un po' troppo alta, visto che la musica si interruppe all'improvviso mentre staccavo il telefono e scendevo dalla macchina.

«Giusto» rispose Chris, potevo sentire il suo sguardo incollato su di me come da invisibili nastri di biadesivo e colla vinilica.

Armeggiai con le chiavi, le lasciai cadere sul vialetto e quasi andai a sbattere contro Chris, che in qualche modo era balzato al mio fianco quando mi ero chinata per afferrarle.

«Permettimi di comportarmi da gentiluomo e di accompagnarti alla porta.» Chiuse la portiera dell'auto e mi mise una mano sulla schiena, fu un bene, perché mi tremavano da morire le ginocchia. Di sicuro era per colpa di tutte quelle scale allo stadio e non perché la sua mano era in quel punto alla base della spina dorsale che mi mandava formicolii su e giù per le gambe e nella pancia.

Alla porta d'ingresso, a quanto pare, avevo dimenticato quale delle tre chiavi fosse quella giusta, perché sbagliai due volte. Non perché fossi così consapevole di quanto fosse vicino, o del modo in cui riempiva lo stipite della porta con tutti quei muscoli definiti e visibili attraverso la maglietta, o del modo in cui odorava di baseball, aria fresca e *uomo*. Un uomo virile. Il tipo d'uomo che avrebbe potuto...

Oh, Dio. Cosa c'era di sbagliato in me? Stavamo parlando di Chris, il mio vicino, il mio amico, il mio finto fidanzato. Chi mi aveva dato un bacio *finto*. Fasullo. Stavamo solo recitando. R. E. C. I. T. A. N. D... Potevo ancora sentirne il sapore sulle labbra. Cosa stavo dicendo?

Alzai lo sguardo dalle chiavi, che a quel punto ero convinta non potessero essere le mie, e inclinai la testa all'indietro per incontrare i suoi occhi. Era appoggiato allo stipite della porta, con il braccio alzato in modo casuale e sexy, aspettando che l'aprissi per potermici inchiodare contro e...

Oddio.

Incontrò i miei occhi e il mondo trattenne il respiro. Mi avrebbe baciata? Di nuovo? Avevo i pensieri in un turbine, un uragano di dubbio e desiderio. Stavo leggendo troppo in tutta la situazione? Lo sentiva anche lui, quel qualcosa di elettrico che si muoveva, crepitava e scoppiettava tra noi? O si stava solo esercitando a fingere?

Abbassò lo sguardo sulle mie labbra, senza pensarci le aprii, forse le leccai. I suoi occhi si riempirono di scintille, si scurirono, e si avvicinò. «Trixie, io...»

Mi ronzavano i pantaloni per l'eccitazione in attesa di qualunque cosa stesse per dire, ero certa mi avrebbe davvero baciata di nuovo. *Buzz, buzz, buzz*. Oh, merda. Non ero io o i pantaloni. Era il telefono. Infilai la mano in tasca per farlo smettere fallendo in modo epocale.

«Beatrix? Eh? La tua fotocamera è rotta? Perché è così buio? Beatrix?» La voce di mia madre risuonava dal profondo della tasca e dovetti ripescare il telefono.

«Salvati dalla chiamata internazionale» borbottò Chris sorridendo e facendo un passo indietro.

«Salvati» gli feci eco alzando lo schermo in modo che mia madre non rimanesse all'oscuro. *Uhm, salvati da cosa esattamente?*

«Ciao, tesoro. Come sta la mia figlia preferita?» La voce allegra di mamma era quasi troppo forte, di fatto irrompeva nel telefono da mezzo mondo di distanza.

«Ciao, mamma. Saluta, Chris.»

«Salve, signora Moore.» Chris fece un cenno quando girai lo schermo, la voce gli si tinse di divertimento.

«Christopher, che bello vederti» sospirò mamma felice.

«In realtà siamo davanti alla porta» mi intromisi evitando lo sguardo di Chris per paura di quello che avrei potuto leggerci.

«Be', non ho intenzione di interrompervi. Posso richiamare domani. A quanto pare, il ritiro qui in Nepal è abbastanza moderno e abbiamo il Wi-Fi.»

«No, va bene» mi affrettai. «Chris mi stava giusto accompagnando. Siamo andati a una partita dei Mountaineers.»

Notai il modo in cui alzò le sopracciglia, ma scelse di assecondarmi. «Sì, devo scappare, signora Moore. Sono felice di averla salutata.»

Non appena sentii la macchina allontanarsi, emisi il respiro che sapevo di star trattenendo per evitare di farmi sfuggire che volevo che entrasse, o che ero del tutto confusa, o di fare qualche idiozia, per l'amor del cielo. Alla fine, inserii la chiave nella porta, entrai e me la chiusi alle spalle appoggiandomici contro come se potesse sostenere il peso della confusione che mi si stava accumulando nella mente.

«Allora» iniziò mamma con un tono molto diverso rispetto a trenta secondi prima. «Chris Kingmans era sulla tua veranda. È da molto tempo che il tuo cuore spera di farsi un giro su quel ragazzo, tesoro.»

«Mamma, non renderlo strano.»

«Chi lo rende strano? Sto solo affermando i fatti e aprendo la porta alla conversazione che chiaramente hai bisogno di avere. In questa famiglia parliamo di sentimenti, anche se siamo a settemila miglia di distanza.»

Gemetti. «Lo so. È solo che non so cosa sento.»

Mi tolsi le Converse e attraversai la casa fino alla porta sul retro. Dovevo controllare le galline e magari vedere se qualcuna di loro aveva bisogno di coccole. Di solito Luke era sveglio per qualche carezza prima che tutti andassero a dormire. Soprattutto se la accompagnavo con uno snack. Lungo la strada, presi un contenitore di fragole tagliate dal frigorifero. Anche a me non dispiaceva l'idea di sgranocchiare qualcosa.

Mamma ridacchiò. «Lo so io. Allora, cosa sta succedendo tra te e Chris? Sembrava che stessi interrompendo qualcosa.»

Esitai per un attimo, poi cedetti. «Ci siamo baciati. Alla partita. Ha fatto in modo che la kisscam fosse puntata proprio su di noi. Avrebbe dovuto essere finto, ma è stato impulsivo ed elettrizzante e... non lo so.»

Merda. Sapevo cosa avrebbe detto nel momento in cui mi uscì dalla bocca. Mia madre si sarebbe concentrata sulla definizione del bacio *finto* e l'avrebbe analizzata come se fosse un reperto archeologico del cuore.

«Un bacio è una cosa potente, tesoro. A volte è solo un bacio, ma altre volte è l'inizio di qualcosa di più. Sembrava falso?»

Aspettate un attimo? Chi era quella persona con cui stavo parlando dall'altra parte del mondo e cosa ne aveva fatto di mia madre, quella che mi aveva spinto a essere sempre aperta e sincera con i sentimenti e i rapporti? Fingere era una parola che non esisteva nel suo vocabolario.

«Non hai intenzione di torchiarmi perché l'ho definito così?» Aprii il cancello attorno al pollaio e le ragazze uscirono chiocciando nel cortile. Luke era appollaiato sulla cima e mi fissava.

«Me lo avresti detto comunque.»

Dannazione. Aveva ragione. Era una domanda semplice, ma la risposta era tutt'altro. «No, non sembrava falso. Ed è questo che mi confonde. Emozionante? Strano? Imbarazzante, ma anche per niente. Visto? Confuso.»

Mamma ridacchiò. «Ah, un bacio confuso. Classico sintomo di qualcuno che prova sentimenti che non è ancora pronto a riconoscere per la persona che sta baciando.»

Io? Provavo qualcosa per Chris? Non mi ero mai permessa di prendere in considerazione una cosa del genere. Era mio amico e mi piaceva tenerlo in quello spazio sicuro nel mio cuore. Qualsiasi altra cosa avrebbe potuto rovinare il rapporto. Rovinare tutto. «È stato solo strano. Dovrebbe essere il mio finto ragazzo per la reunion, ma il modo in cui si comporta non sembra falso. Nulla di quello che fa.»

«Ah, avrei dovuto sapere che aveva qualcosa a che fare con le *Api Regine*.» Avevo sentito mia madre lamentarsi del fatto che avevo scelto di andare alla sua alma mater invece che alla scuola pubblica frequentata dal resto dei ragazzi del quartiere milioni di volte.

Soprattutto quando ero vittima di bullismo. Ma non aveva allevato qualcuno che si arrendeva e scappava di fronte al body shaming. «Hai già combattuto quelle battaglie, Beatrix. Perché non salti la riunione ed esplori questa relazione in erba con Chris?»

«Lulu mi ha trascinato nel comitato e ora contano su di me. Mi occupo della raccolta fondi.» Quello che non ammisi era che temevo che in realtà si trattasse solo di finzione, esercizi o qualcosa del genere, che il bacio non fosse reale.

Non sarebbe stata la prima volta che mi succedeva.

No, no e no. Non volevo che fosse reale. Volevo che fosse falso. Avevo bisogno che lo fosse.

«Devi chiederti cosa vuoi davvero, tesoro. Solo quando sono diventata un po' egoista e ho iniziato a prendermi cura dei miei desideri e bisogni ho iniziato ad abbracciare la vita autentica che avrei dovuto avere. E anche il sesso migliore.»

Non era la prima volta che sentivo questa storia o questo consiglio da mia madre.

«Già, devo capirlo» sospirai.

«E fino ad allora, magari rimani un po' da sola con te stessa per esplorare i tuoi sentimenti nei confronti di Chris.»

Risi, perché non intendeva passare del tempo da sola con i miei pensieri. Intendeva masturbarsi. Un orgasmo al giorno toglie la tristezza di torno. «Ne prendo nota, mamma.»

Oh, no. *Oddio.* Mi ritrovai a immaginare di fare tutte le cose divertenti e piacevoli che facevo a me stessa nella mia camera da letto, da sola, con un partner. Un certo vicino molto muscoloso e affascinante che mi aveva appena baciato e mi aveva trasformato le viscere in gelatina.

Cacchio.

«Okay, tesoro. Fammi sapere come va con Chris, non con la reunion. Quelle *Api Regine* possono andare a farsi fottere, per quanto mi riguarda, e sarei felice di sapere che glielo hai detto in faccia.»

«Lo so.» Ma non avevo intenzione di dire loro niente di mia madre. Non l'avrei mai biasimata, ma la sua precedente professione mi aveva causato molti problemi al liceo e oltre. Credevo fosse meglio non menzionarla finché qualcuno non entrava nella mia cerchia più ristretta.

Anche se in qualche modo tutti i ragazzi con cui ero uscita, o meglio, con cui avevo provato a uscire nel corso degli anni, sembravano sempre saperlo.

«Stiamo per iniziare la prima sessione del ritiro. Più tardi pubblicherò tutto su Insta. Auguraci buona fortuna.»

«Non credo che tu e papà abbiate bisogno di fortuna, mamma.» Né nel reparto dell'amore né in quello del sesso. Avrebbe fatto bene a me un po' di quel tipo di fortuna in quel momento, però.

«Ti voglio bene, ragazzina.»

«Anch'io, mamma.»

Proprio mentre stavo per riportare le galline nel pollaio e magari entrare in casa e cercare uno di quei giocattoli provenienti da tutto il mondo che mia madre mi aveva mandato, le notifiche dei messaggi andarono fuori di testa. Impazzirono davvero. Di quel passo, avrei potuto usare il telefono come vibratore.

Guardai lo schermo e mi si strinse lo stomaco. Le notifiche dai social arrivavano come una marea. Non volevo nemmeno guardare, perché sapevo che dovevano essere le foto della partita di oggi. Chris mi aveva avvertito mentre tornavamo a casa che ce ne sarebbero state alcune e di non lasciare che mi infastidissero.

Ma lo fecero.

Cliccai. Non avrei dovuto, ma cliccai. Qualcuno... uh, diversi qualcuno, inclusa Rachel, mi avevano taggato nei commenti di un'istantanea della nostra apparizione sulla kisscam alla partita di baseball.

La didascalia recitava *"Il bel QB dei Mustang Chris Kingmans sembra essere fuori mercato, signore!"*, seguita da un'intera fila di emoji con le lacrime. Avevo anche circa un trilione di follower in più. Dubitavo che tutte quelle persone si fossero all'improvviso interessate ai miei consigli sui libri.

Lo stomaco prese il posto del cuore. Quel momento avrebbe dovuto essere privato, una rottura nell'armatura che avevo mantenuto con tanta cura. Ed eccola lì, condivisa con il mondo, aperta all'interpretazione e, peggio ancora, al giudizio.

Ma Chris aveva detto che quello era il modo migliore per stabilire la realtà di quella relazione, in modo molto pubblico. Nessuno si sarebbe chiesto se stessimo davvero insieme dopo aver visto quelle foto. Incluse Rachel, Amanda e Lacey. Stava usando la sua fama per aiutarmi e non potevo arrabbiarmi per questo.

Proprio in quel momento, una notifica via e-mail apparì a interrompere quei pensieri vorticosi. Da Rachel, capo del comitato di riunione e maestra negli insulti appena velati.

"Urgente: complicazioni legate all'asta."

Socchiusi gli occhi mentre la leggevo. Secondo Rachel, diversi oggetti dell'asta erano "misteriosamente scomparsi" dall'inventario della palestra della scuola, comprese le maglie autografate che Chris e i suoi fratelli avevano donato. Aveva scritto: *"Non so come sia successo sotto il tuo controllo, ma devi trovare una soluzione al più presto. Sarà meglio che questa raccolta fondi sia la migliore che la Saint Ambrose abbia mai visto, Bee. Se non puoi farcela, lo farò io."*

Sì, aveva scritto male il mio nome di proposito. Strinsi così tanto i denti che quasi mi procurai un aneurisma.

Era un sabotaggio, chiaro e semplice. Ma per quanto volessi denunciarla, sapevo che non avrebbe risolto il problema. E non avevo nessuna intenzione di lasciare che Rachel rovinasse tutto.

Il telefono squillò di nuovo: questa volta era un messaggio di Chris.

CHRIS: Ehi, ho appena visto le foto che hanno pubblicato. Hai disattivato le notifiche come ti ho consigliato, vero?

Okay, okay. Dovevo respirare. Non avrei mai incontrato tutte quelle persone nella vita reale. Avevo una finta relazione con una celebrità di Denver e, anche se non credevo sarebbe esplosa in quel modo, non avevo intenzione di impazzire perché qualcosa che avrebbe dovuto essere un momento dolce e privato ora era stato buttato su Internet affinché tutto il mondo potesse vederlo e commentarlo.

Abbassai la testa tra le ginocchia, chiusi gli occhi e feci diversi respiri lunghi e profondi. Un delicato gracchiare e le morbide piume della testa di Luke mi solleticarono le guance e lo raggiunsi. Le galline non erano amanti delle coccole, ma Luke non era un pollo normale.

Un altro messaggio, questa volta di Lulu, ronzò.

LULU: NON GUARDARE I COMMENTI. Ripeti con me: resterò fuori dalla sezione commenti di quel post. Quelle stronze sono solo arrabbiate perché sei tu e non loro.

Oh, cavolo. Dovevano essere davvero brutti se Lulu mi stava urlando contro. La mia curiosità morbosa voleva davvero leggerli, ma il mio senso di autoconservazione ebbe la meglio e cancellai senza indugio Instagram dal telefono. E FaceSpace, e FlipFlop, e qualsiasi altro social fosse nascosto nel cellulare. In ogni caso, non li controllavo mai così spesso. Mi sarebbero mancati i meme sulle galline, però.

Il telefono squillò di nuovo con il seguito del messaggio di Lu.

LULU: Inoltre... hai BACIATO Chris? Lunedì voglio tutti i dettagli.

Un altro messaggio da Chris.

CHRIS: Stai bene? Sto arrivando. Prometto di uccidere chiunque dica qualcosa di anche lontanamente scortese su di te su Internet.

Per qualche stupida ragione, questo mi fece sorridere. Digitai una risposta veloce.

TRIXIE: Sai che non perdono l'omicidio. Ma sentiti libero di bloccarli tutti, così avranno un vero motivo per piangere invece del fatto che sei il mio...

Stavo per scrivere che era il mio ragazzo. Elimina, elimina, elimina.

Così che non riescano più a vedere il tuo culo sexy nei loro feed.

Ecco, era meglio. Un po' civettuolo forse? Meglio approfondire la questione prima che decidesse di venire da me per qualcosa di più della mia salute mentale.

TRIXIE: Non c'è bisogno che passi di qui. Non è un grosso problema, non sto nemmeno prestando attenzione. Ma Rachel lo fa.

Avevo appena premuto "Invio" quando arrivò la risposta.

CHRIS: Devo ucciderla e/o bloccarla?

Sì. In una frazione di secondo, l'ansia per l'asta, Rachel e le *Api Regine*, persino le altre donne crudeli su Internet, si sciolsero in uno strano senso di chiarezza. Forse era il modo in cui l'universo mi mostrava che Chris era qualcuno su cui potevo davvero contare. Perché prima ancora che glielo chiedessi, sapevo che l'avrebbe detto.

Sarebbe stato lì per me, proprio come c'era stato per tutto questo tempo.

Avevo paura che il nostro rapporto potesse cambiare? Sì. Doppio sì, con dieci punti esclamativi. Ma pensavo che lo avrei perso per sempre?

No. Be', per lo più no.

Per la prima volta non evitai il pensiero che avremmo potuto essere più che amici. Invece lo accolsi con favore.

TRIXIE: Ah, ah, ah. Ma mi servirebbe il tuo aiuto per una cosa domani. Ricordi quell'asta di beneficenza?

CAPITOLO 13

Il barbecue

CHRIS

Trixie si stava agitando ed era carina da morire. Non che mi piacesse che fosse nervosa, ma oggi si comportava in modo diverso con me e volevo credere fosse perché stava sviluppando dei sentimenti. Eravamo appena entrati nel grande vialetto circolare di Manniway e stava esitando a scendere dall'auto.

Sarei stato felice di fermarmi per una pomiciata in macchina prima di andare al barbecue. Durante il viaggio, l'avevo sorpresa a sbirciarmi attraverso le ciglia più di un paio di volte e avrei scommesso il mio anello del campionato che mi stava guardando le labbra.

Stava pensando a quel bacio.

Io ci avevo pensato solo un miliardo di volte. Cioè, più o meno quante volte ero venuto nella mia fottuta mano ieri sera rivivendo ogni secondo di quel momento. Le sue labbra erano così morbide e deliziose, volevo baciarla ancora e ancora finché non si fosse dimenticata di chiunque altro le avesse mai toccate prima.

Non permettevo a me stesso di pensare a tutte le altre cose che volevo fare con e su quelle labbra, perché scusarsi per andare a farsi una sega in bagno per non farmelo venire duro davanti a tutti i miei compagni di squadra e le loro famiglie non era un'opzione.

«Sei sicuro di volermi portare qui per il nostro, sai... allenamento? Non è una questione di squadra?» Tirò l'orlo della maglia numero sette che le avevo dato da indossare. C'era qualcosa di davvero eccitante nel fatto che portasse il mio nome e numero, non potevo rischiare di vederla con la maglia di qualcun altro.

«È una questione di *squadra e famiglia*, tesoro. Il tuo posto è qui con me.» Niente più giri di parole. Oggi si trattava di portare la nostra finta relazione al livello reale. Le presi la mano, la tirai fuori dall'auto e la guidai nel cortile sul retro della vasta tenuta di Manniway, nascosta ai piedi delle colline. Questo è ciò che ti regalano sedici stagioni e due vittorie del campionato.

Mi aspettavo non solo di giocare tutto il tempo che aveva fatto lui, ma anche di vincere più partite e trofei. Ne ero sicuro? Sì, ero più arrogante di Luke Skycocker. Ma avrei tenuto la mia casa nascosta nel quartiere a Thornminster. Mi piaceva avere la famiglia intorno. Come una buona linea difensiva.

Nonostante tutto quello che era diventato pubblico sul fatto che uscivo con una ragazza del posto, nessuno, né giornalisti, né fotografi, nemmeno un fan o due, era venuto a bussare alla mia porta o a quella di Trixie. I miei addetti alla sicurezza se ne erano assicurati.

«Ci sono altre persone che ci vedranno insieme?» Persone a cui volevo presentarla. Fidanzate e mogli con cui speravo potesse fare amicizia. «Sì, certo, ma non è un'apparizione pubblica, e non ci sarà nessuno che scatti foto e le venda ai tabloid. Puoi rilassarti e divertirti con me oggi.»

Il barbecue precampionato dei Denver Mustangs prima dell'inizio del training camp era una tradizione annuale ospitata da Manniway negli ultimi dieci anni. Perché era stato allora che aveva sposato Marie e lei aveva reso la sua vita fantastica. Avevo sentito storie che parlavano di una pizza e una birra pre-ritiro prima dell'arrivo di Marie. Il barbecue era di sicuro una scelta migliore.

Lo aspettavo ogni anno, perché segnava l'inizio di una nuova stagione. Era come il Capodanno. Fissavo gli obiettivi, parlavo con i compagni di squadra che non avevo visto in bassa stagione e mi prendevo un ultimo minuto per rilassarmi e rinfrescarmi prima che tutta la mia vita tornasse a essere fatta solo di football.

Ma il barbecue di oggi era diverso. Non riguardava me e la squadra. Le mie intenzioni per quest'anno includevano un altro fattore fondamentale nella mia vita. Qualcosa che ero sul punto di conquistare o perdere.

Trixie.

Era l'ultima possibilità per conquistare il suo cuore prima della reunion. Non avrei potuto passare molto tempo con lei quella settimana. Lei aveva il lavoro e io dovevo girare una pubblicità di auto a Los Angeles.

Il finto appuntamento di oggi era l'atto finale per potermi presentare alla raccolta fondi, al ballo e al picnic di classe come il suo *vero* fidanzato, non come quello falso. Era impossibile, cazzo, che sarei andato al campo di allenamento due settimane dopo senza sapere se fosse la mia ragazza. O no.

Più pensavo a tutta questa finta relazione, più odiavo l'idea. Lei era mia. Non nel senso grossolano del "la possiedo", ma al livello profondo dell'anima. Se questo corteggiarla, cercare di farla innamorare di me non aveva funzionato... No, quello non era un atteggiamento vincente e mi rifiutavo anche solo di pensarlo.

Avevo fissato un obiettivo e l'avrei realizzato. Trixie apparteneva a me e io appartenevo a lei. Fine della storia, felici e contenti.

Camminavamo mano nella mano, le dita intrecciate in modo quasi naturale ora. Il cortile sul retro era già pieno, con la griglia che sfrigolava, le palle che venivano lanciate qua e là e un gruppo di bambini che sguazzavano in piscina. Trixie si guardò intorno con gli occhi spalancati, osservando le famiglie, i giocatori e le loro mogli e fidanzate.

«Stai bene?» Mi accigliai.

«Sì, mi sto solo preparando per le inevitabili domande sul perché sei qui con me, sai?» Sorrise incontrando il mio sguardo. Sembrava diverso, più caldo, più civettuolo.

Prima che potessi soffermarmici, Johnston si avvicinò per darmi una pacca sulla spalla. «Chris, amico mio. E tu devi essere la famigerata *ragazza del posto*.»

Il sorriso di Trixie si allargò e gli strinse la mano. «Ciao, sì, sono io, Trixie, la straordinaria ragazza del posto. Piacere di conoscerti, signor Manniway. Chris parla molto bene di te.»

Manniway si afferrò il petto come se fosse ferito. «Trixie, Trixie, mi stai uccidendo. Per favore, *signor*? Chiamami Johnston o non potremo essere amici. Lascia che ti presenti Marie.»

Manniway fece cenno alla moglie di avvicinarsi. Non che Trix non sapesse chi fossero queste persone, ma non le erano mai state presentate. Non potevo credere di non averlo mai fatto prima. Era stata agli eventi di squadra con me, ma non in questo circolo ristretto.

Marie avvolse subito Trixie in un grande abbraccio da orsa. «Perdonami, prima avrei dovuto avvisarti che sono una persona che abbraccia, sono così emozionata che ti abbia portato. Christopher, piacere di rivederti, più tardi ti ruberò un po' la ragazza per presentarla alle altre cowgirl. Soprattutto perché hai fatto un lavoro di merda nel raccontarmi che hai una ragazza, e voglio tutti i dettagli.»

L'attenzione di Marie e Manniway venne distratta da una specie di emergenza hot dog e questo diede la possibilità a Trixie di lanciarmi un'occhiata che urlava "oh-merda-in-che-razza-di-situazione-mi-hai-messo". Mi chinai, le sfiorai l'orecchio con le labbra e sussurrai: «Dille solo la verità. Che siamo amici da anni, ma che ho avuto una cotta per te per tutto questo tempo e che finalmente ho trovato il coraggio di fare qualcosa al riguardo».

Non le diedi la possibilità di rispondere e la trascinai attraverso il cortile fino alla zona di sicurezza in cui si trovavano Everett, Hayes e un paio di altri nostri compagni di squadra riuniti attorno al gigantesco barile di ghiaccio pieno di bevande. Non avrebbe messo in dubbio ciò che avevo appena ammesso davanti a loro. Forse. «Dai, prendiamo qualcosa da bere così ti faccio conoscere alcuni degli altri ragazzi.»

Quando la presentai ai miei compagni di squadra e capì che nessuno l'avrebbe interrogata sulla nostra relazione, l'irrequietezza di Trixie si calmò e la solita giocosità riemerse. Si avvicinò e sussurrò: «I tuoi compagni di squadra hanno dei bei culi. Pensi facciano allenamenti speciali?».

Ridacchiai. *Stava davvero flirtando con me?* «Stai cercando di farmi ingelosire?»

Mi guardò con occhi spalancati, innocenti. *Stava flirtando, cazzo. Diavolo, sì.* Adoravo quando una giocata funzionava come previsto.

«Mi piacerebbe mostrarti l'allenamento segreto per i glutei dei Mustang più tardi.» Volevo farla sembrare una battuta giocosa, ma la voce mi uscì un po' troppo roca per essere qualcosa di diverso dall'invito che intendevo veramente.

Arrossì e mi fissò con una scintilla negli occhi che mi fece venire voglia di mollare il barbecue così da poterla portare a casa subito. Deglutì, si mise il labbro inferiore tra i denti e mi sorrise come se stesse immaginando il mio culo e cosa le sarebbe piaciuto farci.

Fanculo. Era tempo di andare via. Subito.

Stavo per prenderla in braccio e gettarmela sulle spalle come un uomo delle caverne, volevo portarla a casa e farle tutte le cose più sporche e deliziose che mi avrebbe permesso. Finché mi guardava in quel modo, mi sarei inginocchiato e l'avrei adorata per il resto della mia fottuta vita.

«Ci conto» sospirò piano, era per me e solo per me. E lo era anche quel sorriso sfacciato.

«Trixie.» La voce di Marie irruppe nella tensione tra noi, così come il suo corpo. Avvolse un braccio attorno a Trixie, allontanandola. «Voglio presentarti alcune delle ragazze»

Marie ci fissò e strinse le labbra in un sorriso represso. «Ops. Penso di aver appena interrotto qualcosa, ma dovrete aspettare. Abbiamo una questione urgente di cowgirl. Perché non aiuti Johnston con quei terrificanti hamburger di manzo che sta cercando di rendere commestibili, Christopher?»

Rimasi lì come un pupazzo mentre Marie trascinava via la mia donna. Merda. Volevo che Trix incontrasse le altre mogli e fidanzate, il gruppo che Marie chiamava le cowgirl, ma cavolo... aveva un tempismo orribile.

Guardai le donne dare il benvenuto a Trixie all'istante, attirandola nel cerchio come se ne avesse sempre fatto parte. Sentii una di loro strillare: «Siamo così felici tu sia qui. Chris aveva bisogno di qualcuno che lo mettesse sulla graticola».

Non ne avevano idea.

Fissai Trixie aspettando di incrociare il suo sguardo. Per un momento eravamo solo noi due, anche in mezzo alla folla. Mi sorrise, quella scintilla nei suoi occhi era ancora lì per me.

Everett si avvicinò e mi mise in mano una birra. Dato che saremmo rimasti per un po', la accettai e ne bevvi un lungo sorso, avevo bisogno di quella bevanda gelata per rinfrescarmi. «Marie ti ha appena impedito di scopare, vero?»

«Cazzo, sì.» Era la seconda volta che perdevo l'opportunità di avere Trixie tra le braccia. Non avrei permesso che accadesse di nuovo.

«Quindi, sembra che i tuoi piani per conquistarla stiano andando bene.» Alzò le spalle, bevve un sorso di birra e fissò la piscina come se stesse osservando l'universo.

Sembrava che il piano stesse funzionando. Ma si stava solo divertendo mentre io mettevo in gioco il mio cuore? Quella sera lo avrei scoperto.

«Ho appena sentito un tono malinconico, Ev? Stai cercando una ragazza per più di una notte?»

«Sta zitto, fratello.»

Non era un no. *Mmh.* Lo guardai di traverso, ma continuava a fissare ovunque tranne me ed evitò del tutto l'argomento. «Dov'è Deck?»

Mi sarei fatto raccontare quella storia più tardi. «Sta brontolando vicino alla griglia. Devi fare di lui il tuo prossimo progetto e procurargli una ragazza.»

«Posso farlo scopare, il che di sicuro aiuterebbe il suo atteggiamento, ma non è interessato a sistemarsi. Quello sei tu.»

Era vero?

Volevo sistemarmi con Trixie? *Sì, cazzo, sì.* Volevo quello che Manniway aveva con Marie. Volevo quello che avevano i miei genitori. Ero l'unico di noi abbastanza grande da aver visto e ricordare come stavano insieme prima che morisse. Si amavano così tanto e, se me lo avesse permesso, avrei amato Trixie allo stesso modo.

«Amico, devi smetterla di scopartela con gli occhi. Questo è un evento per famiglie. Ci sono bambini qui.» Everett picchiò la sua birra contro la mia. «So che stai cercando di corteggiarla e tutto il resto, ma fai la tua mossa. Portala a casa, dille quanto sei cotto e seppellisci la faccia tra le sue cosce.»

Non era stato lui a dirmi di andarci piano fin dall'inizio?

«E se fosse davvero brava a fingere di essere interessata a me? L'ho fatta esercitare nel fingere di stare insieme. Impara velocemente.» Aveva ragione, però. Avevo tutte le intenzioni di parlare chiaro a Trixie quella sera. Non potevo più continuare con quella stupida recita. Non significava che non fossi preoccupato. Valutavo le situazioni e prendevo decisioni rapide per vivere.

E se avessi pensato che Trixie non fosse pronta a sentire cosa provavo per lei, mi sarei ritirato senza dire nulla. Di nuovo. «Se sta fingendo, allora non avrò solo sprecato la mia occasione. Le rovinerò anche la reunion.»

«Sei tu che hai detto che vale il rischio.» Everett scosse la testa. Odiavo quando i fratellini si comportavano in modo più intelligente di me.

«Lo vale.» Le avevo già confessato di avere una cotta per lei da anni. Non sapevo se mi avesse creduto. Più tardi sarei stato cristallino.

«Allora che cazzo stai aspettando?»

Niente. Tranne un posto con un po' di privacy, così che, quando le avessi detto come mi sentivo, avrei potuto anche mostrarglielo. Per tutta la notte.

CAPITOLO 14

Le Cowgirl

TRIXIE

Quando Marie mi aveva portato via da Chris, mi ero sentita sia come se avessi bisogno di un'opportunità per prendere fiato, sia presa dal desiderio di correre di nuovo verso di lui e... *cosa*? Baciarlo proprio lì davanti a tutti? No. Un bacio super pubblico era sufficiente finché non avessi elaborato quegli strani sentimenti che stavo vivendo. Non ero pronta a saltargli addosso, anche se i brividi che mi camminavano su e giù per la schiena dicevano il contrario.

Mi presentò alle donne, non avrei mai ricordato nemmeno la metà dei loro nomi, perché avevo ancora la testa dall'altra parte del cortile, a fissare Chris negli occhi in un momento da svenimento.

Marie si schiarì la gola e mi resi conto che lo stavo fissando e non le prestavo attenzione. Tutti gli occhi nel cerchio erano puntati su di me. Una donna, il cui nome forse era Kelli, scosse le sopracciglia. «Ragazza, ci inchiniamo a te per esserti aggiudicata uno dei sexy Kingmans.»

Oh. Wow. Non era quello che mi aspettavo dicesse la moglie o la fidanzata di uno degli altri giocatori. Stavo quasi sempre in guardia davanti a un nuovo gruppo di persone, ma queste donne non erano riservate o sobrie. E le adoravo.

E almeno la metà mi somigliavano. Era sorprendente e insolito per il mondo dello sport di Denver. Sapevo benissimo che la donna media americana aveva una taglia quarantasei, e che quella taglia non equivaleva all'abilità atletica o alla salute, ma sembrava che la maggior parte del Colorado non avesse ricevuto il promemoria.

Queste ragazze erano tutto ciò che mia madre mi aveva insegnato a essere. Non si trattenevano, il che, più di ogni altra cosa, mi faceva sentire a mio agio. A un certo punto nelle ultime settimane, praticamente da quando avevo dovuto affrontare di nuovo Rachel e le *Api Regine*, ero tornata a quelle vecchie insicurezze che pensavo di aver messo da parte molto tempo prima.

Vedere altre donne formose e sicure di sé mi stava aiutando a ricordare chi ero.

La donna seduta accanto a Kelli, sempre se quello era il nome, sorrise così tanto che potei vederle tutti i denti. «Devi dirmi se è così dotato come abbiamo sentito.»

Era chiaro che stava scherzando, ma molte di loro mi fissarono e mi resi conto che in realtà volevano una risposta. Bevvi un lungo, lungo sorso dalla bottiglia d'acqua. Aspettavano. E aspettavano. Deglutii e posai con attenzione la bottiglia, con tutta la disinvoltura che possedevo. «Oh, noi, non abbiamo...»

«Stai scherzando?» strillò un'altra donna, forse di nome Elisha. «Con il modo in cui vi stavate guardando, per un attimo ho pensato che ti avrebbe trascinato di sopra proprio adesso.»

Voglio dire, non credevo ci fossimo guardati così. Inoltre, stava solo fingendo, *perché non stavamo davvero insieme*. Dovevo ricordarmelo. Io stavo cominciando a provare dei sentimenti per lui, ma lui era solo divertente e civettuolo.

Giusto?

«Non fraintendermi, amo mio marito» intervenne un'altra, di cui non conoscevo il nome, mettendosi la mano sul cuore «ma lo abbandonerei come una cattiva abitudine per diventare la crema pasticciera che riempie un Pasticcino Kingmans.»

Tutte le donne scoppiarono in strilli e risatine. Erano molto a loro agio in compagnia l'una dell'altra, e ogni preoccupazione che avevo avuto durante il viaggio in macchina di sentirmi intimidita era scomparsa. In un certo senso, mi sentivo parte di quella folla di ragazze fantastiche. Era una cosa che non mi era mai successa.

Mi fecero l'occhiolino e cosa potevo fare se non annuire in segno di consenso? I ragazzi Kingmans erano sexy. Non c'erano dubbi in merito. Anche se, in realtà, non potevo immaginare di stare con più di uno. In particolare, con qualcuno di diverso da quello che mi aveva baciato ieri. Di fronte all'intero universo conosciuto.

«Dato che Chris ora è off-limits, le donne di Denver piangeranno tutte le loro lacrime» commentò Marie.

Tutte le donne annuirono e fischiarono. Non mi sarei affatto sorpresa se qualcuna di loro avesse versato qualche lacrima sul cuscino. Elisha strinse le labbra e alzò un dito. «Finché non decidono di rendere Declan o Everett il loro nuovo scapolo più ambito.»

Kelli scoppiò a ridere. «E Hayes?»

«Ragazza mia, ha tipo dodici anni.» Fluffernutter? Penso che in realtà fosse Fern, scosse la testa e alzò gli occhi al cielo. Uffa, dovevo davvero fare un ripasso sui nomi.

Non che pensassi fosse offensivo, ma forse il commento era esagerato. Inoltre, Hayes era un fantastico esordiente e meritava di essere bramato tanto quanto i suoi fratelli. Era un pensiero davvero strano in quel momento. «Sono abbastanza sicura che abbia vent'anni.»

«È come il protagonista di quel musical sul liceo.» Kelli guardò verso il punto in cui i ragazzi stavano insieme a bere una birra, poi abbassò la voce in tono cospiratorio. «Adorabile, certo. Ma tra qualche anno starà così bene che le donne, e gli uomini, di tutto il mondo si innamoreranno di lui. Voglio sistemarlo con mia nipote.»

«Okay, okay, basta concupire i Kingmans.» Marie mi guardò, mi prese le mani tra le sue e cominciò: «Ora, Trixie, quanto è seria questa cosa tra te e Chris? Nel senso che ti teniamo un posto in tribuna alle partite? O è un'avventura estiva?».

Oddio. All'improvviso avevo la bocca molto, molto secca e volevo prendere di nuovo la bottiglia d'acqua. Potevo essere la fiduciosa, bella Trixie, finché non avessimo dovuto parlare della finta relazione con l'uomo di cui potevo o meno essermi appena innamorata.

Era tutto nuovo? Sì. Giusto? No. Sì? Ero confusa e stavo per mandare tutto a puttane, vero?

«Oh, Marie vuole sapere se ti deve uccidere fin dall'inizio» spiegò Kelli schioccando le dita.

«Sono un po' protettiva nei confronti dei ragazzi.» Marie si sedette più dritta e guardò un paio di signore negli occhi. Ma nemmeno una volta mi lasciò andare le mani. Non ne sarei uscita e non riuscivo a trovare la risposta giusta da nessuna parte. Rivolse di nuovo su di me quello sguardo assassino. «E non voglio vedere il cuore spezzato di nessuno. È giusto divertirsi, e lo capisco, ma quel ragazzo è innamorato di te e voglio sapere se anche tu sei innamorata di lui.»

«Cavolo, Marie. Questa è un'iniziazione col botto» fischiò un'altra rivolgendole un enorme sorriso a trentadue denti, si fece persino aria con le mani.

«Ha fatto la stessa cosa con me» offrì Elisha.

Un'altra donna annuì in accordo: «Anche con me».

Almeno altre quattro donne, forse cinque, alzarono la mano e annuirono.

Non ero preparata a esaminare gli strani sentimenti che stavo facendo del mio meglio per fingere non esistessero. Se non fossi riuscita a gestire quelle domande da parte di donne a cui chiaramente piacevo, e con cui mi sentivo più a mio agio rispetto al novantanove per cento della mia classe di diplomati, non avrei avuto alcuna possibilità di superare la reunion. Chris aveva ragione, avevamo bisogno di esercitarci. Molto più che con un semplice bacio. Scelsi le parole successive con molta attenzione. «Lui ed io siamo davvero buoni amici da molto tempo.»

«E ti ha chiesto di uscire, così, all'improvviso? Cosa è cambiato?» chiese Elisha. Si era avvicinata anche lei, ebbi l'impressione che Marie non fosse l'unica donna a sentirsi protettiva nei confronti di Chris.

Chris mi aveva consigliato di usare la verità. Quindi questo è quello che avrei fatto. Be', la maggior parte comunque. «A dire il vero, gliel'ho chiesto io.»

Di essere il mio finto fidanzato. E questo si era trasformato in qualcosa di più. Qualcosa di confuso.

«Ragazza, hai delle ovaie d'acciaio.» Fluffernutter, *cioè Fern*, scosse la testa. «Non ho mai chiesto a un uomo di uscire in vita mia. E qualcuno con cui sei amico di lunga data? Wow. Avrei avuto paura di rovinare un'amicizia. Derek non mi piaceva nemmeno quando mi ha chiesto di uscire.»

Quasi mi arresi ad ammettere che ero preoccupata proprio per quella cosa. In effetti, ero terrorizzata dall'idea di aver già cambiato la nostra amicizia, e questo mise fine al progetto di esplorare questi sentimenti e le labbra di Chris.

«Aspetta, è successo prima dell'apertura del ristorante l'altra sera?» se ne uscì Marie strizzando gli occhi come se stesse ricordando quella notte.

Scelsi la verità. «No, ci siamo andati davvero come semplici amici.»

«Ma è lì che hai capito che provavi dei sentimenti per lui, giusto?» insistette Elisha. «Perché abbiamo visto tutti quella foto sul giornale.»

Cosa vedeva l'universo in quella foto che io non vedevo? «Gli ho solo chiesto di accompagnarmi alla riunione del liceo.»

Lo strabismo di Marie si fece ancora più intenso. Come se stesse leggendo tra le righe. Non volevo che vedesse cosa c'era. O cosa non c'era. «Quindi volevi solo metterti in mostra con i tuoi compagni del liceo?»

Merda. Era quello che volevo? Il che mi rendeva una stronza enorme, vero? Forse era cominciata così. Ma poi tutta la faccenda dei finti appuntamenti era andata in modo diverso da quanto mi aspettavo.

«Uh, se devo essere sincera, un po'.» Feci un sorriso di rammarico e mi rimpicciolii. «Giuro che di solito non sono quel tipo di ragazza. Non odiarmi.»

Kelli mi mise la mano sul braccio. «Ti capisco. Avevi dei bulli al liceo e vuoi farti vedere, eh?»

Aspetta, come faceva a saperlo?

«Sì, la tua faccia dice tutto, sorella.» Rise, anche se non era un suono del tutto divertito. C'era anche un po' di amarezza lì. «Ho capito. Ero robusta al liceo e quella merda è traumatica. I ragazzini sanno essere dei veri stronzi. Mi ci è voluto molto tempo per vedere me stessa attraverso gli occhi di mio marito e il modo in cui mi ama mi ha aiutata ad affrontare alcuni di quei demoni. Ti capisco.»

Quasi tutte le altre donne presenti annuirono e mi sorrisero in segno di solidarietà.

Mi presi la faccia tra le mani e scossi la testa avanti e indietro. «Sono i peggiori e faccio parte del comitato di riunione con loro.»

Lulu era stata l'unica altra persona che avesse mai capito tutto questo insieme, in una certa misura, a mia madre. Di sicuro non mi sarei mai aspettata che un gruppo di donne che non avevo mai incontrato prima mi vedesse come faceva la mia migliore amica. Ero sempre stata il tipo di persona che aveva solo uno o due amici intimi. Ma forse mi ero persa qualcosa non cercando di far parte di una comunità di donne.

Lo sguardo assassino di Marie era diminuito, ma non era ancora pronta a lasciarlo andare. Anche se ero io a doverla affrontare, ero felice che Chris avesse qualcuno come lei che si prendeva cura di lui. Era ovvio che avesse messo sulla graticola tutte le donne che i giocatori avevano portato nel gruppo. «Chris sa di questi bulli e perché gli hai chiesto di andare?»

«Certo. Al cento per cento.» Annuii con forza. Questa era la cosa più vera di tutta quella storia, oltre al fatto che eravamo amici da molto tempo.

Marie fece un semplice movimento del mento e quello sembrò essere il suo timbro di approvazione. Batté entrambe le mani sulle gambe e annunciò: «Bene, allora è tutto risolto. Ora penso che dovresti prendere il Mustang per il muso, per così dire, e cavalcarlo come una cowgirl».

«Marie!» Molte ragazze strillarono tutte allo stesso tempo.

Ma altrettante si unirono in un grido di battaglia: «Cavalcalo, cowgirl».

Marie alzò le spalle e mi sorrise. «Non ci chiamiamo cowgirl per niente.»

Dio mio. Avevo capito... perché le cowgirl cavalcano i Mustang.

Chris tornò con molti altri giocatori al seguito, tutti con piatti di cibo. Aveva un'espressione accigliata e, se non mi sbagliavo, era preoccupato per me. O quello, oppure aveva ascoltato troppo della mia conversazione con le ragazze.

«Ehi, Pulcina. Ti ho portato da mangiare.» Mi porse un piatto carico di cose che mi piacevano. Anche se quei kebab di funghi sembravano usciti dall'inferno tanto erano bruciati. Johnston doveva essere di turno alla griglia.

«Oh, mio Dio, perché siete così adorabili? Se cominciate a darvi da mangiare a vicenda, potrei vomitare per il sovraccarico di dolcezza» se ne uscì Fern.

Presi una carota dal piatto, la feci rotolare nella salsa ranch e la accostai alla bocca di Chris. Sorrise e mi afferrò la mano, avvicinandola ancora di più, mettendosi in bocca la carota intera e la punta delle mie dita. E succhiò.

Le mie ovaie esplosero. *Ero rimasta incinta? Credo di sì.*

Qualcuno lì vicino emise dei conati di vomito. Ma non vidi chi, perché non potevo distogliere lo sguardo dalle labbra di Chris sulle mie dita.

Non potevo ignorare il formicolio nella pancia. Ogni istinto mi diceva che non era per lo spettacolo, che stava flirtando con me ed era seducente per davvero.

Ma il mio istinto non mi aveva servito bene nelle relazioni passate, ed era difficile fidarsi.

Marie tossì e mormorò "cowgirl" prima di tossire di nuovo.

Forse non mi fidavo del mio istinto, ma mia madre, Marie e tutte le altre donne presenti al barbecue sembravano pensare che Chris provasse dei veri sentimenti per me. Quindi forse potevo fidarmi del loro istinto invece che del mio.

Nessuno, di sicuro non un uomo che sapevo odiava mentire, recitava così bene. Chris Kingmans voleva farmi cose sporche con la lingua. Non avevo alcun dubbio su questo. E volevo che lo facesse.

Ma c'era un'altra complicazione.

Per la prima volta nella mia vita, non avevo dubbi che un uomo mi volesse per *me*, e non perché fossi la figlia di una pornostar. Il fatto che ogni uomo con cui avevo considerato di avere un rapporto intimo si fosse rivelato disgustoso e sordido aveva rovinato ogni possibilità che avessi mai avuto di fare sesso. Dopo l'ultimo ragazzo, che avevo lasciato perché mi aveva letteralmente chiamato con il nome di mia madre quando mi aveva visto il seno, e mi aveva davvero incasinato la testa, avevo rinunciato a provarci.

Era stato al college. Quattro anni prima. Prima di tornare a Thornminster e nella mia vecchia casa, nel mio vecchio quartiere, per iniziare una nuova carriera. Prima che Chris Kingmans tornasse nella mia vita.

Potevo essere stata educata a capire che vergine e puttana erano costrutti sociali obsoleti e avevano poca influenza sulla mia autostima. Ma non tutti hanno avuto come madre un'ex pornostar diventata sex therapist.

Sarebbe stato importante per Chris il fatto che non avessi alcuna esperienza? Avevo la sensazione che lo avrei scoperto più tardi. Persino le preoccupazioni di perderlo come amico se avessimo fatto questo passo non sarebbero state sufficienti a impedirmelo.

Non avevo intenzione di fare il pollo, e questo significava, speravo, che entro l'indomani mattina, Luke Skycocker sarebbe stato l'ultimo vergine in casa.

CAPITOLO 15

E poi… mi ha baciato

CHRIS

È divertente come pochi giorni mi abbiano cambiato del tutto la vita. Una settimana prima, mi stavo ancora struggendo per la ragazza della porta accanto, e in un attimo mi ritrovavo per due sere di fila appoggiato a quella porta, a fissare negli occhi la ragazza che amavo da troppo tempo per non averglielo mai detto.

Mi guardò, solo il lampione, la piccola lampadina sul portico e la luna fornivano un'illuminazione che la faceva brillare. Era meravigliosa. Mi sentivo di nuovo come un fottuto adolescente, con una voglia matta di baciarla, ma in attesa che mi desse il via libera.

«Sembra quasi un déjà vu. Non stavamo facendo la stessa cosa ieri sera?» La sua voce uscì con un tono malinconico, poco più di un sussurro.

L'aria calda di stasera sembrava diversa, la serata intorno a noi era carica, la tensione sessuale palpabile. Era come se l'universo avesse alzato il volume della nostra canzone, ogni nota riverberava nello spazio tra me e Trixie.

Il telefono vibrò nella borsa, ma lo ignorò, addirittura lo lasciò cadere sulle doghe di legno sotto di noi. Eravamo entrambi persi l'uno negli occhi dell'altra, nessuno dei due voleva distogliere lo sguardo.

«Già, è vero. Ma siamo stati interrotti prima che potessi fare questo.» Appoggiai le mani sulla porta, ai lati della sua testa, e abbassai le labbra sulle sue. A un millimetro dal baciarla, sentii un piccolo sussulto. Le sussurrai contro la bocca: «Dimmi che lo vuoi, Trixie. Dimmi che vuoi che ti baci».

La mia testa, il cuore, lo stomaco e il cazzo stavano per ribellarsi, intimandomi di prendere ciò che mi apparteneva. Ma senza il suo *consenso entusiasta*, senza essere certo che anche lei avesse bisogno di me, non lo volevo.

Desideravo quella donna da così tanto tempo, ma ancor più del suo corpo, volevo il cuore. Avevo bisogno che mi volesse.

«Voglio che mi baci.» Il suo respiro mi riscaldò le labbra, le sue parole, il cuore.

«Anche se è reale al cento per cento? Basta con le finzioni?» Basta recitare. O era reale, oppure non sarebbe successo. «Dimmi che lo vuoi anche tu.»

«Non lo so. E se non fosse falso, e...» Il suo respiro era debole, uguale al mio. Aspettavo che mi intimasse di fare marcia indietro. Proprio come aveva fatto dieci anni prima.

Quello avrebbe dovuto essere il mio segnale per allontanarmi. Ma non potevo. Non quella volta. O facevo touchdown, oppure perdevo la partita, proprio lì, proprio in quel momento.

Un battito di silenzio si estendeva tra noi, entrambi in bilico sull'orlo di qualcosa di grande, qualcosa che cambia la vita. I suoi occhi mi scivolarono sulle labbra, solo per un momento, ma fu sufficiente a mandare in delirio ogni nervo del mio corpo.

Al diavolo. Mi ero trattenuto troppo a lungo, seppellendo i miei sentimenti sotto le sembianze di amicizia e appuntamenti falsi. Ma non c'era niente di falso nel modo in cui il cuore batteva forte quando sorrideva, o nel modo in cui i miei pensieri continuavano ad andare a lei quando avrei dovuto prepararmi per il training camp. Avevamo trascorso solo poche settimane insieme prima di dover ricominciare gli allenamenti.

Cercai le parole giuste, ma non ne trovai nessuna che mi sembrasse degna del momento. Quindi scelsi la verità. «Trix, ti voglio. Non come amico. Ti voglio da tanto tempo. E questi appuntamenti "falsi" che abbiamo avuto sono stati incredibilmente reali per me.»

Spalancò gli occhi, aprì piano le labbra come per parlare, ma non uscì nulla.

«Non voglio presumere nulla su come ti senti. Ma non posso continuare a fingere che mi vada bene essere solo amici» continuai.

Mi scrutò il viso come se cercasse di decifrare la verità dietro le mie parole. Mi ero preparato al rifiuto, imponendomi di non indietreggiare... invece si alzò in punta di piedi, sollevò le mani da dove erano premute contro i suoi fianchi e me le mise a coppa intorno al collo.

Trattenni un respiro a quel tocco improvviso e fissai quegli occhi così pieni di emozione, ma anche di ciò che speravo fosse lussuria e bisogno. Non volevo mai più distogliere lo sguardo. Quella donna meravigliosa e straordinaria era diventata così parte di me che non sapevo come respirare senza di lei nella mente, nel cuore.

«Allora non saremo più solo amici» sussurrò con dolcezza prima di premere le labbra contro le mie.

Trixie Moore mi aveva baciato.

Trixie. Mi. Stava. Baciando.

Il cervello esplose e inviò un'onda d'urto oltre il cuore e direttamente all'uccello. Non c'era nient'altro al mondo tranne le sue labbra, la sua bocca, la lingua e il mio assoluto e totale bisogno di lei. Mi chinai, spingendola contro la porta e le presi il viso tra le mani. Il mio sangue pulsava, mi sibilava nelle orecchie attenuando i suoni della notte fino al piccolo e dolce piagnucolio che emise quando ricambiai il bacio.

Non c'era niente di falso.

Modellò il corpo sul mio, le nostre bocche e le lingue si scontrarono. La baciai non come se fosse il nostro primo bacio, ma come se potesse essere l'ultima volta che mi avrebbe lasciato avvicinare in quel modo. Avevo aspettato così tanto per averla tra le braccia, non l'avrei lasciata andare finché non mi avesse ordinato di farlo.

Non ne avevo mai abbastanza e gemevo per la frustrazione, era molto più di quanto avessi mai sperato, ma avevo bisogno di *più*. Mi avvolse la gamba con la sua come se volesse attirarmi più vicino, ma i nostri corpi erano già schiacciati insieme. Lasciai cadere una mano dai suoi capelli e le avvolsi il braccio sotto la coscia, sollevandole la gamba per avvolgermela attorno al fianco.

Si aprì per me e, dannazione, se non fosse stato per i nostri jeans, l'avrei scopata proprio contro la porta. L'erezione che avevo cercato di nasconderle per settimane o, meglio, anni, si stava gonfiando nei pantaloni. Appoggiai i fianchi contro di lei, pronto a strusciarmi alla ricerca di un po' di sollievo.

L'aria intorno a noi si fece più calda e Trixie si allontanò respirando con affanno pur continuando a trattenermi con una presa di ferro che corrispondeva al desiderio che le leggevo negli occhi, scuri, come la mezzanotte.

«Dovremmo andare dentro. Questa cosa dovrebbe riguardare solo noi e non l'intero quartiere» mi suggerì con dolcezza a un millimetro dalle labbra.

Si abbassò, afferrò la borsa, tirò fuori la chiave e si voltò per aprire la porta. Una mossa che mi mise il suo culo morbido proprio contro il cazzo. Mi chinai, le baciai il collo e le avvolsi il braccio intorno alla vita facendo scivolare il pollice dentro la maglietta. La spinsi verso l'alto fino a toccare la sua pelle nuda.

«Stai rendendo difficile la concentrazione, non riuscirò mai ad aprire la porta se non...» Le tremava la voce e la chiave vibrò quando le diedi un piccolo morso al collo schiacciandomi contro il suo sedere.

«Se non apri, ti tirerò giù i jeans e ti prenderò proprio contro la porta, tesoro.» Avrei potuto farlo. Il mio corpo avrebbe protetto il suo, con un pugno potevo distruggere quella lucina in modo da essere circondati dal buio.

«Mi stai distraendo troppo. O mi aiuti ad aprire la porta o buttala giù, per l'amor del cielo.» La chiave strisciò sul legno e mancò del tutto la serratura. Le presi la mano, portai la chiave alla serratura e la aiutai a spingerla nella toppa. Insieme, girammo la maniglia e cademmo dentro. Andava bene anche lì. Non avevo problemi a scoparla sul pavimento.

Sporse la mano verso l'ingresso aperto senza mai smettere di baciarmi. «Chiudila. Conoscendo la mia fortuna, un procione o qualche altro animale entrerà e vorrà guardare.»

Allungai il piede e la chiusi con un calcio. Eravamo soli.

Chicchirichì, cantò Luke Skycocker dall'alto del divano. Poi sbatté le ali e volò proprio verso la mia testa.

«Luke, no» strillò Trixie.

Tutti i miei anni di combattimento con quell'uccello stavano per giungere al termine. Sollevai Luke in aria e rotolai, infilandomelo sotto il braccio come se avessi appena ricevuto il passaggio per un touchdown vincente. «Mi dispiace, amico, ma non mi impedirai di scopare. È la mia ragazza stasera.»

Luke strillò e si dimenò, arrabbiato perché avevo sventato i suoi piani di lanciarsi come una bomba sulla mia faccia e spaventarmi per allontanarmi da Trixie. Ero certo pensasse che fosse sua. Mi alzai in piedi, indicai Trix con la mano libera e la avvisai: «Non muoverti, a meno che non sia per toglierti tutti i vestiti mentre lo metto nel recinto».

Trixie sbuffò una risata e alzò gli occhi al cielo, ma aveva anche un sorriso adorabile sul viso, calore sulle guance e labbra carnose e ben baciate. *Perfetta*, non la avrei lasciata a lungo.

Corsi alla porta sul retro, pensai di spingere Luke fuori dalla gattaiola, ma avevo la sensazione che sarebbe tornato subito dentro. Era davvero geloso quando si trattava di Trixie. Lo capivo. Ma quella sera non volevo nessuna delle sue piume arruffate tra i piedi.

Lo lasciai cadere nella piccola area recintata e mi assicurai che il cancello fosse ben chiuso. Presi una manciata di mangime dalla scatola accanto al pollaio e gliela lanciai. Mi fece un altro strano verso da gallo, e sono abbastanza sicuro mi stesse guardando di traverso.

Quando mi voltai verso la casa, notai che Trixie non aveva seguito il mio ordine di non muoversi. Era appoggiata alla porta e la luce della cucina la illuminava come un dannato angelo formoso. È un bene che fossi in ottima forma, perché il cuore mi batteva all'impazzata e stava facendo gli straordinari.

Tornai in casa di corsa, la presi tra le braccia come fosse la mia principessa e, di nuovo, mi chiusi la porta alle spalle con un calcio.

«Chris, cosa stai facendo? Mettimi giù, non puoi sollevarmi così.» Mi avvolse le braccia attorno al collo, ma guardò anche il pavimento come se stessi per lasciarla cadere.

«Col cavolo che non posso. Non solo ti posso tenere, ma ti porterò di sopra.»

Trixie mi diede una pacca sulla spalla. «Christopher Bridger Kingmans, so di essere una ragazza grossa, ti farai male cercando di portarmi su per quelle scale.»

Mi piaceva il fatto che non negasse che saremmo saliti nella sua camera da letto, ma solo il fatto che avessi la capacità di portarla lì. Tanto per dimostrare il punto, salii i gradini due alla volta. «Tesoro, sono un atleta altamente allenato ed è la fottuta bassa stagione. Per cosa diavolo ho tutti questi muscoli se non per trascinare la mia ragazza, con il suo corpo rigoglioso e tutto il resto, a letto?»

Un sorriso dolce e sorpreso trasformò il suo viso in qualcosa che ancora una volta mi fece capire che non era mai stata con un uomo che la facesse sentire speciale. «La tua ragazza, eh?»

Mi feci strada nella stanza e verso il grande, lussuoso letto coperto da un migliaio di cuscini di troppo. «Sì, sei mia e ti ho aspettato a lungo. Quindi sii una brava ragazza e baciami ancora come se sapessi di appartenermi.»

Se pensavo che Trixie fosse arrossita prima mi sbagliavo, il cremisi le illuminò le guance. Formò una graziosa O con la bocca, poi si morse il labbro e guardò in basso e di lato, come se volesse nascondermi quella reazione.

Alla mia dolce bibliotecaria della porta accanto piaceva essere definita una *brava ragazza*. Non vedevo l'ora di riempirla di complimenti. Quasi inciampai nel letto chiedendomi quali altri desideri potesse avere.

La adagiai sul materasso, mi arrampicai su di lei e le afferrai le mani sollevandole e fissandogliele sopra la testa. Sibilò un respiro, appena un po' tremante. Sì, alla mia ragazza piaceva qualche porcheria, ci saremmo divertiti da morire a letto.

Non che mi aspettassi altro. Tutto ciò che riguardava lo stare con Trixie era bello da morire. Dal modo in cui rideva a quello in cui baciava.

Si morse di nuovo il labbro ed era qualcosa a cui non potevo resistere. Presi l'altro lato del suo labbro inferiore tra i denti e me lo infilai in bocca dandole un piccolo morso che le fece emettere un gemito sexy da morire. Mi aveva già reso così duro che sarei stato fortunato a durare più di un minuto dentro di lei.

E questo significava che dovevo assicurarmi di farla venire almeno due o tre volte prima ancora di permetterle di toccarmi. Le baciai la mascella e trovai un punto dietro l'orecchio che la fece rabbrividire. «Dimmi cosa ti piace, Trixie. Come vuoi che ti tocchi, cosa vuoi che ti faccia per farti sentire bene.»

Mi sorrise, ma c'era qualcos'altro nel suo sguardo che non riuscivo a identificare del tutto. «Sono abbastanza sicura che qualsiasi cosa faremo sarà grandiosa. Ma dovresti sapere...»

Aveva un'insicurezza nella voce che non ero abituato a sentire. Volevo assicurarmi che sapesse quanto la desideravo, ma anche che per me non era solo una scopata. «C'è tempo per sapere tutto, tesoro. Non vado da nessuna parte. Non ti voglio solo adesso, stasera, voglio molto di più.»

Le sue labbra si aprirono ma si congelarono in un mezzo sussulto. Esitò, colta dalla sorpresa della mia dichiarazione, le parole erano tenute in ostaggio in gola dai suoi sentimenti aggrovigliati. Le mani, che di solito si muovevano insieme ai pensieri in modo così libero, erano ancora strette nelle mie sopra la testa. Le dita danzavano cercando di stringerle, ma non lottava contro la mia presa su di lei.

Per una frazione di secondo, sfrecciò altrove con lo sguardo disperdendo i suoi pensieri, potevo quasi vederla cercare di raccoglierli dagli angoli più remoti della stanza. Ma poi si fissò di nuovo sul mio sguardo, i suoi occhi non solo incontrarono i miei, ma ci si aggrapparono, come se avesse trovato qualcosa che non voleva lasciare andare.

Quando finalmente la sua bocca si aprì per rispondere, si inarcò verso di me in modo quasi impercettibile. Stava scavalcando una linea invisibile, passando da ciò che aveva sempre pensato che fossimo, a ciò che avremmo potuto essere. Insieme.

Invece di parlare, premette di nuovo le labbra sulle mie e si divincolò dalla presa per afferrarmi la maglietta e tirarmela su e oltre la testa. *Oh, al diavolo, sì.* Andai dritto al bottone dei suoi jeans e insieme li facemmo scendere lungo i fianchi. Sollevò il sedere e li sfilai del tutto.

«Ci sono... sono galli quelli sulle tue mutandine?»

Si sollevò sui gomiti, abbassò lo sguardo e rise. «Sì. E il retro dice che è vietato l'accesso al becco.»

Mi gettai i jeans alle spalle con l'intenzione di farla girare per vedere. Ma qualcosa dietro di me si schiantò. Gli occhi di Trixie si spalancarono e mi voltai per vedere cosa avevo rotto. Una specie di cesto della biancheria era caduto da un supporto all'interno dell'armadio e il contenuto era ora sparso sul pavimento.

I detriti non erano i suoi panni sporchi. Erano sporchi, però. Più sporchi di quanto avrei mai immaginato per la mia ragazza dolce, nerd e formosa.

C'erano almeno un centinaio di sex toys molto interessanti, inclusi dildo, vibratori e alcune cose che non riuscivo a identificare.

Trixie saltò giù dal letto e corse verso il disordine, tuffandosi verso il giocattolo più vicino come se volesse nasconderli. «Oh, Dio. Fai finta di non aver visto niente di tutto questo.»

La placcai, la portai a terra con delicatezza strappandole di mano il vibratore già ronzante a forma di tentacolo. Squittì, cercò di coprirsi il viso e sbuffò, rise e divenne di ogni sfumatura di rosso.

Le tolsi la mano dagli occhi e le feci cadere il giocattolo tra le gambe. «Più tardi mi spiegherai perché hai un'intera collezione di sex toys, ma prima ti farò venire con almeno una dozzina o più.»

CAPITOLO 16

Porno tentacolare

TRIXIE

Dannazione, quella situazione era tutta colpa mia, ma non ero per niente dispiaciuta. Di certo non mi sarei mai aspettata che un quarterback tutto muscoli gettasse i miei jeans nell'armadio e rovesciasse la scorta segreta di sex toys che la mia amata, ma stranissima mamma, mi aveva mandato negli ultimi quattro anni.

Ero certa che Chris avesse intuito da dove provenivano. Conosceva mia madre e i suoi profili social sul sesso e la body positivity. Sapeva anche che lei e papà viaggiavano per il mondo. Speravo con tutto quello che avevo che non ne fosse sciocato. Non credevo lo fosse, perché aveva in mano un sex toy tentacolare vibrante che veniva dal Giappone e si stava facendo strada lungo il mio corpo.

E non avevo intenzione di parlare di mia madre in quel momento. Soprattutto perché era il primo uomo a toccarmi in quel modo senza averla menzionata nemmeno una volta.

«Questo aggeggio ti eccita un po' troppo.» Il sorriso che aveva in faccia era troppo divertito per essere legato solo al desiderio di infilarsi nei miei pantaloni.

«Riconosco un buon compagno di squadra quando ne vedo uno. Anche se è un polipo. In ogni caso, non vedo l'ora di vederti roteare gli occhi all'indietro quando ti farò venire la prima volta.»

«La prima volta? Quante volte pensi… Oh, Dio. Oh, Dio.» Mi premette quel mostro tentacolare proprio sul clitoride e, anche con le mutandine come barriera, stavo già iniziando a roteare gli occhi all'indietro.

«Sì, la prima volta.» Mi accarezzò con il vibratore su e giù, stuzzicandomi. «E lo farò nonostante queste mutandine mi stiano intralciando la strada.»

A quel punto ero così eccitata che non avevo dubbi potesse farmi venire anche con l'intimo addosso. Ma non era quello che nessuno dei due voleva davvero.

Mi morsi il labbro, cercando di controllarmi prima di prendere l'iniziativa e tirare l'elastico delle mutandine con una mano mentre Chris aveva ancora l'altra mano premuta contro di me con il giocattolo.

Mi spostai sul pavimento sotto di lui e iniziai a far scivolare lentamente un lato delle mutande lungo la pancia e i fianchi, poi l'altro lato. Non ero il tipo di ragazza da perizoma, ma dal modo in cui lui guardava con impazienza mentre iniziavo a spogliarmi mi sembrava di indossare lingerie elegante.

Quando non riuscì a muoverle a causa del vibratore che pulsava contro il tessuto mise da parte il giocattolo e si chinò per lasciarmi un bacio sull'ombelico, poi sulla parte inferiore del ventre morbido, prima di afferrare le mutandine con entrambe le mani e spingerle giù fino alle ginocchia.

Stavo rivelando una parte di me che nessun uomo vedeva da molto tempo. Una parte che non mostravo dai tempi del college, quando il mio ragazzo Tate aveva provato a infilarsi nel mio letto fallendo in modo spettacolare.

Chris incontrò il mio sguardo e fece l'occhiolino mentre afferrava un altro giocattolo dalla pila. Questo era un po' meno kitsch e più, come dire, *utile*. Il vibratore era rosa shocking, aveva la forma di un coniglio e proveniva dall'Italia, la base era decorata con cristalli Swarovski. Ma, nonostante l'aspetto sofisticato, quando lo accese, il ronzio prometteva di essere più potente dell'altro.

«Usi questi quando ti masturbi, Trix?» La sua voce era diventata cupa e roca e mi fece vibrare più di quel dannato giocattolino.

Scossi la testa. «No. Ne ho uno normale, senza tutti questi fronzoli.»

Tracciò ciascuna delle cosce con la testa pulsante del coniglio e mi sollevò le mani sopra la testa mantenendo il pieno contatto visivo. Molto, troppo lentamente, spostò il giocattolo più vicino al mio centro, senza ancora toccarmi dove ne avevo più bisogno. «Più tardi, mi mostrerai con esattezza come lo usi.»

«E cosa farai mentre mi guardi?» Avevo trovato un po' più di fiducia, soprattutto stimolata dal modo in cui era così visibile il suo bisogno di me, anche se non si era nemmeno tolto i pantaloni. Non si trattava solo della voglia di venire.

In tutta la vita, mai nessuno mi aveva chiesto se poteva darmi piacere con quello che sembrava puro amore e affetto, invece di cercare solo la propria soddisfazione, o, peggio ancora, perché voleva vedere com'era la figlia di una pornostar a letto.

«Mi stringerò il cazzo proprio come faccio quando immagino che ti tocchi. Ma questa volta voglio guardarti quando vieni, Trixie. Ho fantasticato su che aspetto avresti troppe volte, ho bisogno di vederlo con i miei occhi.»

Mi aveva immaginato mentre avevo un orgasmo? Questo pensiero mi mandò in tilt il cervello. Perché, se mi stava immaginando in quel momento, cosa stava facendo nel frattempo? Conoscevo la risposta, ma ero sorpresa lo stesso. Come avevo fatto a non capirlo?

Perché non avevo voluto. Dal giorno in cui ero tornata dopo il college, Chris era stato il mio migliore amico, il mio spazio sicuro, e non mi aveva mai fatto sentire come... la figlia della pornostar che non era altro che un oggetto sessuale. E dopo la mia ultima rottura, ne avevo bisogno.

Eppure, era lì, a farmi sentire sexy, importante e desiderata. Non pensavo gli sarebbe importato nemmeno del fatto che avessi davvero poca esperienza o di quella stupida etichetta di *vergine*. Perché in quella stanza non c'era niente e nessun altro al mondo, tranne che noi due che ci rendevamo conto di appartenerci.

«Non vedrai niente se non cominci a toccarmi.» Gli rivolsi quello che speravo fosse un sorrisetto sexy. Non volevo farmi troppe aspettative, ma i preliminari con Chris erano incredibilmente diversi da qualsiasi altra esperienza sessuale avessi mai avuto.

E mi piacevano.

Pensavo che avrebbe fatto qualcosa per rispondere alla battuta, ma si chinò e mi attaccò la bocca con un altro dei suoi baci profondi. Tirai le mani, ancora strette in una delle sue, con la voglia di avvolgergli di nuovo le braccia attorno al collo. Mi tenne stretta e mi leccò il labbro inferiore, poi mi infilò la lingua in bocca. Allo stesso tempo, mi fece scivolare il giocattolo tra le gambe e trovò il punto perfetto, mettendo quelle orecchie da coniglio vibranti proprio sul clitoride.

Gemetti nel bacio e alzai i fianchi, l'istinto mi spingeva ad avvicinarmi. Il modo in cui faceva scivolare la lingua sulla mia, imitando il movimento del giocattolo più in basso, mi avrebbe fatto venire troppo presto. Avevamo appena iniziato. Forse mi avrebbe strappato quei tanto pubblicizzati orgasmi multipli.

Chris interruppe il bacio, mi fissò e mi spinse sempre più vicino. «Dio, sei ancora più sexy che nei miei sogni più bagnati. Adesso fai la brava ragazza e vieni per me, perché ti voglio gocciolante quando assaporerò quella figa bagnata.»

Strinsi i pugni col desiderio di afferrare qualsiasi cosa, ma non me lo permise. Mi sorprese adorare quella mancanza di controllo. Ero stata la responsabile dei miei orgasmi per tutta la vita. Mai una volta qualcuno si era nemmeno avvicinato a farmi venire. Ma lì, sul pavimento, con Chris che prendeva il comando, il controllo, stavo vivendo uno dei momenti più erotici della mia vita.

E stavo per venire. In meno di un maledetto minuto.

«Oh Dio. Sto...» Tremavo e sussultavo, non riuscii nemmeno a finire la frase.

«Ecco, piccola, fammi vedere come vieni per me.» Non furono solo le parole, o il modo in cui sapeva con esattezza come trattare il mio corpo, ma il tono roco e bisognoso della sua voce che mi spinse oltre il limite. *Aveva bisogno del mio piacere.*

Il mio corpo si contrasse forte e l'orgasmo mi travolse togliendomi il fiato. Mi spinsi contro il giocattolo, volendo di più e sentendomi come se fosse troppo allo stesso tempo. «*Chris*, sì, Dio, sì.»

Mi baciò di nuovo e lasciò cadere il giocattolo, usò le dita per accarezzarmi le pieghe bagnate strappandomi ogni briciolo di quell'orgasmo. «Molto meglio di quanto immaginassi, piccola.»

Era proprio vero.

Voglio dire... sapevo come procurarmi un orgasmo. Ma Chris era un dannato maestro.

E volevo dirglielo. Volevo confessargli che era stato il primo uomo a fare una cosa del genere per me. E lo avrei fatto, non appena fossi riuscita a respirare di nuovo.

Solo che si spinse in basso e mi seppellì la faccia tra le cosce, e mi dimenticai di tutto tranne della sua bocca che mi leccava il clitoride. E i suoni che faceva? Se erano indicativi, non ero l'unica a trarne un piacere strabiliante.

I produttori di sex toys che affermano di emulare il movimento della lingua sono dei gran bugiardi, perché niente si avvicinava nemmeno lontanamente alla lingua di Chris. Quel giocattolo rosa con i petali tremolanti? Era da buttare. La sua bocca era magica, maledizione.

Non sapevo se voleva che tenessi le mani dove le aveva lasciate sopra la testa, ma non riuscii in nessun modo a trattenermi. Spinsi le dita tra i suoi capelli e lo tenni stretto. Alzò la testa e si leccò le labbra come se stesse facendo il miglior spuntino della sua vita. «Sei deliziosa, passerò molto tempo con la faccia tra le tue gambe.»

«Come se potessi dire…» ansimai interrompendomi a metà frase perché mi fece scivolare un dito dentro e lo fece girare «"no, grazie".» Non sono nemmeno sicura di come feci a farmi uscire quelle parole dalla bocca.

«Mmh. Preferirei sentire un "sì, ti prego".» Abbassò la testa e mi succhiò il clitoride mentre inseriva un secondo dito e lo muoveva contro le mie pareti interne trovando il mio punto G, *e forse anche i punti H, I e J*.

Sì, ti prego, quello potevo dirlo. «Sì, sì. Dio, sì, ti prego.»

Le suppliche si trasformarono in piagnucolii e in breve tempo persi la capacità di emettere suoni. L'orgasmo si era sviluppato più lentamente, ma molto più in profondità. Potevo letteralmente sentire la vagina contrarsi attorno alle sue dita e il clitoride pulsare, tremare, la pressione cresceva mentre mi spingeva verso un altro orgasmo sconvolgente.

Una volta che riuscii a respirare di nuovo, mi ritrovai a fluttuare in un bagliore spaziale. Da qualche parte in una galassia molto, molto lontana, Chris si sollevò su di me e rimase immobile. Non avevo la forza né la voglia di aprire gli occhi.

«Sei bellissima quando vieni, tesoro, ma mi piace anche questo tuo sguardo beato.» Mi sfiorò le labbra con le sue e indugiò, dandomi un assaggio di me stessa che risvegliò i miei sensi.

Gli avvolsi le braccia attorno al collo e mi presi il tempo per esplorargli la bocca e il mio sapore. Gemette e in un secondo si alzò, con me tra le braccia, e ci spostò verso il letto. Spalancai gli occhi, ma tutto quello che potevo fare era sorridere come un'idiota.

In poche ore e un paio di orgasmi, ero fuori di testa per Chris Kingmans.

Era qualcosa di più della semplice ossitocina. Sapevo che era facile provare sensazioni davvero intense dopo un incontro sessuale. Ero cresciuta capendo come funzionavano il corpo e la mente, soprattutto quando si trattava di sesso. Ma non avevo mai sperimentato nulla di tutto ciò per me stessa.

Non avevo intenzione di illudermi e ammettere che ero del tutto innamorata di Chris, ma i sentimenti che provavo per lui in quel momento? Di sicuro non c'entravano nulla con l'amicizia.

Mi stavo innamorando del mio migliore amico.

CAPITOLO 17

Goyakattdlagg

CHRIS

Vedere Trixie andare in pezzi per me era stata la cosa più bella a cui avessi assistito in vita mia. Ogni centimetro di lei era meraviglioso, cazzo. Anche se il nervosismo era chiaro, aveva quella deliziosa sicurezza di fondo di cui non avevo mai abbastanza.

Il modo in cui si era spinta verso il mio tocco ed era venuta, come se fosse stata eccitata per dieci anni e avesse solo bisogno di me per andare oltre il limite, mi aveva fatto quasi venire nei jeans come un adolescente che vede le prime tette nella vita reale.

Me la ritrovavo finalmente sotto di me e, anche se volevo prendermi il mio tempo e assaporare ogni momento, sapevo che una volta dentro di lei per la prima volta non sarei durato. Ciò significava che dovevo assicurarmi che fosse vicina a venire di nuovo prima di tirar fuori l'uccello.

Aveva già uno sguardo morbido e confuso sul viso, e non potei fare a meno di darle un altro bacio lungo e languido mentre le aprivo le cosce con il ginocchio. Dio, non mi sarei mai stancato di baciarla. Quei piccoli gemiti che emetteva e il suo sapore, il modo in cui si abbandonava a ogni mio tentativo di controllarle la bocca, il suo bisogno di me.

Avevamo avuto così tanta fretta di giocare con quella collezione di giocattoli incredibile, che non ci eravamo nemmeno del tutto spogliati. Non ero ancora riuscito a vedere quelle tette grandi e piene. Volevo trascorrere una vita a adorarle. Avevo fantasticato un sacco di volte di scoparle. Alzai l'orlo, ero a un passo dallo strapparle la maglietta. «Toglitela, piccola. Non vedo l'ora di vedere quanto sono sensibili i tuoi capezzoli.»

Se la tirò sopra la testa e il reggiseno la seguì. Era semplice e chiaro e, grazie a Dio, non era coperto di galli. Lo afferrai mentre se lo stava facendo scivolare sulle braccia per inchiodarla al letto. Mi rispose con lo stesso rossore di prima, più tardi avrei frugato nel resto della cesta per vedere se aveva delle manette o qualche altro tipo di legaccio, perché era chiaro che le piaceva perdere un po' di controllo a causa mia.

Per un minuto, mi persi del tutto nel fissare i piccoli capezzoli sodi e le morbide collinette del suo seno, aspettava solo di essere stuzzicato e assaggiato, e...

«Ehi? Christopher? Sono solo tette.» Scoppiò in una piccola risata che le fece tremare il petto facendomi dimenticare qualsiasi altra cosa nell'universo.

«Queste non sono solo tette, tesoro. Queste sono le tette che ho immaginato di scopare per anni, credo che il mio cervello sia andato in corto circuito, ora che riesco a vederle dal vivo per la prima volta.»

Oscillò da un lato all'altro solo per prendermi in giro, rise ancora di più quando il movimento mi fece gemere.

«Se non volessi così tanto essere dentro di te in questo momento, ti succhierei i capezzoli e mi scoperei queste tette.»

Mi indicò le gambe con il mento. «Difficile fare una cosa del genere con i jeans addosso. Non è giusto che io sia nuda e tu no.»

Mi chinai e mi avvicinai a un capezzolo. «Voglio solo assicurarmi che tu sia di nuovo vicina prima.»

Poi feci quello a cui avevo pensato negli ultimi dieci anni. Avvolsi una cinghia del reggiseno attorno alla testiera del letto e glielo assicurai attorno ai polsi. Poi afferrai un cuscino, glielo sistemai sotto la schiena in modo che dovesse inarcarsi per me, e iniziai a stuzzicare entrambi quei punti sensibili con la lingua, come se fossero piccole bacche morbide create solo per me da mangiare.

Trixie si inarcò e piagnucolò a ogni tocco e suzione, i gemiti diventarono via via più veloci mentre alternavo il succhiarli, tirarli delicatamente tra le dita e tornare di nuovo a giocarci con la lingua. Feci la stessa identica cosa tra le sue gambe, succhiandole il clitoride, girandolo tra le dita e tornando a stuzzicarlo con la lingua.

Volevo con tutto me stesso essere quel ragazzo che poteva regalare alla sua donna una dozzina di orgasmi e poi scoparla come una fottuta pornostar, ma a ogni tocco stavo perdendo il controllo. Più gemeva e piagnucolava, più diventavo duro. Mi stavo già strusciando su quel maledetto materasso, l'unica cosa che mi salvava era il non essere nudo.

Se lo fossi stato, sarei stato dentro di lei e sarei già venuto.

Volevo che quella notte diventasse qualcosa da ricordare per il resto della nostra vita.

Ancora un'altra carezza veloce e sarei strisciato di nuovo su di lei per scoparla fino all'oblio. Trascinai la lingua sul clitoride e, cavolo, la mia ragazza era elettrica. Gridò il mio nome e mi strinse la testa tra le ginocchia mentre veniva ancora una volta.

Be', diamine. Non potei fare a meno di ridere. E piangere un po' perché avrei dovuto aspettare ancora per scoparla, ma adoravo il modo in cui si lasciava andare con me ancora e ancora e ancora.

Sollevai di nuovo la testa e la fissai. Stava ansimando, con gli occhi chiusi, con un'espressione di totale beatitudine sul viso. Era quasi altrettanto soddisfacente. *Quasi.*

Mi arrampicai sul suo corpo, lasciandole piccoli baci su ogni curva e punto sensibile lungo il percorso, finché non arrivai alla mia curva preferita. La curva del suo sorriso.

Le diedi solo un bacio dolce, gentile, per aiutarla a tornare da me dal nirvana in cui stava fluttuando. Sciolsi i lacci improvvisati che le tenevano le braccia sopra la testa e le baciai l'interno del gomito.

Aprì un occhio e il suo sorriso divenne ancora più luminoso. «Ora tocca a me toccarti e farti sentire così bene?»

«Piccola, te lo prometto, scopandomi di sicuro mi farai sentire bene.»

Si sedette e mi diede un bacio dolcissimo accarezzandomi la guancia con la mano. Ma l'altra mano andò al bottone dei miei jeans. L'aiutai a slacciarli e mi alzai per sfilarli. Nello stesso momento saltò giù dal letto, mi diede uno spintone carinissimo cercando di farmi sedere o magari sdraiare sul letto per lei.

All'inizio non mi mossi, perché, andiamo, come poteva riuscire a placcarmi? Ma mi fece un sorrisetto e alzò un sopracciglio in una smorfia che mi obbligò a cedere. Se mi avesse guardato in quel modo indossando un completo da bibliotecaria sexy sarei stato spacciato.

Una volta seduto sul bordo del letto dove mi voleva si sporse in avanti, mettendomi le mani sulle spalle e le labbra all'orecchio. «Voglio sentirti di nuovo chiamarmi la tua brava ragazza mentre mi scopi la bocca.»

Come diavolo avevo fatto ad avere la fortuna di avere una donna come Trixie? Allungai la mano e le presi il mento tra i palmi, la baciai forte e le diedi quello che voleva, perché ci saremmo divertiti entrambi. «Allora mettiti in ginocchio e prendi questo cazzo come una brava ragazza.»

I suoi occhi si oscurarono e sibilò in un sospiro. Sì, la mia ragazza aveva dei desideri con cui ero più che disposto a divertirmi.

Si inginocchiò e mi mise le mani sulle cosce. Per un minuto si bloccò a fissarmi l'uccello, non sapevo se mi stesse valutando come una prelibata sorpresa o se era preoccupata. Non ero il ragazzo più grosso dello spogliatoio, ma ero più grande del *mustang* medio.

Mi strinsi il cazzo con una mano e spinsi l'altra tra i suoi capelli. Stavo per dire che qualunque cosa volesse prendere di me andava bene, per rassicurarla in qualche modo, ma abbassò la testa e mi accolse tra le labbra. Per la centesima volta nella serata dimenticai il mio fottuto nome. «Gesù, Trixie. La tua bocca è perfetta.»

Non avrei resistito a lungo, il che era un vero peccato, perché il modo in cui faceva roteare la lingua esplorando ogni benedetto centimetro di me era fantastico. Le afferrai i capelli e le guidai la testa su e giù. Gemette e le vibrazioni mi mandarono così vicino a esplodere che dovetti stringere i denti e fare diversi respiri profondi per trattenermi.

Mi guardò attraverso quelle splendide ciglia e dovetti scegliere se allontanarla o venire all'istante. Mi chinai, le baciai le labbra gonfie, poi le sussurrai contro la bocca: «Sei fottutamente brava, piccola».

Arrossì per quel complimento. Mi aveva appena succhiato il cazzo e una lode la faceva arrossire? Dio, la sua innocenza mescolata al puro erotismo di averla in ginocchio per me era quasi perfetta. Le strinsi più forte i capelli e le ringhiai all'orecchio. «Voglio che ti tocchi mentre mi succhi l'uccello. Facci venire entrambi, tesoro.»

Annuì e i suoi occhi guizzarono di lato. Quell'esilarante vibratore tentacolare era a portata di mano e, osservandolo, mi resi conto che non era un vibratore. Doveva strusciarcisi sopra. Presi un cuscino da dietro di me e lo lasciai cadere in mezzo a noi. «Metti quella cosa su questo e mostrami quanto ti fa sentire bene mentre mi ingoi.»

Premette il piccolo pulsante, si mise a cavalcioni del cuscino e fece scivolare il giocattolo sotto di sé. Per un attimo chiuse gli occhi e le presi il viso tra le mani. «Così, piccola, cavalca quella cosa e, quando ci sei quasi, vieni a mettermi la bocca addosso di nuovo, perché sono a un passo dal venire da quando ti ho toccato la prima volta, non durerò a lungo nella tua bocca bollente.»

Annuì e si morse il labbro ruotando i fianchi.

«Guardami mentre giochi con quell'aggeggio, Trix. Voglio vederti mentre godi.» Le alzai il viso così che fosse costretta a guardarmi dritto negli occhi. Aveva le pupille dilatate, gli occhi così scuri che pensavo di riuscire a vederle l'anima. Era bella da morire, e io ero dannatamente innamorato di lei.

Quella sensazione non era dovuta al sesso.

Ero innamorato perso di Beatrix Moore.

Riuscire finalmente a toccarla, assaporarla, reclamare il suo corpo, era solo la ciliegina sulla torta. Lei era il gelato, la cioccolata e i confettini, e non ne avrei avuto mai abbastanza.

Volevo dirglielo, volevo gridarle quanto l'amavo. Ma non volevo pensasse che fosse qualcosa detto nella foga del momento.

Il giorno dopo, quando fossimo stati avvolti l'uno nelle braccia dell'altra, rilassati, caldi e ben sazi, allora sì che le avrei detto che la amavo. Me l'ero tenuto dentro per troppo tempo.

I dolci, piccoli, sussulti che emetteva si trasformarono in gemiti e, dopo tre orgasmi, avevo imparato a riconoscerne i segni. «Sei di nuovo vicino, vero, tesoro?»

Annuì. «Sì, *oh, sì*. Dio, non sono mai venuta così tante volte prima.»

Diavolo, sì. «Ne vorrò almeno un altro paio da te stasera. Ora vieni qui e mettimi di nuovo quella bella bocca sul cazzo.»

Continuò a dondolare i fianchi sincronizzando il movimento con il su e giù della testa. Le palle si strinsero, stavo per venire come mai prima di allora. «Ecco, prendimi fino in fondo. Ti esploderò in gola.»

Tremava, perse il ritmo mentre l'orgasmo la prendeva e, merda, non riuscii a trattenermi un secondo di più. «Cazzo, Trixie, cazzo. Questa è la ragazza che a...»

Quasi urlai che l'amavo quando venni in quella bocca calda e bagnata. Ma strinsi i denti e gemetti a gran voce. Tutto il corpo formicolava e non potevo smettere di spingere un po' più a fondo, sentendo la sua gola che si agitava per ingoiare ogni goccia.

Quando non avevo più niente da darle mi tirai fuori, lei quasi crollò sul pavimento. Mi sarei preoccupato se non avesse iniziato a ridacchiare a crepapelle. Strisciai a terra accanto a lei e la avvolsi tra le braccia.

«Stai bene, Pulcina?»

Agitò la mano, non riuscendo a parlare, e continuò a ridere rannicchiandosi contro di me. «Scusa, penso questa sia una reazione all'eccessiva ossitocina, serotonina e dopamina di tutti gli orgasmi.»

«Sei adorabile, cazzo. Chiunque altro avrebbe semplicemente detto che era colpa del sesso fantastico.»

Rimase in silenzio per un momento, poi scoppiò in un'altra risatina. «Sono stata educata al sesso per tutta la vita.»

«Penso che stasera tu sia stata strapazzata a dovere. Dai, simpaticona. Ripuliamoci e mettiamoci a letto. Dove, se mi dai solo un po' di tempo, ti scoperò per bene e con calma più tardi.»

«Mmh. Sembra altrettanto divertente.» Non si mosse dalle mie braccia, quindi la presi in braccio ancora una volta, e la portai in bagno dove entrammo nella bella, grande cabina doccia. «Oh, cavolo, non devi portarmi ovunque.»

«Non devo, *voglio*, mi piace.» *Ti amo*. Avevo le parole sulla punta della lingua, ma non le lasciai uscire. La feci scivolare lungo il mio corpo e aprii l'acqua. A quel punto era praticamente fatta di gelatina, ci insaponai entrambi e tornammo fuori da lì prima ancora che l'acqua diventasse calda.

Aveva dei bellissimi asciugamani grandi e soffici, l'avvolsi in uno, ne presi un altro da sistemarmi intorno alla vita e la riportai a letto. Crollò tra i miliardi di cuscini, ne dovetti buttare un paio a terra per poterla avvolgere con il mio corpo.

Non mi sarebbe servito nessun cuscino di piume perché tutto di lei era come un grande, morbido, cuscino. In quel momento avrei potuto addormentarmi in un attimo solo tenendola tra le braccia. Sbadigliai e lasciai che la soddisfazione di stringerla mi travolgesse.

«Farò solo un pisolino. Credo che prima tu mi abbia risucchiato la vita.»

«Oh. Non ho, uhm, succhiato troppo forte, vero?» Sbadigliò anche lei. Adoravo il suono assonnato della sua voce. Era molto soddisfatta ed era merito mio.

Le sue parole stavano già svanendo nel sonno.

Abbassai il viso sul suo collo e le diedi una dozzina di piccoli baci. «No, sei stata una brava ragazza e l'hai fatto benissimo.»

«Ottimo. Perché non l'avevo mai fatto prima.» La sua voce era così debole che quasi non la sentii.

Scusa? Che cosa? «Vuoi dire che non eri mai venuta mentre facevi un pompino?»

La risposta fu il russare più carino. Chiusi gli occhi anche io. Le avrei chiesto cosa intendeva quando l'avrei svegliata più tardi. Di certo non avrei aspettato più di qualche ora per averla sotto di me a gemere di nuovo il mio nome.

Solo che subito dopo sentii Luke, quel maledetto Skycocker, che stava cantando e il sole entrava dalla finestra aperta.

Trixie si svegliò di soprassalto, mi osservò come se fossi un serial killer nel suo letto, cercò gli occhiali e guardò dietro di me. «Oh, *merda*. Non ho messo la sveglia ieri sera. Sono in ritardo per il lavoro.»

Volò giù dal letto soffocandomi con le coperte. Quando riemersi aveva già il reggiseno, si stava infilando le mutandine e allo stesso tempo cercava di mettersi un vestito.

«Ti aiuterei, ma potrei solo intralciarti.»

Si infilò il vestito, corse da me per darmi un bacio sexy da morire e si lanciò in bagno. Sentii l'acqua scorrere e il lavarsi di denti più veloce del mondo, quando uscì aveva i capelli raccolti in una graziosa coda di cavallo. «Mi dispiace tanto. Vorrei che potessimo coccolarci e fare colazione, e fare... qualche altra cosa, e parlare, ma ho il primo turno e la biblioteca dovrebbe aprire tra, oh Dio, quindici minuti.»

«Fai quello che devi fare, piccola. Ci vediamo quando esci dal lavoro. Poi ti farò venire ancora un po'.»

Mi sorrise, mi baciò di nuovo prima di volare fuori dalla porta, la sentii correre giù per le scale e sbattere quella d'ingresso.

Gesù, era passata dal sonno profondo a uscire di casa in meno di cinque minuti. Io ero lì, ancora nel suo letto. Lo adoravo. Ci sarei rimasto per un po'. Magari mi sarei fatto una sega pensando a tutto quello che avevamo fatto la sera prima.

I miei jeans ronzarono dal pavimento e con riluttanza rotolai giù dal letto e li afferrai. C'era un messaggio di Trixie che mi chiedeva di dare da mangiare a Luke e alle ragazze. E un altro da Everett.

EVERETT: Potresti voler chiudere le finestre la prossima volta che scopi la tua nuova ragazza.

CAPITOLO 18

Mister romanticismo?

TRIXIE

C'era voluta tutta la mia forza di volontà per non chiamare Lulu nel momento esatto in cui ebbi una pausa. Ma quella conversazione non era adatta al posto di lavoro, e non avevo bisogno che qualcuno mi denunciasse per aver avuto discussioni inappropriate nella sezione adolescenti della biblioteca. Ma rividi nella mente quello che le avrei detto almeno un milione di volte prima di pranzo.

In nessuno di quegli scenari ero calma, raccolta o tranquilla al riguardo. In effetti, *forse stavo avendo un infarto?* Non importava quante volte la asciugavo, una goccia di sudore continuava a formarsi sull'attaccatura dei capelli proprio vicino alla tempia.

Avevo fatto sesso con Chris. Be', sesso orale. Con Chris. *Sesso. Con. Chris.*

«Signorina Moore, è tutto okay? Possiamo tornare più tardi se non si sente bene.» Una mamma con indosso una maglietta che recitava "Il libro era meglio" e la figlia adolescente erano in piedi alla mia scrivania. Da quanto tempo erano lì?

Mi ripresi e tornai la Trixie professionale. «Oh, sto bene. Non c'era abbastanza caffeina nel caffè di stamani. Come posso aiutarvi?»

«Abbiamo un appuntamento per lavorare sulle domande di iscrizione al college di Zenia.»

«Giusto, bene. Vediamo cosa possiamo fare.» Quella era la distrazione perfetta. Se non fossi diventata una bibliotecaria, avrei potuto essere una consulente di orientamento. Mi piaceva aiutare gli adolescenti a scegliere le scuole e a scrivere i saggi. La cosa che preferivo era quando venivano ammessi e iniziavamo a esaminare l'elenco dei corsi, creando strategie su cosa avrebbero frequentato e quando.

«Dove vuoi fare domanda, Zen?» Quattro anni prima, quando avevo ottenuto il posto di bibliotecaria per adolescenti presso la filiale nord della Thornminster, Zenia odiava leggere ed era stata bocciata in molte materie. Pensava di essere stupida e questo mi aveva spezzato il cuore. Ma la sua insegnante di inglese, la signora O'Hare, aveva capito che era dislessica e aveva fatto qualcosa al riguardo quando nessun altro lo aveva fatto.

Adoravo quella professoressa. Aveva trascorso più o meno tanto tempo a esaminare la sezione *giovani adulti* quanto molti dei miei clienti adolescenti, parlavamo di continuo di libri e di quali sarebbero stati fantastici per ogni suo studente. E di notte scriveva romanzi rosa, ma quello era un segreto e non lo avrei mai rivelato. Purché continuasse a scrivere e a raccontarmi tutto quello che succedeva a Romancelandia.

Ero appassionata di pettegolezzi. Sempre che non parlassero di me. Volevo conoscere tutto il dramma possibile, ma non volevo esserne coinvolta. Me ne stavo in disparte, a osservare e godermi lo spettacolo.

Zenia mi sorrise come se le avessi chiesto che tipo di gelato voleva. «Voglio andare alla Denver Sex. So che è una cosa grossa ed è difficile entrarci.»

«Aspetta, dove?» Una cosa grossa, dura... *Oh Signore, cosa c'era di sbagliato in me?*

Il volto di Zenia si abbassò un po' e mi presi a calci per averla fatta dubitare. «Alla Denver State. Quest'anno seguirò due lezioni avanzate, quindi penso di avere una possibilità. Non credi?»

Le presi una mano e le rivolsi il mio sorriso più sincero. «Hai un'ottima chance, Zen. Il mio cervello si è inceppato per un attimo e mi ci è voluto un minuto per elaborare quello che hai detto. Mi dispiace.»

«Cosa avevi capito?» mi osservò con occhio attento.

Gli adolescenti non riuscivano a capire se hai scopato di recente, vero? «Lascia stare. Ora, esaminiamo i requisiti e scopriamo su cosa vuoi scrivere il tuo saggio.»

«Oh, so cosa voglio scrivere.» Alzò lo sguardo verso sua madre che le rivolse un sorriso e un cenno. «Su come i libri e la lettura mi abbiano salvato la vita.»

Oh, mio Dio. Stavo per piangere. Dovetti sbattere le palpebre un paio di volte per assicurarmi che non mi uscisse nulla dagli occhi. «È fantastico. Sono sicura che gli esaminatori lo adoreranno.»

Con i suoi voti, era comunque già dentro. Non vedevo l'ora di riferire alla signora O'Hare ciò che aveva detto Zenia.

Sua madre contribuì al mio scoppio emotivo emergente aggiungendo: «Tu, la signora O'Hare e la biblioteca ci avete cambiato entrambe. Non andavo benissimo a scuola e volevo di meglio per Zenny, però non avevo idea di come aiutarla. Ma ora leggiamo libri insieme e ho un canale sui social seguito da un sacco di persone».

«Sì, ma lì parla solo dei suoi libri piccanti.» Zenia alzò gli occhi al cielo, ma era facile capire che la trovasse una cosa fantastica, anche se non avrebbe mai potuto ammetterlo senza perdere la tessera del club delle adolescenti.

Questo. Questo era il motivo per cui amavo il mio lavoro.

Passammo i successivi quarantacinque minuti a esaminare la domanda e promisi a Zenia che avrei riletto il saggio una volta finito. E anche di prestare a sua madre l'ultimo libro di Molly O., di cui avevo una copia in anteprima.

Mandai un messaggio a Lu una volta finito l'appuntamento e le altre attività mattutine.

TRIXIE: Ti va un pranzo sul presto? Ho saltato la colazione e sto morendo di fame.

Le ci vollero alcuni minuti per rispondere.

LU: Posso, ma forse non puoi tu. Karter è appena uscito di qui ed è tutto agitato e sconvolto. Pensa che la tua nuova fama abbia bloccato il sito della biblioteca durante il fine settimana.

Che cazzo. Aprii il browser sul computer alla scrivania dei ragazzi ed entrai nel nostro sito web. Mi sembrava a posto. Forse un po' lento, ma avevamo bisogno di un nuovo server già da un po'.

Mi guardai intorno prima di risponderle con un messaggio solo per assicurarmi che Karter non fosse in agguato da qualche parte, pronto a saltarmi alla gola per essere al telefono durante il turno.

TRIXIE: Che cosa?

Mi rispose con l'emoji dell'alzata di spalle e quella del viso irritato con il sopracciglio alzato. Questo mi disse tutto.

Prima di mettere via il cellulare, decisi di inviare un breve messaggio a Chris. Odiavo il fatto che non fossimo riusciti a parlare o altro quella mattina. Ma cosa potevo dirgli? "Grazie per tutti gli orgasmi di ieri sera" non mi sembrava l'ideale.

Se ci avessi pensato troppo a lungo, mi sarebbe servito un ventilatore, e magari un cambio di biancheria intima. Alla fine, gli inviai solo un bacio. Uffa, speravo non fosse troppo banale. Non era il mio ragazzo a tutti gli effetti, o no?

Non sapevo cosa fosse. Ecco perché avevo bisogno di parlare a fondo e analizzare tutto con Lulu. Amici con benefici? Ma entrambi avevamo detto che volevamo essere più che semplici amici. Il sesso contava come qualcosa di più?

Mi rispose al volo con l'emoji con la faccina sorridente che fa la linguaccia.

CHRIS: Sto pensando a cosa ti farò più tardi.

Oh, cavolo, il pranzo non poteva arrivare abbastanza in fretta.

Karter si presentò davvero mentre stavo mettendo insieme i miei libri per la mostra *Back to School*. Si trattava per lo più di storie di ragazzi durante il liceo, ma avevo inserito alcune guide di studio e il nostro volantino sulla raccolta di materiale scolastico. Se ne rimase immobile a fissarmi in silenzio.

Se voleva comportarsi in modo strano e goffo, non glielo avrei impedito. Non era mia responsabilità aiutarlo con le sue abilità sociali. Se avesse avuto davvero bisogno di parlarmi, prima o poi avrebbe fatto qualcosa o mi avrebbe mandato un'e-mail. Anche meglio.

Quando uno degli altri bibliotecari venne a darmi il cambio, se ne andò e scappai in macchina. C'era un grazioso piccolo bar tra la biblioteca e l'ufficio dove lavorava Lulu, ci incontravamo a pranzo lì almeno un paio di volte a settimana.

Quando arrivai, Lu era già seduta a un tavolo, con il mio solito latte d'avena alla cannella e burro di arachidi e gli scones con gelatina che adoravo da morire, in attesa. Meno male. Chiuse il libro che stava leggendo, un'antologia sulla storia della letteratura saffica, e mi guardò mentre mi sedevo e mi ficcavo metà dello scone in bocca.

«Dimmi tutto.» Socchiuse gli occhi e alzò un sopracciglio mentre masticavo.

Non aspettai neanche di finire il boccone. Maleducato, ma non potevo più trattenermi. Le briciole caddero fuori e dritte giù per la maglietta quando sbottai: «Ieri sera ho fatto sesso con Chris».

«Aspetta, *cosa*?» Ero abbastanza certa di aver ricevuto una spruzzata di cappuccino. «Nel senso di *P nella V*? Nel senso che non sei più vergine?»

Alzai gli occhi al cielo e feci una smorfia. «Sai che non mi piace quel termine, è obsoleto e...»

«Lo sei o non lo sei?» Picchiettò un dito sul tavolo tanto forte da far tremare il piatto. Questo portò diversi avventori a osservarci.

Abbassai la voce quasi in un sussurro. «Tecnicamente non ha messo il suo pene nella mia vagina. Ma ci ha messo la lingua e le dita, e poi di nuovo la lingua, e c'era un tentacolo mentre gli facevo un pompino. Non aveva il sapore che immaginavo.»

Oddio. Avevo anche ingoiato. Ciò significava che non ero più vegana?

Lu mi lanciò uno sguardo scioccato e usò la tazza per indicarmi. «Fermati un attimo. Cosa c'entrano i tentacoli? La tua vita è appena diventata un romance coi mostri? Fammi capire, di giorno è il quarterback dei Denver Mustangs e di notte è il tuo amante tentacolato?»

«Non è questo il punto. Era un giocattolo che mia madre mi ha mandato dal Giappone. Ha trovato per sbaglio la mia scorta e abbiamo giocato un po'.»

Bevve un sorso. «Va bene, allora. Continua.»

«Questo è tutto. Questo è quello che è successo. Ho dormito con Chris e l'ho lasciato nel mio letto stamattina. E vorrei davvero essere lì con lui in questo momento.»

Il cuore accelerò al pensiero.

«Sei crudele, Trix. Gli hai almeno lasciato un biglietto e un fiore sul cuscino?»

Risposi dando un altro morso al mio scone.

«Be', è stato bello? Sei innamorata di lui adesso? Possiamo tutti smettere di fingere che voi due siate solo amici?» Fece le virgolette nella parte "solo amici". «Ti sposerai e avrai tanti piccoli giocatori di football? Oh, posso organizzare il matrimonio? Possiamo farlo durante l'intervallo. Permettono i matrimoni allo stadio?»

Adoravo Lulu. Ero pronta a impazzire analizzando ogni aspetto di quello che era successo la notte prima, e lei stava già organizzando il matrimonio. Questo mi diede abbastanza tranquillità per non dare di matto come avevo fatto tutta la mattina.

«Sì?»

«A quale domanda?»

«Be', almeno alla prima. Non ho niente a cui paragonarlo, ma quattro orgasmi sono una notte piuttosto bella, giusto?»

Esplose in una risatina. «Gesù, Maria e l'altra Maria. Sì. Direi che quattro orgasmi sono una buona cosa. Anche se, per essere onesti, il mio record è di sette, ma Mina non è riuscita a camminare il giorno dopo, quindi in genere adesso gliene do solo un paio.»

«Per favore, non raccontarlo a Chris.» *O forse sì.* No, meglio di no. Anche se, basandomi sulla notte appena passata, avrebbe potuto farcela. «Sai quanto è competitivo e vorrei continuare a svolgere il mio lavoro, dove in effetti ho bisogno di camminare.»

«Non posso promettertelo.» Fece una pausa per un secondo e bevve un lungo sorso, come se stesse riflettendo su cosa o come avrebbe voluto continuare. «Quindi siete davvero più che amici? Basta con questa cosa dei finti appuntamenti?»

Questa volta il cuore fece un battito doppio che mi colpì dritto allo sterno. «Credo di sì. Sì.»

«E ha preso bene il discorso della tua *V che non deve essere nominata*? I ragazzi sono strani in questo, anche se tu non lo sei e non vuoi che lo siano.»

Mi strozzai con lo scone. «Io, ehm, non gliel'ho detto.»

La faccia di Lu assunse un aspetto da cartone animato per lo stupore. Alzai una mano per fermare il suo assalto.

«Non di proposito. Volevo farlo, ho anche cominciato a formulare le parole, ma poi tutto ha iniziato ad andare così veloce e penso di aver letteralmente dimenticato come parlare a un certo punto.»

«Sì, ma adesso sai come farlo. Parla con lui. Subito, anzi prima di subito.»

«Hai ragione, avrei già dovuto farlo, ma... no, no. Sto cercando un sacco di scuse e questo significa che non sono così tranquilla come penso di essere.» *O di larghe vedute come ero stata cresciuta per essere.* «Ma non dovremmo parlarne faccia a faccia, invece che via SMS?»

«Te lo concedo.» Lu mi prese la borsa e tirò fuori il telefono. «Mandagli un messaggio e digli che hai qualcosa di cui vuoi parlare stasera che non vuoi dimenticare, dovrebbe chiedertelo non appena ti vede.»

Cavolo. «Sei cattiva.»

«Solo con chi amo.» Strizzò l'occhio e prese un altro sorso di caffè, atteggiandosi da genio qual era.

Digitai e inviai il messaggio prima che potessi perdere il coraggio. Oh sì, la mia femminista interiore mi avrebbe fatto una bella ramanzina a breve.

La sua risposta arrivò subito.

CHRIS: Se si tratta di come hai un debole per gli elogi, lo so già. Sentiti libera di raccontarmi tutti i tuoi gusti e le tue fantasie più tardi, piccola.

Mentre stavo cercando di decidere cosa rispondere apparse una notifica via e-mail. Da Marie Manniway. La lessi, rimasi a bocca aperta e la rilessi.

«Che cosa? È pazzo? È andato fuori di testa? Devo picchiarlo?» Lulu ringhiò e guardò accigliata il telefono.

«No, no, ha fatto una battuta carina e stasera gli racconterò tutto.» Fissai di nuovo il messaggio nella mia casella di posta, ancora sbalordita. «Ho appena ricevuto un'e-mail da Marie Manniway.»

«Oh, sei famosa ora.» Lulu allungò il mignolo mentre si godeva il successivo sorso di cappuccino.

«Le ho parlato di Rachel e di come penso mi stia sabotando per la raccolta fondi in modo che possa intervenire e salvare la situazione all'ultimo minuto o qualcosa del genere.» Non avevo dubbi che fosse stata lei a orchestrare la scomparsa delle maglie, erano state le uniche donazioni misteriosamente evaporate dalla palestra. Sapevo che non voleva che la raccolta fondi vera e propria andasse male, perché questo si sarebbe riflesso anche su di lei. Ma farmi fare brutta figura e poi prendere il sopravvento per fare la parte dell'eroina. Sì, era il classico atteggiamento da liceale.

«Primo. Non lo sapevo e, in qualità di secondo in comando del comitato di raccolta fondi, avresti dovuto dirmelo subito, così avrei potuto maledire Rachel con la calvizie.» Agitò il dito come una bacchetta magica. «E due. Cosa ha detto la signora Moglie-del-giocatore? Non si occupa di tutti i tipi di attività filantropiche per i Mustang?»

«Mi dispiace, e sì. Vuole ospitare la raccolta fondi nella tenuta Manniway.» Se avessi convinto il comitato della riunione ad approvare il trasloco, cosa facile visto che, sul serio, *chi non avrebbe voluto andare a una festa dai Manniway*, avremmo dovuto avvisare il resto della classe, trasferire le donazioni che avevamo già ricevuto dalla palestra e tutta un'altra serie di incubi logistici.

Ma lo sguardo sul volto di Rachel non avrebbe avuto prezzo. Nemmeno lei poteva fingere di essere un grosso pesce nello stagno di Marie Manniway.

«Fallo, fallo, fallo. Rachel impazzirà e le sue piccole e vivaci api operaie... oh, cavolo, andranno, non so, a cercarsi una nuova regina?» Lu si alzò e sollevò il braccio al cielo come se stesse tenendo una spada in una specie di romanzo fantasy. «Sorgerò come la nuova regina e libererò tutti affinché vivano le loro piccole vite felici senza tirannia.»

«Sei proprio strana.» Scrissi una risposta veloce a Marie, traboccante di ringraziamenti e con la promessa di chiamarla quando fossi uscita dal lavoro per coordinare il tutto, poi inviai un messaggio al comitato della riunione con l'oggetto: *Aggiornamento straordinario!*

Lulu prese il cellulare e rispose al volo con un "diavolo, sì", ricevetti velocemente molte altre risposte emozionate. Ma silenzio da parte di Rachel e delle sue seguaci, Lacey e Amanda.

Oh, no, aspetta. Lacey rispose e votò per il cambio di location. Strano. Ammise anche di essere emozionata. Con il suo voto avevo la maggioranza per procedere.

«Oh, Lacey verrà punita per questo. Guai tra le fila delle *Api Regine*. Che delizia.» Lulu bevve l'ultimo sorso di cappuccino.

Una delizia, davvero. «Devo scappare, non voglio che Karter mi sorprenda mentre torno tardi dalla pausa pranzo.»

Proprio quando arrivai in biblioteca, mi arrivò un nuovo messaggio di Chris.

CHRIS: Ehi, puoi chiamarmi?

Avevo giusto un minuto prima di dover andare a lavorare alla reception per le prossime due ore. Risposi mentre salivo le scale da dove si trovavano gli uffici del personale nel seminterrato.

TRIXIE: Sto per sedermi alla scrivania. Ma posso nascondermi in bagno per un minuto se è un'emergenza.

Mi inviò una faccina che ride e una risposta con la quale non sapevo davvero cosa fare.

CHRIS: *Non serve. Ma ho delle brutte notizie.*

Cattive notizie nel senso che stava per lasciarmi? No, era un'idea stupida. Ridicola. Non mi avrebbe mandato un'emoji sorridente. E non avevamo nemmeno deciso di stare insieme in modo ufficiale. E nessuno ti manderebbe un messaggio per avvisarti di avere brutte notizie per poi mollarti. Giusto?

CAPITOLO 19

Cattive notizie

CHRIS

Il mio agente mi aveva fatto guadagnare un sacco di soldi, ma in quel momento ero pronto a ucciderlo. «Maledizione, Maguire, non possiamo rimandare alla prossima settimana?»

Avevo fatto una cazzata. Lo spot pubblicitario in cui avrei dovuto recitare era lo stesso fottuto fine settimana della reunion di Trixie. Non avevo nemmeno pensato di controllare quando le avevo promesso che l'avrei accompagnata. Era chiaro che sarei andato con lei. Ma non mi piaceva disdire gli impegni professionali.

La cosa migliore che Maguire era riuscito a ottenere era che partissi quel giorno, girassi questa settimana per tornare in tempo per la raccolta fondi di venerdì. Ciò significava che avrei trascorso l'intera settimana lontano da Trixie. E subito dopo sarebbe iniziato il ritiro, avrei avuto a malapena il tempo di dormire, tanto meno di far sentire la mia ragazza speciale, desiderata, necessaria e tutte le altre cose che un ragazzo intelligente dovrebbe fare all'inizio di una relazione.

Non avrei certo lasciato che Trix mi scivolasse tra le mani sparendo per un mese proprio quando finalmente avevo... conquistato il suo cuore? No, non ero sicuro di essere arrivato a tanto. Ma avevo intenzione di farlo. Ecco perché stavo passeggiando su e giù per il soggiorno di Everett mentre lui e Declan mi osservavano come se fossi un predatore sul punto di attaccare con la bava alla bocca, o un idiota.

«Durante il ritiro? Non vuoi farlo. Non erano nemmeno contenti non potessi filmare questo fine settimana. Devi andare ora, altrimenti l'accordo andrà a rotoli.» Aveva ragione, lo stronzo.

Al diavolo tutto. Lanciai un'occhiata a Declan. «Ehi, amico, vai a fare la pubblicità al posto mio.»

Mi fece il dito medio e scosse la testa. «No. Non ci entro nemmeno nelle loro macchine.»

Vero. Era più grande della maggior parte delle auto sportive. Questo era ciò che lo rendeva uno dei più forti lineman del campionato. Questo, e il fatto di fare una paura fottuta ai quarterback avversari. Era cattivo quando voleva esserlo.

Come in quel momento.

«Ev?»

Scosse la testa e alzò gli occhi al cielo mentre rideva come se questa fosse la cosa più divertente che avesse mai sentito. «Non vogliono un wide receiver, fratello, vogliono il quarterback.»

Merda. Avevo preso l'impegno e dovevo andare. Perché non ero uno che si rimangiava la parola. Era solo il momento peggiore di sempre.

«Bene. Chiamerò l'equipaggio del jet. Ma non se lo aspettavano, quindi ci vorranno alcune ore per preparare tutto. Il che mi darà il tempo di spiegare a Trix, e forse anche di convincerla a venire con me. Sono certo che ha dei giorni di ferie.»

Cazzo. Mi sarei preso cura di lei se me lo avesse permesso. Non avrebbe mai più avuto bisogno di lavorare un giorno in vita sua se non avesse voluto. Ma sapevo quanto amava il suo lavoro e non avrebbe mai voluto essere una mantenuta.

«Li ho già chiamati. Sono pronti a partire adesso. Sono in macchina diretto all'aeroporto di Broomfield. Partiamo tra un'ora» intervenne Maguire.

Il vantaggio di avere tre fratelli che erano al top della carriera e avevano contratti multimilionari come il mio, era che avevamo il nostro jet di famiglia. Avremmo fatto in modo che Hayes iniziasse a pagare la sua giusta quota una volta che avesse avuto alcune stagioni all'attivo. In ogni caso, non sapeva nemmeno cosa farne dei soldi che gli erano stati offerti come prima scelta del draft.

Ciò che in quel momento odiavo era che il mio agente sapeva che avrei potuto essere all'aeroporto metropolitano di Rocky Mountain in meno di venti minuti, se necessario, e ovunque negli Stati Uniti continentali nel giro di poche ore.

Non avrei avuto il tempo neanche di fare le valigie, tanto meno di capire se Trixie potesse accompagnarmi. Era ancora al lavoro e sapevo che era meglio non infastidirla lì. Probabilmente sarei atterrato prima ancora che tornasse a casa.

Almeno potevo fare un pisolino sull'aereo. Non è che avessi dormito molto la notte prima. E non mi dispiaceva nemmeno un po'.

Lanciai un'occhiata ai miei fratelli. «Ragazzi, andate a farvi fottere.»

«Penso sia tu quello che fotte. Almeno in base a ciò che ho sentito provenire dalla finestra di Trixie ieri sera.» Declan mi fece un sorrisetto.

Everett assunse una voce acuta. «Oh, Chris, sei un dio del sesso. Dammelo, ragazzone.»

Mi piaceva vivere con tutta la famiglia intorno, ma c'erano degli svantaggi nell'avere quegli stronzi dei tuoi fratellini così vicini.

Li mandai a quel paese mentre me ne andavo. «Auguro a entrambi ritardi nella consegna settimanale di preservativi.»

«Ehi, questa è cattiveria» mi gridò Everett alle spalle mentre uscivo da casa sua.

Ero altrettanto scontroso sull'aereo, Maguire si spostò persino sul posto più lontano e tirò fuori il laptop per lavorare un po'.

Non appena atterrammo, vidi il messaggio di Trix che mi chiedeva dove fossi. Il pollice si librava sullo schermo, riflettendo su quali emoji potessero incapsulare quel mix di frustrazione e rimorso. Avevamo un minuto, perché l'auto che avrebbe dovuto aspettarci all'aeroporto non era ancora arrivata. Decisi di chiamarla e basta.

«Ehi, tu.» Aveva un tono leggero, forse un po' troppo allegro. L'avevo avvertita che avevo brutte notizie.

«Ehi, sei a casa? Ti chiamo su Facetime.» Mi costrinsi a suonare più ottimista di quanto mi sentissi. Il suo viso adorabile apparve sullo schermo, era nel cortile a far uscire le galline. «Quindi, ascolta. È successa una cosa.»

«Wow. Dove sei?» Esaminò lo schermo. «Perché non vedo montagne rocciose o campi di grano dorati dietro di te. È... è smog quello?»

«Sono a Los Angeles.» Le raccontai dello spot pubblicitario e di come Maguire avesse riorganizzato il programma in modo che non si sovrapponesse alla reunion. «Il tempismo è orribile, lo so. Tornerò in tempo per la raccolta fondi di venerdì, è solo che... volevo passare le prossime ventiquattro-quarantotto ore nel tuo letto.»

Ci fu un breve silenzio, ma quando parlò, la voce era calda. «Be', è il lavoro, giusto? So che ti dai sempre da fare alla fine dell'estate. E non andrò da nessuna parte. Sai dove trovare il mio letto quando torni.»

Mi fece un piccolo e grazioso ammiccamento con le sopracciglia. Eccola la mia ragazza, che flirtava e mi faceva venire voglia di tornare subito sul jet e... no, non potevo farlo.

«Sì, lo so.» Risposi a tono, perché era l'unica cosa che potevo fare. «Odio solo che ora che abbiamo capito quanto è bello stare insieme, devo già andarmene.»

«Anche io. Allora» il tono assunse una nota giocosa «cosa mi porterai da questo tuo fantastico viaggio?»

Ridacchiai. «Mi stai chiedendo di portarti a casa un giocattolo, ragazzaccia?»

Non che potessi competere con quello che aveva già nascosto nell'armadio. Maguire sollevò lo sguardo dal telefono e alzò gli occhi al cielo.

«È il minimo che puoi fare per avermi abbandonato. Subirò un grave calo di serotonina e sarò depressa per tutta la settimana.» Si passò un braccio sulla fronte come se stesse svenendo.

«Be', non possiamo permetterlo.» Sapevo cosa mi avrebbe fatto sentire meglio. Ma non potevo averlo, quindi dovevo accontentarmi della cosa migliore. «Vuoi fare sesso telefonico più tardi?»

Rise e, per un momento, tutto sembrò a posto nel mondo, anche con un intervallo di una settimana che si estendeva davanti a noi. «Uhm, forse? Non l'ho mai fatto prima.»

Era almeno la terza volta che mi diceva qualcosa di simile. Dannazione, mi stordiva l'idea di essere l'unico uomo che era riuscito a farle queste cose. Ma allo stesso tempo, volevo trovare tutti gli uomini con cui era uscita, spaccargli il culo e mandarli a una scuola su come compiacere una donna.

Odiavo che avesse avuto esperienze schifose con i suoi fidanzati passati. Avevo intuito che aveva avuto una pessima rottura al college, soprattutto perché odiava parlarne. Avrei fatto del mio meglio per cancellare tutti i brutti ricordi e sostituirli con i nostri. «Mmh. Allora non vedo l'ora di chiamarti più tardi, piccola.»

«Ti aspetto. Sarò nuda. Giusto perché tu lo sappia.»

Dio, era perfetta. «Questa è la mia brava ragazza.»

Sorrise e quel fantastico tocco di rosa le colorò le guance. Riattaccai quando il grande SUV nero accostò per portarci in hotel e, a quanto pare, a una sorta di incontro sullo storyboard più tardi in serata.

Quanto complicato poteva essere lo spot di un'auto? Sali in macchina, guida la macchina, fai bella figura alla guida. Fatto.

«È quella la ragazza che sto vendendo alla stampa in questo momento?» Maguire lo chiese senza alzare lo sguardo dal telefono, sembrava del tutto disinvolto, ma c'era qualcosa nel suo tono che non mi piaceva.

«Sì. È lei.»

«Siete stati una spina nel fianco. Il team delle pubbliche relazioni ha dovuto fare gli straordinari per tenere le informazioni su di lei lontane dalle mani dei tabloid. Ma amico, i fan di Denver stanno impazzendo. Hai ottenuto quasi diecimila nuovi follower su IG solo durante il fine settimana.»

Avevo vissuto sotto i riflettori per così tanto tempo che per me quella notizia era per lo più priva di significato. A Maguire importava quanti follower avevo perché era il suo lavoro. A me non fregava niente. Non pubblicavo nessuno dei miei post. Lo faceva il team PR.

«Anche lei ne ha ottenuti alcuni. Sta gestendo bene questa nuova fama? Vuoi che le dia qualche consiglio sui media?» Quella domanda mi fece guadagnare un vero e proprio sguardo diretto dal signor Faccia-incollata-al-telefono.

«Trix? Sta bene. Ha detto che i suoi account hanno attirato una certa attenzione, ma se non si tratta di uno spettacolo di cucina di celebrità o di libri per adolescenti o meme sui polli, non le importa davvero.» In più, negli ultimi giorni avevo raddoppiato il servizio di sicurezza nel quartiere. La maggior parte dei giornalisti sapeva che era meglio non cercare di avvicinarsi a casa mia.

Davo loro ampio accesso durante la stagione ed ero abbastanza felice di fare conferenze stampa, avevo accettato anche le apparizioni sociali che Maguire mi consigliava. Quello era un accesso sufficiente, grazie mille.

Ora che avevo Trixie nella mia vita e al mio fianco, non avrei più partecipato agli appuntamenti che cercava di organizzarmi con modelle e starlet. Sapevo che era tutto per darmi una buona immagine e cose del genere, ma non mi era mai importato di nessuna di loro.

«Sarà al mio fianco anche in qualsiasi altro evento a cui vuoi che partecipi. Le chiederò più tardi se le fa piacere ricevere qualche consiglio per quel genere di cose. Non ama stare sotto i riflettori.»

«Già, non piacerebbe neanche a me se fossi in lei. Internet è brutale per le donne, ma ancora di più per le donne che hanno qualche cuscinetto sui fianchi, come la tua ragazza.»

Che cazzo. «Non parlare così del suo corpo, amico, e cosa diavolo vuoi dire?»

Per la prima volta da ore, Maguire smise davvero di fare qualunque cosa diavolo facesse di continuo su telefono e laptop. «Okay. Permettimi di darti due consigli, Chris. Prima di tutto, non scorrere i commenti di nessun post con voi due, nemmeno quelli con solo lei. Ci sono molti troll in giro e, come ho detto, non sono gentili con le donne in generale. Ma voi due state ricevendo molta attenzione a causa delle differenze, diciamo, nella vostra fisicità.»

«Non costringermi a darti un pugno in faccia e poi licenziarti. Perché farò entrambe le cose.»

«Non lo dico io, amico. È la società. Se uscirai pubblicamente con una ragazza in carne, imparerai in prima persona quanto può essere stronza la gente, con entrambi, ma soprattutto con lei.»

Pubblicamente? Come se potessi nascondere, cazzo, che ero innamorato e desideroso della donna più bella, gentile, intelligente e straordinaria che avessi mai conosciuto in vita mia. «Sono sul punto di darti un pugno in questo momento. Qual è la seconda cosa?»

«Assicurati che la tua ragazza abbia la pelle dura. È meglio non sia interessata ai social media. Ma alla fine di sicuro vedrà qualcosa. E posso dirti per esperienza che può essere devastante per chiunque.»

Guardai Maguire socchiudendo gli occhi e studiandolo per un minuto. «Tua moglie è una modella plus size, vero? Parli per esperienza diretta. Ha passato un periodo difficile?»

«Sì. Ma Sara Jayne ha avuto una fottuta formazione mediatica e ha fatto un sacco di lavoro interiore. In effetti, ha seguito un seminario tenuto da tua madre quando ha iniziato l'attività e utilizza ancora oggi quello che ha imparato.»

Merda. Se mai avevo desiderato che mia madre fosse ancora in vita, era proprio in quel momento. Non solo avrei potuto usare i suoi consigli, ma desideravo anche potesse vedere quanto ero innamorato di Trixie.

Era stata una modella plus size molto prima che quella categoria esistesse davvero e l'avevo sentita raccontare storie su quanto fosse difficile. Dopo che papà aveva assunto la posizione di coordinatore difensivo alla Denver State, aveva avviato un'organizzazione no-profit per promuovere la body positivity e l'inclusività nel mondo della moda, aiutando le giovani modelle a orientarsi nel settore e dando loro la possibilità di sfidare lo status quo.

Ero cresciuto circondato da donne potenti, belle e con taglie forti, nella mia vita erano la norma, non l'eccezione. Ma, grazie al lavoro di mia madre, sapevo anche che Denver non era la città più gentile con il corpo. Aveva lavorato in modo instancabile per combattere la grassofobia a vari livelli quasi ogni giorno. Soprattutto con i media.

«Giusto. Trix ha fiducia in se stessa. Sua madre era Sunshine Babcock ai suoi tempi, ma ora è una guru della body positivity e una sex therapist, quindi ha avuto qualche esperienza in cose del genere. Ma forse potrebbe prendere un caffè con tua moglie e, sai, scambiarsi appunti. Le chiederò se le interessa, quando la sentirò più tardi.»

Non era facile sciocare Maguire. Ma la sua bocca rimase aperta così a lungo che gli toccai il mento per vedere se si era bloccato. «Uhm, Sunshine Babcock... la pornostar? Quella è la madre di Trixie? Oh, cazzo. Questo potrebbe essere un bel problema. Non lasciartelo sfuggire con nessuno.»

CAPITOLO 20

Bastardi in abito da sera

TRIXIE

Ero a un passo dall'avere un esaurimento completo e totale. Chris sarebbe arrivato in meno di dieci minuti per venirmi a prendere e accompagnarmi alla raccolta fondi, e tutto quello che avevo addosso erano mutandine nuove piene di volant e un reggiseno abbinato. Tutti i vestiti che possedevo, un paio di Lulu e uno nuovo per cui avevo fatto una pazzia quando non avrei dovuto, erano sparsi per la mia stanza. Lulu e Jules mi stavano mostrando il vestito che pensavano avrei dovuto indossare.

«Andiamo, Trixie» sbottò Jules porgendomi quello rosso e attillato che avevo appena comprato. Molto Jessica Rabbit, senza le paillettes. «Questo vestito è audace, è vivace, ti rappresenta oltre la bibliotecaria abbottonata.»

«Ehi, sono una bibliotecaria davvero carina.» Raggiunsi la parte anteriore del reggiseno per sollevare le tette in modo che fossero effettivamente dove avrebbero dovuto essere.

«Sì, sì, sappiamo tutti che sei un bocconcino. Ma ti assicuro che questo farà sì che mio fratello...»

Sollevai una mano. «Non finire quella frase.»

Lulu intervenne alzando un abito bordeaux più sofisticato che mi fece pensare alla Barbie di Natale. In effetti, era quello che avevo indossato l'anno prima al ballo di Natale dei dipendenti della contea di Adams. «Questo è senza tempo. Elegante. Con un classico non si sbaglia mai.»

Passavo lo sguardo da un vestito all'altro mordendomi il labbro, poi mi fermai perché avevo già dovuto riapplicare il rossetto due volte. Non volevo solo avere un bell'aspetto quando avrei rivisto Chris per la prima volta in quattro giorni. Quattro giorni davvero lunghi ed eccitanti. Cosa che volevo. Ma sarei stata sotto i riflettori per gran parte della serata. Odiavo stare al centro dell'attenzione.

«Chris penserà che sei una dea, qualunque cosa indossi. Lo ha sempre fatto.» Jules era entusiasta della relazione tra me e suo fratello maggiore. Era dolce.

Lulu continuò: «Senti, le *Api Regine* se la faranno sotto dalla gelosia a prescindere. Perché sei tu, sei fantastica e non lo sopportano. Quindi smettila di preoccuparti di cosa penseranno di ciò che indossi, so che lo fai, e scegli quello in cui ti sentirai favolosa».

Avrei voluto che Lulu non avesse ragione. Odiavo che mi importasse cosa avrebbero pensato. Non mi interessava cosa diceva il resto del mondo. Il novantanove per cento delle volte, non solo stavo bene con il mio aspetto, ma lo amavo. *Ero un bel bocconcino.* Ma una parola da parte di Rachel, Amanda o Lacey, e mi sentivo ridicola come un vecchio spuntino ammuffito che ti fa arricciare il naso quando lo scopri nel retro del frigorifero.

Sospirai.

«Va bene, fanculo. Andiamo in grande. Vada per quello rosso.» Tesi la mano per prendere il vestito e finsi di ignorare il sorriso trionfante di Jules. Sì, anche l'unica femmina Kingmans aveva quella vena competitiva che caratterizzava tutta la famiglia.

Me lo infilai, il tessuto troppo costoso mi scivolò sulla pelle in modo meraviglioso. Mi girai per chiedere: «Qualcuno mi chiude la cerniera?».

«Permettimi.» Chris entrò nella stanza con gli occhi scintillanti.

Non appena posai lo sguardo su di lui, tutte le preoccupazioni a cui mi aggrappavo svanirono. Alzò la testa dopo aver controllato la scollatura che quel vestito metteva in mostra, i nostri occhi si incontrarono e, per un momento, il mondo si fermò. Aveva un'espressione che mischiava stupore e qualcosa di più profondo, qualcosa di cui non sapevo nemmeno di aver bisogno. Ma avevo bisogno di lui. Di fatto, avrei potuto amarlo.

Si spostò alle mie spalle, ma non chiuse subito la cerniera del vestito. Mi fece scorrere lentamente le dita lungo la schiena nuda e mi baciò la spalla. Poi mi sussurrò all'orecchio: «Se mia sorella e la tua amica non fossero qui, ti toglierei questo vestito invece di aiutarti a indossarlo».

Jules si schiarì la voce e mi porse un paio di orecchini a cerchio dorati. «Ma siamo qui, quindi dovrai dire ai tuoi ormoni di raffreddarsi.»

«Non hai dei compiti da fare o qualcosa del genere, mocciosa?» Chris recitava la parte del fratello maggiore, ma era evidente quanto amasse la sua sorellina. Anche se non sarebbe rimasta una bambina ancora per molto. Avrebbe compiuto diciotto anni pochi mesi dopo e provavo compassione per qualsiasi ragazzo che avesse voluto invitarla al ballo di fine anno.

Jules gli fece la linguaccia. «La scuola non è ancora iniziata, stronzo.»

Chris terminò di chiudermi la cerniera e feci una piroetta.

«Sei incredibile.» La sua voce era diventata roca, in un certo senso avrei voluto non dover andare all'evento quella sera. *Forse avremmo potuto andarcene presto.*

«Anche tu stai davvero bene.» Allungai la mano e gli aggiustai la cravatta già dritta solo per toccarlo.

«Il tuo bel ragazzo sembra Brendan Fraser nella *Mummia*, ma in smoking. Dei e dee dei santi egizi. Sono bisessuale? Scusatemi, vado a cercare mia moglie e me la scopo nel bagno degli ospiti» scherzò Lulu prima di allontanarsi.

Chris sfoggiava una leggera barbetta ed era sexy da morire. Non potevo accusare Lu per averlo desiderato. Di sicuro io lo facevo.

«La tua amica è strana. Mi piace» commentò mentre la guardavamo scappare dalla stanza.

Lo tirai più vicino prendendolo per il bavero della giacca. «Anche tu sei mio amico. Questo ti rende strano?»

«Sono molto più di un amico, Pulcina.» Avvicinò le labbra alle mie e mi baciò con dolcezza, poi mi diede un morso leggero.

«Siete volgari e carini allo stesso tempo. Me ne vado. Ma, Christopher Bridger Kingmans, se scombini i capelli e il trucco di Trixie su cui abbiamo appena passato l'ultima ora, farò pipì nei tuoi Cheerios.»

Chris fece un passo indietro ridendo e infilandosi le mani in tasca. «Lo farà. L'ha già fatto. Certo, aveva due anni, ma è meglio non rischiare.»

Seguimmo Jules giù per le scale perché, se non lo avessimo fatto, Chris si sarebbe di certo ritrovato con i Cheerios gialli. Ci fece un piccolo cenno con la mano e uscì dalla porta principale. Di sicuro per evitare di vedere le nostre smancerie. Lulu e sua moglie Mina aspettavano a braccetto in soggiorno. Sembrava che nessuna delle due avesse scopato o fosse stata strapazzata, quindi immaginai che il mezzo minuto di bi-curiosità di Lu fosse finito. Mina mi fece l'occhiolino. «Ottima scelta per il vestito, Trix. Sicura che non possiamo convincerti a fare quella cosa a tre?»

Alzai le spalle e passai il braccio sotto quello di Chris. «No, scusa. Vorrei poterlo fare, ma sembra che ora sia occupata, ragazze.»

«Non lasciare che ti fermi.» Chris aveva quello sguardo stordito che tutti gli uomini hanno quando immaginano le donne che fanno cose sexy tra loro.

Lo schiaffeggiai sul braccio. «Non è quello che dovrebbero dire i fidanzati amorevoli.»

La parola *fidanzato* mi era semplicemente sfuggita. Era il mio ragazzo? Cosa avevo, dodici anni, per chiedergli se eravamo fidanzati? Non avevamo definito nulla, ma avevamo deciso di essere *più che amici*. Il mio cervello era pronto per andare in tilt analizzando a ripetizione ciò che avevo appena detto mentre aspettavo una reazione.

Guardò Lulu e Mina. «Voi due dovreste andare avanti. Ci vediamo lì.»

Se ne andarono ridacchiando oltre la porta. Quando si voltò verso di me, giuro che stava mormorando: «Cheerios, Cheerios, Cheerios».

Ma nel momento in cui la porta si chiuse dietro le mie amiche, mi prese tra le braccia e mi lasciò senza fiato con un bacio.

Avrei potuto baciarlo tutta la notte e urlare "al diavolo la raccolta fondi". Mi lasciò stordita e ansimante, mi sentivo ben baciata. «Wow, a cosa lo devo?»

«Solo perché mi piace quando mi chiami il tuo fidanzato. Fallo ancora.» Mi strofinò il naso sulla mascella, provocandomi brividi di ogni genere sulla pelle.

«Penso farei meglio a non farlo.» Sì, quella voce sussurrata e che suonava piena di desiderio era proprio la mia. «Non vorrei tu dovessi buttare via tutti i tuoi Cheerios.»

«Ne comprerò altri. Diavolo, comprerò la fabbrica se questo significa che posso cancellarti il resto di quel rossetto dalla faccia e scompigliarti i capelli mentre ti alzo la gonna e ti piego sul divano...»

«La prossima volta che decidiamo di essere più che amici, potresti non partire per quasi una settimana?» Gli feci scorrere le dita sul collo, sotto il mento. Sarebbe stato davvero interessante sentirlo tra le cosce dopo. «Ma non voglio fare tardi e dobbiamo passare subito in biblioteca.»

«D'accordo. Ma torneremo a casa presto.»

Non lo potevamo fare, perché ero responsabile di quella raccolta fondi e non c'era alcuna possibilità che lasciassi che qualcosa andasse storto, anche se volevo tornare a casa e scoparmi il mio ragazzo.

«Fammi uscire e dar da mangiare a Luke e alle ragazze. Non ho potuto passare molto tempo con loro questa settimana, e penso che Luke sia arrabbiato.» Le mie giornate erano state infinite mentre cercavo di assicurarmi che tutto fosse pronto e perfetto per la raccolta fondi che si svolgeva dai Manniway.

«Posso capirlo. Anch'io ero scontroso senza di te.»

Quando arrivammo al pollaio, tutte e tre le galline erano strette in un cerchio accogliente, ma Luke era appollaiato in cima alla struttura, rivolto in direzione opposta. *Chi immaginava che un gallo potesse offendersi in quel modo?* Gettai qualche snack nel recinto ma non volevo fare di più perché non potevo presentarmi alla festa puzzando di pollo.

«Luke ti ha appena sbuffato contro? Non sapevo fosse una cosa che potesse fare.» Chris guardò accigliato il mio gallo scontroso.

«Te l'ho detto, è molto arrabbiato.» Una volta finita questa stupida riunione, avrei pensato di procurargli una o due nuove ragazze.

«Bene, lo rincorrerò con la salsa piccante e lo minaccerò di trasformarlo nella cena di domani, vediamo se questo lo tira su.»

Quando salimmo in macchina, Chris accese la musica e il mio cuore si sciolse ancora un po', perché quella era una playlist di Taylor Swift.

«Com'è andato il resto delle riprese?» Sebbene avessimo davvero provato il sesso telefonico, che era divertente ma neanche lontanamente soddisfacente come quando era lui a farmi venire, le altre sere eravamo entrambi così stanchi che avevamo parlato solo per pochi minuti prima di andare a letto.

«Nessuno mi aveva detto che ci sarebbero state dei veri e propri Mustang. Hai idea di quanto sia difficile recitare quando un cavallo grande e grosso continua a cercare di mangiarti i capelli?»

«Non lo so, ma è bello sapere che non sono solo i galli a molestarti.»

Mancavano solo un paio di minuti alla biblioteca e riuscimmo a parcheggiare proprio di fronte, dato che era quasi l'ora di chiusura.

«Ci metterò solo un minuto. C'è una donazione da parte di una delle mamme con cui ho lavorato questa settimana, è un'agente di viaggio, ma non sono riuscita ad accedere alla e-mail di lavoro da casa per stamparla.»

Chris insistette per accompagnarmi all'interno, ma penso volesse solo fissarmi il sedere mentre lo conducevo nel seminterrato dove si trovavano gli uffici.

Per nostra sfortuna, incontrammo Karter, che aveva il turno serale. Aveva quello sguardo stupito che quasi tutti gli abitanti di Denver sfoggiavano quando si rendevano conto di essere faccia a faccia con Chris Kingmans. *Merda*. Avrei dovuto presentarli.

Mi sarebbe andata benissimo se Chris non avesse mai incontrato l'inquietante Karter. Aveva sentito tutto di lui, ovviamente, ma non si erano mai visti.

«Ehi, Karter. Sono qui solo per stampare qualcosa al volo.»

«Uh.» Gemette con la bocca ancora aperta e la testa inclinata all'indietro, poiché Chris era ben quindici centimetri più alto.

Sospirai. «Karter, questo è il mio ragazzo, Chris. Chris, questo è Karter, il direttore della filiale.» Non lo avrei mai chiamato *il mio capo*.

Chris tese la mano, Karter impiegò dieci interi secondi per ricordare le buone maniere e accettare il saluto offerto.

Borbottai uno "scusa" a Chris e corsi alla scrivania. Per fortuna, la configurazione dei cubicoli mi permetteva di tenere d'occhio quell'incontro imbarazzante mentre accedevo al pc. Mi ci vollero tre tentativi e alla fine fui costretta a cambiare la password. *Strano*.

Trovai la mail e inviai l'elegante certificato per un viaggio a Las Vegas alla stampante che condividevamo tutti. Che, ovviamente, era dall'altra parte della stanza.

Mi precipitai e picchiettai lo strumento con le dita in modo che stampasse più in fretta. Non lo fece. Proprio mentre la macchina prendeva vita, giuro di aver sentito Karter chiedere: «Allora, te la sei fatta?».

Aveva appena detto... e intendeva quello che pensavo? Perché gli uomini erano così volgari?

Mi girai, e sì. Dall'espressione sul volto di Chris, era esattamente ciò che Karter aveva detto e intendeva. Ero sicura che non voleva lo sentissi, *ma che cazzo?*

Gli occhi di Chris si spalancarono e sbatté le palpebre un paio di volte, potevo vedere il suo cervello elaborare le stesse domande che mi ero appena posta. Il suo sguardo si strinse e si rivolse a Karter in quello che sembrava un movimento al rallentatore.

«Cosa mi hai appena chiesto?» Le parole uscirono in un ringhio mentre stringeva i pugni.

Oh, Dio. Avrei perso il lavoro perché il mio ragazzo, sì, il mio vero ragazzo, non quello falso, stava per uccidere il mio capo perché era uno stronzo sessista.

E non avevo ancora nemmeno saldato i miei prestiti scolastici. Come avrei potuto farlo senza lavoro? Be', almeno avevo letto abbastanza thriller e romanzi gialli per sapere come nascondere un corpo.

CAPITOLO 21

I bulli

CHRIS

Quell'idiota sembrava non aver notato che stavo per ridurlo in poltiglia.

«Perché, sai, sua madre era...» abbassò la voce fino a un sussurro «una pornostar, di quelle per feticisti delle donne grasse.»

Conoscevo quel tipo di ragazzi da tutta la vita. Il tipo che pensava che essere uno stronzo sessista lo rendesse simpatico. Avevano cercato di fare amicizia con me, dando per scontato che sarei stato come loro, visto che ero una star dello sport.

Quel tizio era il suo capo, dannazione. Avrebbe dovuto essere il suo più grande sostenitore al lavoro e non pensare alla sua vita sessuale.

«Avevo le mie riserve sul tenerla come bibliotecaria per ragazzi quando l'ho saputo, ma per scoprirlo devi cercare a fondo su internet, quindi ho pensato che il grande pubblico non lo avrebbe mai scoperto ed è stata davvero un'impiegata modello. Anche se un po'...»

Oh, e la stava perseguitando online? *Lo avrei ucciso, cazzo.*

«Karter. Devi chiudere la bocca. Subito, cazzo. Non sto scherzando.» Non potevo restare in disparte a guardare mentre qualcuno si comportava in questo modo. Iniziai a recitare mentalmente tutto il playbook così da non dargli un pugno in faccia in quel preciso momento.

Alzò le mani e sorrise come se fosse tutto un grande scherzo. «Oh, non ho intenzione di muovermi nel tuo territorio o cose del genere.

Solo, mi sono sempre chiesto se fosse brava a letto. Sua madre era di sicuro molto flessibile per una ragazza in carne.»

Non valeva la pena rovinarmi la carriera per quel pezzo di merda, altrimenti avrei già chiamato l'agente assicurativo per valutare i danni alle mani causati dal picchiarlo fino a fargli perdere i sensi.

Ma Trixie ne valeva la pena, quindi forse lo avrei chiamato comunque.

Trixie si precipitò verso di me e mi afferrò per il braccio allontanandomi dall'imminente pestaggio. «La violenza non è la risposta.»

Mormorò le parole, non capivo come facesse a restare così calma e tranquilla. «Devi permettermi di dargli una lezione.»

«Non la imparerebbe, anche se ti permettessi di ucciderlo, e poi tu e io perderemmo il lavoro e non so nemmeno dove si trova la prigione di massima sicurezza in cui ti metterebbero, o se i diritti coniugali siano concessi agli assassini. Quindi andiamo avanti con la nostra serata e facciamo finta che questo non sia mai successo.»

«Devi sporgere denuncia per molestie sessuali, o peggio. Ti ha perseguitato online e conosce la carriera di tua madre.»

Si fermò fuori quando le porte di vetro si chiusero dietro di noi, fece un respiro profondo e sospirò. «Lo sospettavo.»

«E non hai detto niente?» *Lo sapeva? Da quanto tempo andava avanti questo tipo di molestie?*

Scosse la testa e mi guardò accigliata. «Cosa dovrei fare? Se avessi provato a combattere tutti quelli che hanno scoperto che mia madre lavorava nel porno prima ancora che nascessi e vogliono sapere se la mela è caduta vicino all'albero, forse sarei una delle migliori combattenti di MMA del mondo invece che una bibliotecaria.»

Si avvicinò alla macchina e vidi con chiarezza quanto avesse tese le spalle e quanto fosse dritta la sua spina dorsale. Karter era uno stronzo, ma avrei fatto una cazzata a spingerla ad affrontarlo. Solo che mi sentivo molto protettivo nei suoi confronti. «Trix.»

«No, non farlo.» Si era fermata accanto alla portiera dell'auto dal lato del passeggero aspettando che la aprissi e non mi guardava. «So cosa stai per dire e, credimi, l'ho già sentito. Praticamente ogni uomo che abbia mai conosciuto è proprio così.»

Non aprii la macchina. Mi avvicinai, la girai e la premetti contro lo sportello. Le presi la mascella tra le mani e la costrinsi ad alzare il viso per guardarmi.

Ero un tipo maturo, cresciuto con donne forti e potenti come sua madre e la mia, ma non ero perfetto. Speravo che Karter ci stesse osservando in quel momento, perché stavo per rivendicare la mia donna. «Quell'uomo è un predatore, e il solo fatto che pensi a te e a tua madre in quel modo è rivoltante. Non lo sopporterò.»

Mi stavo comportando da stronzo iperprotettivo quando sapevo per certo che aveva bisogno di esercitare la sua indipendenza femminile? Sì. E non me ne importava un cazzo. Ci avrei pensato più tardi, mi sarei scusato in ginocchio con la faccia tra le sue gambe a fine serata.

In quel momento era mia, era stata minacciata e avrei dimostrato a lei, e a qualsiasi mostro che ci stava guardando, che avrei ostacolato chiunque avesse ferito la mia ragazza. La mia ragazza. *Mia.*

Le infilai le mani tra i capelli e la baciai così a fondo che chiunque ci avesse visto avrebbe pensato che stavo per scoparmela contro la fiancata dell'auto. Rimase rigida per un momento, ma poi mi avvolse le braccia attorno al collo e il piede attorno alla parte posteriore del polpaccio.

Mi allontanai per premerle la fronte con la mia. «Se avessi detto di sì quando ti ho chiesto di uscire quell'estate, non avresti mai avuto a che fare con uomini di merda che ti trattavano come nient'altro che cibo per le fantasie peggiori.»

Ero l'ultimo a poter parlare. Era lei che vedevo quando mi masturbavo ogni giorno.

Mi guardò sbattendo le palpebre, stordita dalla mia pretesa della sua bocca, labbra e lingua. «Che cosa? Quando mi avresti chiesto di uscire?»

Eh? Le avevo fritto il cervello con quel bacio? Come poteva non ricordare? «La sera in cui ti sei diplomata.»

«No. No, non è vero.»

«Trix, lo giuro su Dio. Stavi per andartene al college in Wisconsin e non potevo sopportare il pensiero di non vederti più, così alla fine ho trovato il coraggio. Non solo mi hai rifiutato in modo categorico, ma mi hai anche detto di andare a farmi fottere.»

E così avevo fatto.

Era andata nel Midwest e io mi ero fatto ogni cheerleader, consorella e groupie nel tentativo di dimenticarla. Se erano l'opposto di Trixie, con quelle curve lussureggianti e gli occhiali da nerd, allora me le ero fatte. Pensavo anche avesse funzionato. Finché non era tornata indietro. Dal primo istante in cui l'avevo rivista, mi ero innamorato di nuovo.

Ma non mi aveva voluto.

Scosse la testa con un'espressione inorridita sul viso. «Oh, mio Dio. Ricordo di averti visto, ma quella è stata la notte in cui ho rotto con Anthony lo Stronzo. Perché, a dimostrazione che troppi uomini sono proprio come Karter, voleva facessi sesso con lui mentre guardavamo un video di Sunshine Babcock.»

«Mi stai prendendo per il culo?» Non sapevo nemmeno avesse un fidanzato, ma ora avevo un altro bastardo sulla lista di persone da uccidere.

«No.»

Non c'era da stupirsi che mi avesse mandato a fanculo. Gli uomini sono maiali.

«E quella non è l'unica volta che è accaduta una cosa del genere.»

«Gesù Cristo, Trix. È questo il motivo per cui non hai fatto... perché continui a dirmi che non hai fatto... cose?» Stavo cercando di non sembrare un completo imbecille, ma tutto il discorso mi stava mandando in tilt.

Strinse le labbra, guardò ovunque tranne che verso di me. «L'hai capito, eh? Avrei dovuto dirtelo, ma sai, avevo un vibratore tentacolare tra le gambe e me ne sono dimenticata. Non ti dà fastidio, vero?»

«Fastidio? Sono entusiasta ci siano così tante cose che rimarranno sempre solo tra me e te, cazzo. Ti farò dimenticare qualsiasi altro uomo ti abbia mai toccato, guardato o addirittura parlato, piccola.»

Mi sorrise e mi mise la mano sul cuore. «Lo hai già fatto.»

Ero a un passo dal rivelare quanto l'amavo. «Sei sicura che dobbiamo andare a questa cosa stasera? Potremmo saltarla e potrei donare l'importo che volevi raccogliere.»

Mi diede una spinta e si voltò per afferrare la maniglia della portiera della macchina. «Merda, merda, merda. Faremo tardi e ora devo sistemarmi i capelli e truccarmi lungo la strada. Sali e guida come un diavolo, Kingmans.»

Arrivammo dai Manniway con largo anticipo rispetto all'evento, perché Trixie era una persona intelligente e aveva deciso che dovevamo arrivare un'ora prima di tutti gli altri, il che significava che ci fermammo dall'addetto al parcheggio una buona mezz'ora prima dell'arrivo degli ospiti.

Marie ci accolse con lo champagne, che Trixie buttò giù in due sorsi. «Le altre cowgirl sono qui?»

«Sì, pronte e in attesa. Non preoccuparti, bambola. Non è il mio primo rodeo, tutto andrà benissimo e, se qualcosa dovesse andare un po' fuori controllo, saremo in grado di gestirlo. Te lo prometto. Le tue *Api Regine* non sapranno cosa le ha colpite.»

Aveva ragione. L'ambiente sembrava uscito direttamente da un film di Hollywood, con le luci scintillanti in tutto il cortile, la piscina piena di una sorta di lanterne galleggianti e un palco allestito con espositori per tutti gli oggetti messi all'asta.

Avrei scommesso che la raccolta fondi di quella sera non solo avrebbe pagato la programmazione e le attività extrascolastiche, ma anche l'ipoteca sugli edifici. Sarebbe stato d'aiuto il fatto che un buon terzo dei Mustang e le loro mogli fossero qui e fossero felici di fare offerte per gli oggetti all'asta, la maggior parte dei quali erano stati comunque donati da loro.

Mi riempiva l'anima di gratitudine sapere di avere una squadra e una famiglia che si erano unite per aiutarmi in un attimo. Era il motivo per cui non avrei mai lasciato Denver se avessi potuto evitarlo. Quella era la mia casa, la mia gente, la mia famiglia. E Trixie era il fulcro in tutto questo.

Lulu e sua moglie salutarono dal palco, Trixie si mosse per incontrarle. La afferrai per il braccio e la attirai a me per un ultimo bacio prima di perderla nella notte. «Sarò qui se hai bisogno di qualcosa, ma ce l'hai in pugno, Pulcina.»

La lasciai andare e mi misi alla ricerca di Johnston. Era al solito posto vicino al barbecue, che per fortuna era chiuso, mio padre era lì con lui. «Signori, bella serata per una festa.»

«Papà. Non sapevo saresti venuto.» Gli diedi la solita stretta di mano, mezzo abbraccio.

«Non mi sarei perso la grande serata di Trixie. Ho donato un paio di abbonamenti ai Dragons.»

Fischiai. Gli abbonamenti per la stagione dei Denver State Dragons erano difficili da trovare. Ma immagino che essere l'allenatore cinque volte vincitore del campionato a cui avevano dedicato il nuovo stadio, significasse avere dall'università tutto ciò che vuoi. «Nella tua suite?»

Ridacchiò e scosse la testa. «No. Non vorrei finire con delle teste di cazzo che non conosco per tutta la stagione. Si metteranno a centrocampo e gli piacerà.»

Mio padre manteneva una cerchia di fiducia stretta quanto la mia. Era stato lui a suggerirmi di iniziare ad acquistare le case nel nostro quartiere non appena fossero diventate disponibili. "Un investimento immobiliare" aveva detto. Ma gli piaceva che potessimo avere voce in capitolo su chi viveva vicino a noi e chi no, proprio come me.

Aveva funzionato alla grande quando Trixie era tornata in città e aveva scoperto che la casa in cui era cresciuta era disponibile per l'affitto. Proprio accanto alla mia.

«Ne sono certo. Sono sicuro che stasera sarà un evento importante. Ci sono un sacco di fan della DSU in giro.»

«Potrei fare un'offerta. Non lasciatevelo scappare, ma Marie ama il football universitario più che quello professionistico. Dopotutto è una Husker» se ne uscì Johnston.

«Allora i biglietti sono per tutte le partite tranne quella contro il Nebraska.» Mio padre aveva una rivalità di lunga data con i Cornhuskers. Soprattutto da quando avevano vinto il campionato nazionale contro di lui.

Johnston rise. «Forza, Dragons.»

Gli ospiti iniziarono ad arrivare mentre tenevo d'occhio prima Trixie e poi l'ingresso del cortile. Volevo sapere il momento in cui Rachel fosse entrata, così avrei potuto vederla in faccia. Poteva pensare di essere un'*Ape Regina*, ma non era una cowgirl.

La folla entrava in fila e Trixie era salita sul palco per dare il benvenuto a tutti. Ancora niente Rachel. Quella stronza non si sarebbe neanche presentata? Probabilmente non riusciva a sopportare quanto fosse eccezionale la serata che Trixie aveva organizzato.

Be', non mi dispiaceva essercene liberati.

«Buonasera, compagni ex-alunni della Saint Ambrose e ospiti speciali. Sono lieta di darvi il benvenuto alla raccolta fondi Honeybee di quest'anno.»

Ci furono applausi ovunque, la folla sembrava sinceramente emozionata. Per la maggior parte di loro, questa era l'occasione di incontrare alcune celebrità locali, e c'erano dei premi davvero interessanti. Forse avrei fatto anche io un'offerta. Non mi sarebbe dispiaciuto portare Trixie in quel viaggio a Las Vegas solo per poter fare del sesso rumoroso in hotel senza tutta la mia famiglia all'ascolto.

«Un ringraziamento speciale a Johnston e Marie Manniway per averci ospitato, e i miei ringraziamenti personali a lei e alle mogli e fidanzate dei Mustang per l'aiuto nell'organizzazione di questo evento.» Altri applausi precedettero l'inizio all'evento principale. «Per favore, date il benvenuto a Marie come prima banditrice della serata.»

Marie salì sul palco, salutò e sorrise, aspettò con pazienza che gli applausi, i clic e i flash delle fotocamere si spegnessero, e presentò il primo elemento della serata. Mentre faceva un ottimo lavoro nel convincere i partecipanti ad aumentare le offerte, Trixie mi raggiunse.

«Sono andata bene? Ero così nervosa. Ci sono molte più persone di quanto mi aspettassi. Penso sia venuta tutta la classe, e tutti hanno portato un ospite.» Si lisciò i capelli e il vestito, anche se nulla era fuori posto.

La avvolsi con un braccio, me la portai al fianco e la strinsi. «Sei stata grande. Ne parleranno tutti per anni, ne sono sicuro.»

Arrivò anche Everett, con un elegante ritardo. «Ehi, Trix. Questo posto è stupendo. Ora mostrami quali sono le tue compagne di classe single. Adoro quest'atmosfera da scuola per ragazze cattoliche. Ci sono così tante opportunità di dissolutezza.»

Trixie rise e scosse la testa, alzando le spalle. «Non ho idea di chi sia sposato o abbia un partner. Non sono riuscita a tenere il passo con la maggior parte di loro. Sono qui solo perché Lulu mi ha costretta a entrare nel comitato.»

«Dammi il tuo telefono allora. Esaminerò un po' il tuo FaceSpace.» Tese la mano aspettando che Trix gli consegnasse davvero il cellulare. Lo schiaffeggiai così forte che strinse le dita.

«Oh, scusa. Non posso. L'ho cancellato. Ricevevo troppi messaggi strani.»

«Uffa, voi due non siete divertenti. Mi annoierei meno se andassi in giro con quello stronzo scontroso.» Indicò Declan con il mento, era circondato da un gruppo di donne con l'aura da amanti dei giocatori di football. «Dannazione. Come ci è riuscito così in fretta? Sarà meglio lo raggiunga, prima che faccia qualcosa di stupido come un ringhio e le spaventi tutte.»

Sembrava che Ev avesse ritrovato il suo fascino.

«Hai cancellato l'account a causa mia?» Forse Maguire aveva ragione riguardo al team di pubbliche relazioni e alla formazione sui media per Trix. Non ne avevamo ancora parlato, ma quella era la prima volta che menzionava messaggi strani.

«Sì, ma va bene, comunque non lo usavo molto. Sono più una ragazza Insta e lì i messaggi sono molto più facili da bloccare. Sono la prossima a mettere all'asta la donazione. È un allenamento al Mile High con il Quarterback» cambiò argomento con un occhiolino.

Dopo che le donazioni fisiche che avevamo fatto erano scomparse così misteriosamente, Trixie aveva suggerito delle esperienze per l'asta. Era lei ad aver avuto l'idea di un tour con accesso privilegiato allo stadio con la possibilità di allenarsi con me. Mi sembrava una cosa facile.

Le cowgirl si erano già avvicendate mettendo all'asta circa la metà dei premi, e l'offerta più alta finora era andata agli abbonamenti di papà, ben ottomila dollari. Anche se la serata dei videogiochi di Hayes era stata venduta per settecentocinquanta dollari, il che per me era una follia. Voglio dire, mi piacevano *Madden* o *Fortnite* tanto quanto chiunque altro, ma cavolo.

«Okay, signore e signori, il prossimo è il numero diciassette. Un tour del Mile High Stadium e un allenamento sul campo, donati dal quarterback dei Mustang, Chris Kingmans.» Trixie mi sorrise mentre gli *ooh* e gli *aww* si diffondevano tra la folla. «Ho sentito mille dollari?»

«Ventimila dollari per avere Chris Kingmans.» La voce di una donna risuonò tra la folla e tutti gli occhi si voltarono per vedere chi aveva offerto quella cifra così assurda.

CAPITOLO 22

La puntura dell'Ape Regina

TRIXIE

Ventimila dollari? Era metà del mio stipendio annuale. Non riuscivo nemmeno a immaginare quella somma di denaro.

«Ventimila dollari da Rachel» annunciai con voce ferma nonostante il tornado emotivo che mi vorticava dentro. «Ho sentito ventuno?»

Lanciai un'occhiata a Chris. Sembrava scioccato quasi quanto me, ma era tranquillo, gli occhi fissi nei miei, come se volesse ricordarmi di mantenere la calma.

Quella era più di una semplice offerta assurda. Era un gioco di potere. Rachel sapeva che questa raccolta fondi sarebbe andata a buon fine nonostante il modo in cui aveva cercato di rovinarla. Il suo trucchetto non aveva funzionato, quindi ora stava cercando di umiliarmi davanti a tutta la classe. Dio, era proprio come al liceo e non potevo sopportarlo.

Avrei voluto dire di essere cresciuta e che avevo superato quelle stronzate. Ma se fosse stato vero, non mi sarei nemmeno presentata al comitato, e di certo non avrei fatto finta che Chris fosse il mio ragazzo.

Ero solo... stanca di lei e delle persone come lei che non pensavano fossi degna. D'amore, di un ragazzo straordinario come Chris. Fin dall'inizio, si era chiesta se fosse vero che avessimo una relazione. Pensava avessi vinto un appuntamento. Ora stava usando i suoi soldi proprio per questo, come per dimostrare che Chris poteva essere comprato.

Stavo vendendo il mio ragazzo alla mia nemesi.

Uffa. Quello era proprio il motivo per cui non avevo voluto appoggiare la sua stupida idea dell'asta di scapoli. Non avrei neanche potuto fare un'offerta contro di lei, ero il banditore, per l'amor del cielo. Per non parlare del fatto che non avevo tutti quei soldi, anche se erano per beneficenza.

«Ventimila e uno...»

La voce di Lulu squarciò la tensione nella stanza. «Ventiduemila!»

Un sussulto collettivo riempì l'aria.

Teneva il telefono in mano con lo schermo illuminato. Speravo solo non stesse controllando il saldo in banca per vedere se aveva davvero tutti quei soldi. Lanciai un'occhiata a Chris e, se non lo avessi conosciuto così bene, avrei pensato non gli importasse davvero cosa stesse succedendo, perché stava fissando il cellulare.

Ti prego, ti prego, fa che stiano cospirando insieme, pensai.

Alzò lo sguardo per un brevissimo istante e mi fece il più lieve cenno del capo. La presa sul martelletto si allentò leggermente.

«Ventiduemila dollari da Lulu» annunciai incapace di trattenere il sollievo nella voce. Solo che per interpretare la parte, dovevo ancora chiedere: «Sento ventiquattro?».

Gli occhi di Rachel si strinsero, un misto di fastidio e incredulità le colorava i lineamenti. «Ventitremila» mormorò.

La stanza ronzava. Sarebbe stato uno smacco ancor più grande dell'organizzare una fantasiosa raccolta fondi nella tenuta Manniway. Guardai di nuovo Lu e la supplicai con gli occhi di offrire di più.

Mi fece l'occhiolino e mise su uno spettacolo tutto suo. «Wow, farà male, ma sì, arriviamo a venticinquemila.»

Come se stessimo guardando una partita di tennis, tutti gli occhi si spostarono su Rachel per vedere se avrebbe rialzato ancora. Non era nella posizione di vedere le comunicazioni con lo sguardo tra Lu e me.

Rachel alzò il mento e sollevò gli occhi al cielo come se ventiseimila dollari non fossero niente per lei. «Facciamola finita. Trentamila dollari.»

Dolce Gesù Bambino.

«Trentamila? Wow, Rachel. Quando vuoi qualcosa ce la metti proprio tutta, eh? Ma quando ho detto che avrebbe fatto male, intendevo a te più che a me. Cinquantamila dollari» Lulu ribatté quasi subito.

Rachel esitò, spostando lo sguardo da Lulu a Chris a me, valutando se tra noi tre fosse in corso una cospirazione. Ma Chris stava ancora fissando il telefono fingendosi del tutto annoiato e io ero letteralmente sotto i riflettori, quindi non potevo fare nulla. Alzai le spalle e, sforzandomi di tenere il sorriso lontano dal viso, chiesi alla sala: «Ci sono altre offerte?».

Socchiuse gli occhi, ma mi voltò le spalle e si avvicinò al bar per prendere un bicchiere di champagne.

«Cinquantamila dollari.» *Wow, erano un sacco di soldi.* Più di quanto avrei guadagnato in un anno. Ma immaginavo che fosse niente per qualcuno che guadagnava un sacco di soldi praticando uno sport professionistico per vivere. Tuttavia, avrei dovuto trovare un modo per ringraziarlo. Avevo più di qualche idea. E nessuna riguardava l'uso di pantaloni. «E uno, e due, venduto a Lulu per cinquantamila dollari!»

Il martelletto colpì il blocco e la sala scoppiò in un applauso. Quell'offerta era più di quanto qualsiasi altra classe avesse mai raccolto in uno di quegli eventi nella storia della scuola, per quanto ne sapevo. Consegnai il microfono a Marie, che avrebbe dovuto mettere all'asta l'oggetto successivo. Mi fece un sorriso e un occhiolino.

Scesi dal palco e Lulu mi corse incontro.

«Cosa hai fatto?» Tenni la voce bassa, così che gli altri intorno non potessero sentire. Mi incollai un sorriso finto sulla faccia per fare in modo che pensassero che mi stessi congratulando con lei. «Dimmi che era Chris, perché non puoi farlo. Sono tanti soldi e sono abbastanza sicura che Rachel se ne accorgerebbe se non pagassi.»

Chris mi si avvicinò alle spalle e mi afferrò per la vita tirandomi contro il petto. Si chinò e mi sussurrò piano all'orecchio: «Alcune cose sono troppo importanti per lasciarle al caso».

Lulu sorrise e non parlò affatto a bassa voce. «A volte, devi mettere i tuoi soldi dove conta davvero. Inoltre, Mina è una grande fan. Non è vero, tesoro?»

Mina sbuffò. «Enorme.»

Intravidi Rachel che si faceva strada tra la folla, molti stavano prestando attenzione a noi invece che all'oggetto successivo in offerta. Aveva le labbra arricciate in quello che sembrava un sorriso di congratulazioni, ma gli occhi... be', avevano quello scintillio tagliente da cui avevo imparato a diffidare.

«Wow, Lulu, è stata un'offerta aggressiva. Devi davvero aver voglia di fare un giro su quel campo da football» esordì Rachel una volta che ci ebbe raggiunto.

Lulu sorrise. «Oh, non ne hai idea.»

«Congratulazioni a te allora. Sarà una bella esperienza passare tanto tempo con un quarterback così talentuoso» miagolò Rachel spostando lo sguardo su Chris, che aveva il braccio avvolto in modo protettivo intorno alla mia vita.

La sua voce trasudava sottintesi e fece un passo avanti verso di lui. «Sono certa potrebbe insegnarti un bel po' di... tecniche.»

Mi si contorse lo stomaco, ma repressi l'ondata di insicurezza che cercava di salire.

«Oh, sono sicuro ci divertiremo moltissimo» rispose Chris senza mai staccare gli occhi dai miei.

Le labbra di Rachel si strinsero, quella sceneggiata stava pian piano perdendo forza. «Bene, goditi il tuo premio. Spero non metta a dura prova il tuo portafogli. Perché pagherai, vero? Mi dispiacerebbe dover informare l'amministrazione scolastica di quanto abbiamo raccolto, ma poi dargli solo una piccola parte di quella cifra.»

Con un'ultima, prolungata occhiata a Chris si allontanò per raggiungere Amanda e Lacey a pochi metri di distanza.

Chris si sporse verso di me mentre una delle cowgirl annunciava il prossimo articolo all'asta. «Tenevo d'occhio quel viaggio a Las Vegas per noi. Un weekend romantico, magari durante la nostra settimana di pausa. A meno che tu non voglia andare a Bear Claw Valley con il resto della famiglia. Cosa ne pensi?»

«Non devi fare offerte per qualcos'altro. Hai già fatto una donazione enorme alla Saint Ambrose. Ma ricordami di prendermi una settimana libera, perché mi piacerebbe andare a Bear Claw con tutti.» Al signor Kingmans piaceva riportare la famiglia nella sua città natale, ora una stazione sciistica, per il suo annuale evento di beneficenza. Quando ero piccola, spesso eravamo andati al resort con i Kingmans, ma non ci andavo da anni.

«Tesoro, ti garantisco che posso permettermelo. E poi, scommetto che non hai ancora provato il sesso in hotel.»

Oh, cavolo. Gli diedi una spinta, soprattutto per distrarmi dal rossore che mi stava salendo sulle guance. «Shhh. Che ne dici di Las Vegas per festeggiare la tua prossima vittoria nel campionato?»

Stavo dando per scontato sia che saremmo stati insieme fino a quel momento sia che avrebbe vinto la grande partita anche quell'anno.

Mi diede un buffetto sul naso. «Mi piace come pensi, Pulcina.»

«Un lussuoso fine settimana a Las Vegas, signore e signori» annunciò la cowgirl Stephanie. «Stiamo parlando di una suite, di cucina raffinata e di uno spettacolo di prim'ordine. L'offerta parte da cinquemila dollari.» Fece un cenno con la mano verso suo marito e indicò il certificato come se volesse che facesse un'offerta.

«Cinquemila» gridò Chris senza esitazione, senza mai staccare gli occhi dai miei.

Un calore vertiginoso mi travolse. Non era una questione di soldi e nemmeno del viaggio. Era quello sguardo, l'eccitazione, l'intento, che mi faceva sentire incredibilmente speciale.

«Seimila» intervenne Rachel, con una voce grondante di finta dolcezza.

Per un momento, sentii il cuore sprofondare. Non poteva battere Chris. Lei lo sapeva e lo sapevano anche tutti gli altri. Lo aveva appena dimostrato. Ci stava combattendo solo per farci dispetto per averle ostacolato i piani.

Chris mi fece un occhiolino scherzoso. «Diecimila.»

«Quindici» Rachel sorrise, convinta che Chris avrebbe abboccato. Fino a che punto si sarebbe spinta? Avevo la sensazione che sarebbe stato più dei cinquantamila dollari di prima.

Chris mi guardò con quello sguardo competitivo che conoscevo fin troppo bene. «Ci sto. Venti.»

Rachel ribatté al volo. «Venticinque.»

Oh, no. Sapevo che era pieno di soldi, ma la cosa stava diventando ridicola. Odiava perdere più di quanto io odiassi i subdoli stratagemmi di Rachel.

Chris chiuse la bocca con un sorriso malvagio e tacque. Oh. Gli seppellii la faccia nel petto in modo che nessuno potesse vedere la risatina di gioia assoluta che stavo trattenendo.

Sbirciai Rachel, che si aspettava una controfferta, sembrava sempre più a disagio con il passare dei secondi. Stephanie gridò: «Venticinquemila e uno, e due...».

Una pausa tesa riempì la stanza.

«Venduto! Per venticinquemila a Regina.» Stephanie mi lanciò un finto sguardo dispiaciuto per aver detto il nome sbagliato, cosa che mi costrinse a trattenere un'altra risata.

Nella sala esplosero applausi e una serie di risatine e mormorii, ma Rachel sembrava tutt'altro che entusiasta. Chris si chinò per sussurrarmi all'orecchio: «A volte la mossa migliore è non giocare».

«Bel lavoro, Rachel, andrai a Las Vegas!» gridò Lulu, con la voce addolcita di finto entusiasmo.

Rachel si voltò incollandosi un sorriso sul viso come se fosse un accessorio. «Grazie. È sempre bello prendersi una piccola vacanza» mormorò con gentilezza, anche se i suoi occhi non riuscivano a nascondere il risentimento.

«Congratulazioni, Rachel» infierì Chris, le parole avvolte in uno strato di ironia così denso che avrebbe potuto soffocare un uomo adulto.

«Grazie, Chris» rispose pronunciando il suo nome come se fossero vecchi nemici, mantenne il contatto visivo solo per un secondo di troppo.

Fece scivolare lo sguardo nel mio e poi diede un'occhiata a Lulu, come se stesse valutando. «È strano come tutto sembri andare per il verso giusto, non è vero? Pensiamo tutti di sapere come andranno le cose e poi, sorpresa.»

«Sorpresa è il mio secondo nome. Non lo sapevi?» Lulu fece un passo verso Rachel e Mina la afferrò per un braccio, trattenendola.

Il sorriso di Rachel si tese, solo un po'. «Adoro le sorprese. Mantiene le cose interessanti. Non sei d'accordo?»

Prima che qualcuno potesse rispondere, si voltò verso di me e mi indicò. «Ci vediamo domani sera al ballo. Sarà una serata davvero sorprendente.»

E con quell'affermazione ambigua, ma in qualche modo minacciosa sospesa nell'aria, si voltò e si ritirò lasciandomi con un senso di disagio che persisteva come un ospite non invitato.

Trascinò con sé Amanda e Lacey, le sue fidate aiutanti, e si rannicchiarono insieme vicino all'uscita. Anche se non riuscivo a sentire una parola dal nostro posto vicino al palco, il linguaggio del corpo la diceva lunga.

Amanda sembrava entusiasta, quasi allegra, mentre Rachel parlava. Era sempre stata una serva devota della malevolenza di quell'arpia. Ma fu Lacey ad attirare la mia attenzione. Alzò gli occhi verso di me solo per un momento, incontrando i miei prima di riabbassarli. Sembrava meno animata di Amanda, il suo volto era imperscrutabile. Ci vedevo esitazione? Malessere?

Rachel ringhiò qualcosa di severo a Lacey e, per un brevissimo istante, la vidi stringere le labbra. Ma poi tornò nei ranghi annuendo a qualunque piano malvagio Rachel stesse architettando. Rachel e

Amanda finalmente se ne andarono, e la loro uscita sembrò l'allontanarsi di una nuvola nera.

Lacey fu raggiunta da un bell'uomo in giacca e cravatta. Le sollevò il mento e mi parve di intravedere delle lacrime che le ribollivano sulle ciglia, ma non ne ero del tutto sicura. Le diede un tenero bacio prima che si allontanassero anche loro.

Gli ultimi oggetti della serata furono messi all'asta e non ci furono più offerte assurde. Al termine dell'evento principale la folla cominciò a disperdersi, Marie e alcune altre cowgirl si radunarono intorno a Lulu, Mina, Chris e me.

«Oh mio Dio, Trix, te la sei cavata alla grande lassù» si congratulò una donna di nome Orma.

«Sei stata fantastica, eri così composta nonostante tutto il dramma» esclamò un'altra, di nome Jeanette, abbracciandomi forte.

Marie intervenne: «Devo essere d'accordo. Stasera è stato favoloso. Hai fissato un livello piuttosto alto per le raccolte fondi. Ti recluterò di sicuro per aiutarci con gli altri eventi dei Mustang e delle loro fondazioni quest'anno».

«Ma parliamo di Ramona, la Peste» ridacchiò Melissa con un sorriso soddisfatto. «Fammi sapere se non paga davvero quel viaggio. Volevo che mio marito lo vincesse per il nostro anniversario, quindi lo compreremo noi.»

Sapevano tutte benissimo che si chiamava Rachel, e il fatto che tutte continuavano a chiamarla con il nome sbagliato mi scaldava dall'interno. L'avrebbe fatta impazzire saperlo. Se non avessi amato così tanto *Beverly Cleary*, l'avrei ribattezzata Ramona la Peste, come la protagonista del suo libro, per il resto della vita.

Non potevo fare a meno di sorridere, il loro totale sostegno mi faceva sentire bene. «Apprezzo davvero l'aiuto, ragazze. Non avrei potuto farcela senza tutte voi.»

Chris mi attirò più vicino avvolgendomi il braccio intorno alla vita. «Sei la star stasera, sono incredibilmente orgoglioso di te per aver affrontato quel demone.»

Lulu diede il cinque a Chris. «Ben fatto, quarterback. Ma ti tengo d'occhio. Usa le tue mosse migliori per la mia ragazza, o ti sconfiggerò quando saremo su quel campo insieme.»

Pensavo che le avrebbe solo rivolto un sorriso e una presa in giro. Era una situazione normale: *sii buono con la mia amica e non spezzarle il cuore*, il discorso che i migliori amici erano tenuti a fare. Ma non sorrise nemmeno. Si fece tutto serio e rispose: «Adesso è la mia ragazza, Lu, e prometto che mi prenderò cura di lei con tutto ciò che ho per il resto della nostra vita».

Era una proposta?

Perché, se lo fosse stata, credo avrei detto di sì.

CAPITOLO 23

Nell'alveare

CHRIS

Trixie si era addormentata in macchina mentre tornavamo a casa dopo la raccolta fondi, ed era così stanca che dovetti portarla dentro in braccio. La spogliai da quel bel vestito rosso, gemetti quando notai il reggiseno e le mutandine abbinati. Erano sfarzosi e splendidi, e sarebbe stato molto più divertente convincerla a farmi uno spogliarello invece di toglierli con cura e gettarli nel cesto della biancheria. Quello dei vestiti, non quello dei giocattoli.

Ma era esausta. Sapevo quanto avesse lavorato duro all'evento, e gli alti e bassi della serata dovevano averla colpita. Trovai una camicia da notte appesa a un lato della cesta e la annusai per capire se fosse pulita. Odorava di pesche e Trixie, fui costretto a rivolgere al mio cazzo un discorso severo mentre gliela infilavo sopra la testa.

Mi guardò sbattendo le palpebre con gli occhi annebbiati e, Dio, sembrava così stanca, con piccole borse sotto gli occhi e tutto il resto. «Perché sei così buono con me?»

«Sei la mia ragazza.» Lo era sempre stata, e stasera, dopo aver sentito parlare degli uomini di merda con cui era uscita, mi ero pentito di non averle detto come mi sentivo tanto tempo fa.

Chiuse gli occhi e sorrise. «La tua *brava ragazza*?»

«Mmh. Me lo dimostrerai domani.» E la notte dopo, e la notte dopo ancora, e per tutte le notti e molti giorni dopo ancora. Stavo pensando all'eternità con Trixie? Sì, certo. Dicevo sul serio quello che avevo affermato a Lulu. «Ora dormi.»

Sbadigliò e si dimenò sul cuscino. «Vieni a farmi le coccole.»

Be', diavolo. Stavo cercando di comportarmi da gentiluomo, ma non riuscii a resistere. Mi sdraiai accanto a lei, sopra le coperte, e la presi tra le braccia. Non avrei rischiato di togliermi i vestiti o di entrare nel letto: sapevo che, dopo un tocco della sua pelle, non mi sarei fermato.

Emise quel dolce suono tra un piccolo grugnito e un mezzo sospiro e in circa altri tre o quattro respiri cadde nella fase REM. Gli occhi impazzirono dietro le palpebre chiuse, sperai stesse facendo un sogno erotico, perché ero certo che io lo avrei fatto.

Rimasi sdraiato lì per un momento, guardandola dormire. Aveva il viso rilassato, la tensione delle ultime settimane si era dissipata, anche se solo per un po'. Sapevo che quello che provavo per lei era molto più di una semplice cotta del liceo maturata nel corso degli anni. Era un amore radicato e profondo che mi terrorizzava ed entusiasmava allo stesso tempo. Il matrimonio era un grande passo, monumentale, ma mentre la guardavo accoccolata tra le mie braccia, l'idea non mi sembrava così stravagante. Stavo davvero pensando all'eternità con Trixie? Diavolo, sì.

Ma avevo un po' di riflessioni da fare. Scivolai con delicatezza giù dal letto, facendo attenzione a non fare rumore, e le lasciai un biglietto chiedendole di chiamarmi quando si fosse svegliata la mattina.

Avevo bisogno di un consiglio. Qualcuno che potesse darmi una prospettiva. Everett era stato il mio guru dell'amore, ma questo andava oltre la conquista del cuore di Trixie. Non avevo bisogno di consigli sugli appuntamenti, avevo bisogno di consigli per vivere felici e contenti.

Superai la recinzione dal cortile di Trixie verso la casa della mia infanzia. Mio padre era seduto lì, beveva una birra e aveva una seconda bottiglia sul tavolo accanto a lui, ancora chiusa.

«Papà.»

«Christopher, vieni a sederti con me.» Stappò l'altra bottiglia e me la porse, avrei giurato mi stesse aspettando.

Restammo seduti insieme in silenzio per un po', guardando solo le stelle.

«Quando hai capito che la mamma era quella giusta?» Se sapeva che sarei venuto a chiedere consigli, sapeva anche cosa gli stessi domandando. Era il tipo d'uomo che sentiva l'odore di stronzate a un miglio di distanza. Se qualcuno poteva darmi un'opinione onesta sul compiere un passo così importante nella vita, quello era lui.

Non parlavamo molto di lei, nemmeno tra noi. Certo, ricordavamo aneddoti divertenti quando la famiglia era insieme a fare qualcosa in cui avremmo voluto fosse presente. Ma non ero mai riuscito a tirarla fuori quando eravamo solo io e lui. Sembrava sempre troppo presto. E poi d'un tratto mi era sembrato troppo tardi.

«L'istante in cui l'ho vista. Era un'elegante ragazza di città dall'aspetto sofisticato, con la pelliccia finta sugli stivali a tacco alto che si abbinava alla sua giacca da dura. Stava mettendo ogni tipo di stupidaggine nel carrello al negozio di ferramenta di Tex. Dannazione, ho dimenticato il mio nome e le buone maniere.»

Sapevo che si erano conosciuti quando mia madre aveva comprato una baita in rovina vicino a quella di mio padre. Avevamo tutti sentito la storia di come aveva dovuto salvarla durante una tempesta di neve. Ma giuro su Dio che non aveva mai parlato di amore a prima vista.

Mi guardò e ridacchiò. «A volte, quando lo sai, lo sai. Riguarda Trixie?»

«Sì» ammisi. «Ho pensato a qualcosa di più con lei, a una vita insieme, ma...»

«Hai un debole per quella ragazza fin da quando eri bambino. Sono felice tu abbia finalmente tirato fuori la testa dal culo e fatto qualcosa al riguardo.»

«Ma abbiamo appena iniziato a frequentarci. Non so nemmeno se è innamorata di me.» Ero dieci anni avanti a lei in quel campo. Aveva avuto a malapena la possibilità di abituarsi all'idea di essere più che semplici amici.

«Non sapevo con esattezza cosa provasse tua madre quando le chiesi di trascorrere il resto della sua vita con me. Di sicuro mi sono innamorato per primo. Certo, a letto facevamo scintille, ma, come te e Trixie, April era la mia migliore amica e io sono diventato il suo. Con chi è meglio trascorrere la tua vita se non con il tuo migliore amico?»

Solo che non erano rimasti insieme *per sempre*.

«Anche se parte di questo *per sempre* la tiene solo nel mio cuore.» La voce gli si era abbassata ed era diventata più roca.

Dovetti alzare gli occhi al cielo per un po' e bere un lungo sorso di birra prima di poter parlare di nuovo.

«Quindi pensi che dovrei chiederle di sposarmi?» Quella fu la prima volta che permisi a quel pensiero di prendere forma davvero. Volevo sposare Trixie. Volevo spendere ogni minuto che potevo insieme. Volevo sentirla urlare il mio nome quando la facevo venire, volevo che mi dichiarasse il suo amore, e volevo sentirla dire "Lo voglio".

«Abbiamo solo una vita, ragazzo. Meglio iniziare a trascorrerla con qualcuno che ci rende felice in modo esagerato il prima possibile, perché non sappiamo mai quanto tempo avremo insieme.» Mi diede una pacca sul ginocchio e mi lasciò seduto in cortile a pensare a quello che aveva detto.

Le sue parole risuonavano così in profondità che un posto dentro di me rimasto vuoto per molto tempo, quella sera sembrava cominciare a riempirsi. Tornai a casa con più lucidità di quanta non ne avessi avuta da settimane. Avrei sposato Trixie. Forse non oggi, forse non domani, ma lo avrei fatto.

Dopo essere sopravvissuti a quella maledetta riunione del liceo.

Non mi chiamò fino a tarda mattinata e mi disse che, se per il brunch non l'avessi portata allo Snoozery, un piccolo locale che piaceva a tutti, di certo sarebbe morta. Non potevo permettere che ciò accadesse, quindi la portai al brunch.

Tra un boccone e l'altro di pancake alla cannella, mi comunicò il programma della giornata. «Lulu ci ha fissato un appuntamento per capelli e unghie questo pomeriggio. Ma posso annullare se vuoi portarmi a casa e fare di me quello che vuoi.»

«Lo vorrei davvero, ma Lu potrebbe chiedere la mia testa in cambio, soprattutto dopo che ieri sera ti sei presentata con i capelli sciolti e più rossetto sulle mie labbra che sulle tue.» Mi girai di lato, perché avevo notato qualcuno che pensava di fare il furbo fingendo di farsi un selfie, ma che in realtà stava cercando di fare una foto a me e Trix.

Non mi importava se le persone cercavano di farmi delle foto, faceva parte della vita che avevo scelto, ma non avevano bisogno delle foto di lei mentre faceva colazione. Avevo dato una mancia di un centinaio di dollari alla proprietaria del locale per farci sedere subito e sul retro, ma avevamo ancora gente intorno perché era sabato e il posto era sempre pieno.

Trixie non sembrò accorgersene. Mi puntò contro il boccone successivo con l'estremità della forchetta. «Ti tiene d'occhio.»

Lo sapevo bene. Non avrei deluso né Lulu né Trixie. «Ehi, Maguire voleva sapere se ti piacerebbe prendere un caffè o qualcosa del genere con sua moglie, Sara Jayne. Sarò impegnato al massimo per le prossime settimane con il training camp e ho pensato…»

«Sara Jayne Jerry vuole prendere un caffè con me? Uhm, sì, per favore. Adoro il suo sito. Mi chiedo se potrei convincerla a venire a fare qualcosa in biblioteca anche per i ragazzi.» Fece una smorfia. «Oh, è strano usare una connessione del genere?»

«No, piccola. Va bene.» Avrebbe imparato abbastanza presto che era giusto fare affidamento sulle conoscenze che avevo. Aveva già conquistato le cowgirl e Maguire e sua moglie erano un'altra estensione della squadra.

Non uscimmo dal ristorante senza concedere qualche altra foto, ma qualunque cosa la gente avesse postato sui social media, mi avrebbe mostrato con il braccio avvolto attorno alla donna che amavo e niente più. Tuttavia, misi di nuovo in guardia Maguire e gli addetti alle pubbliche relazioni.

Di certo non avevamo bisogno di dare altro materiale a Rachel o al resto dei compagni di classe di Trixie per dimostrare che la nostra relazione era reale. Di quello ero felice.

Lasciai Trix a casa e mi allenai prima di farmi la doccia e prepararmi per la seconda serata della reunion. Per quanto ne sapevo, la scuola pubblica che avevo frequentato organizzava solo un incontro di una notte, a cui non ero mai andato. Ma la Saint Ambrose era una scuola per fighetti e aveva dovuto far sì che questa faccenda durasse tre giorni. Il picnic di domani sarebbe stato il finale più discreto, e poi saremmo stati liberi. Avrei fatto del mio meglio per convincerla a non andare alla riunione ventennale se avessi potuto evitarlo.

Più tardi, quella sera, mi tenne la mano un po' troppo stretta mentre varcavamo le porte della palestra del suo liceo. Penso si aspettasse che Rachel sbucasse da dietro ogni angolo.

Avevamo appena ricevuto le etichette con il nome e stavamo attraversando un elaborato display pieno di palloncini: immagino dovesse sembrare un alveare, ma in realtà somigliava a un grosso sedere marrone.

Trixie mi trascinò al sicuro nell'oscurità. «So solo che sta pianificando qualcosa, e se mi viene versato addosso del sangue di maiale, giuro su Dio, la ucciderò, la farò a pezzetti e la darò in pasto alle mie piante carnivore.»

«Okay, pazza, ma non hai piante carnivore. Te lo prometto, andrà tutto bene. Facciamo un'apparizione, lasciamo che le persone scattino qualche foto, potrai salutare chiunque ti interessi rivedere e ce ne andremo. Non ci sarà tempo per RayRay, la stronza, di fare qualcosa.» Non le avrei permesso di avvicinarsi.

Mi strinse più forte la mano. «E se facesse qualcosa dopo che ce ne saremo andati?»

Uscimmo dal foro anteriore di quell'alveare ed entrammo in quello che potrei solo descrivere come *festival delle api*. Era davvero di cattivo gusto, sembrava un musical scolastico in confronto all'evento che Trixie aveva organizzato la sera prima. «In quel caso non saremo qui e questo la irriterà tantissimo.»

Trixie si guardò intorno e sbuffò. «Dio mio. Questo è... terribile. Dovremmo davvero essere all'interno di un alveare? È la cosa più bizzarra che abbia mai visto. Non era così all'inizio della settimana, quando sono passata ad aiutare con le decorazioni.»

Lulu e Mina ci salutarono dal bar improvvisato allestito su quelli che credo fossero i tavoli della mensa scolastica, avevano in ciascuna mano un bicchiere di punch giallo. «Dovrebbe essere idromele al miele analcolico.»

«Sembra quasi che Jules abbia aiutato con i rinfreschi.» Presi il bicchiere da Lulu, ma lo posai sul tavolo.

Trixie ne bevve un sorso, fece una smorfia e schioccò la lingua contro il palato, come se stesse cercando di grattare via il sapore dalle papille gustative. «Hai già visto Rachel?»

«Sì» ringhiò Lulu, non ne sembrava contenta. «E Amanda, che ha portato qualcuno come accompagnatore che non ti piacerà. Immagino questa sia la sorpresa di Rachel.»

«Che cosa? Chi?» Trixie si guardò intorno nella palestra finché non dovette aver individuato la persona in questione.

L'espressione sul suo viso era peggiore di quella che aveva rivolto al drink e mi venne voglia di prendere a pugni qualcuno e trascinarla via di qui. «Chi è, tesoro?»

«Anthony lo Stronzo. Perché Amanda lo avrebbe portato come accompagnatore? Perché chiunque dovrebbe portarlo come appuntamento da qualche parte?»

Oh sì, lasciatelo a me. Quello era il mostro che non solo aveva proposto cose disgustose a Trixie, ma di conseguenza aveva rovinato la mia chance. Se non fosse stato così viscido, forse sarei stato con lei tutti questi anni. «Dov'è? Vorrei scambiarci una parola. E per parola intendo che voglio presentare la sua faccia al mio piede.»

Trixie mi strinse più forte la mano, in quel momento dovevo calmare i miei istinti e sostenerla, non cedere alla rabbia cieca. «Vuoi andartene?»

«No. Voglio ignorare lui, Rachel e Amanda. Come hai detto tu, non devo preoccuparmi di quello che combina, sarà sempre peggio di qualsiasi cosa io possa dire o fare. Quindi, socializziamo e magari balliamo, e poi possiamo andare.»

Lulu guardò accigliata in direzione dello *stronzo*. «Sei molto più matura di me. Anche se mi piacerebbe vedere Chris picchiare a sangue quel ragazzo, anch'io vorrei socializzare e ballare con la mia bellissima moglie. Scandalizziamo questo posto fregandocene di ciò che gli altri pensano di noi e divertiamoci.»

Ed è quello che facemmo. Quasi tutti i presenti erano stati all'evento della sera prima, quindi non erano così scioccati dalla mia presenza, e mi chiesero solo qualche autografo. Che concessi. Il DJ fece un ottimo lavoro proponendo un sacco di canzoni che erano popolari quando eravamo al liceo, gli chiesi la più allegra canzone d'amore di T-Swift di allora.

Quando partì, gli occhi di Trixie si illuminarono. «Amo questa canzone. L'hanno suonata al ballo di fine anno e ho quasi pianto perché non sono riuscita a ballarla.»

La presi tra le braccia e cominciammo a dondolare al ritmo della musica. «Perché non l'hai fatto?»

Se fosse stato per colpa di Anthony lo Stronzo, sarebbe stato solo un chiodo in più nella bara. *Che pezzo di merda.*

Mi strinse più vicino. «Non avevo un accompagnatore. Lu e io siamo andate da sole, perché non volevo perdere il ricordo, anche se nessuno mi aveva invitato.»

Avrei dovuto farlo io, cazzo. «Ti avrei portato se lo avessi saputo.»

«Non avresti potuto. Il tuo ballo di fine anno era la stessa sera.» Mi strofinò la mano sulla mascella in un modo che mi fece desiderare molto di più.

«Per te lo avrei saltato.» Ricordavo a malapena la ragazza con cui ci ero andato, ma se l'avessi accompagnata al suo, ero certo sarebbe stata una notte indimenticabile.

«Allora pensavo fossi troppo figo per me. Non avrei mai avuto il coraggio di invitarti.» Mi sorrise con così tanto amore negli occhi che avrei voluto toglierle gli occhiali per poterli fissare senza nient'altro tra noi.

«Davvero non lo sapevi?» Ero innamorato della ragazza della porta accanto da molto tempo. «Dio, avevo una cotta enorme per te anche allora, Trix. Di certo sarei venuto nei pantaloni se avessimo ballato così vicino in quel momento.» La strinsi abbastanza da premerle l'erezione contro la pancia.

Spalancò gli occhi. «Ebbene, signor Kingmans, non sapevo avessi portato con te un pallone da football.»

Adoravo quando mi provocava. «Perché non andiamo a casa così te lo faccio vedere?»

«Sono una grande fan del tuo pallone da football. Quindi direi che è un'ottima idea.»

Quando la canzone finì, la baciai a lungo e a fondo, proprio davanti a tutti i suoi compagni di classe, alle suore e a Dio. La baciai finché non cominciarono i fischi e il DJ fece partire una nuova canzone. «Pronta a tornare a casa?»

«Sì. Lasciami prima andare in bagno e ci vediamo all'alveare.» Fece segno a Lulu e Mina, che avevano ballato lì vicino, di unirsi a lei, perché le donne *devono* andare in bagno in branco, e mi avvicinai al tavolo delle bevande per aspettarla. Niente punch per me, ma afferrai un paio di bottiglie d'acqua. Avevo la sensazione che avrei avuto bisogno di un po' di idratazione extra per la notte a venire.

«Allora, Bea Moore, eh? Siamo usciti insieme al liceo.» Una voce che non riconobbi mi parlò alle spalle. Sapevo già chi fosse. Anthony lo Stronzo.

«Lo so. Ma si chiama Trixie.» "Stronzo" lo aggiunsi nella testa, perché non avrei cominciato una rissa due minuti prima di andarmene. Ma non potei evitare di provocarlo un po'. «Da quello che mi ha raccontato, non siete usciti davvero e ti ha scaricato.»

«Già. È una vera puritana. Ma sono sicuro che lo sai.»

Era tutt'altro, ma non avrei discusso della nostra vita sessuale con quell'idiota. «Mi scuserai se non resto ad ascoltarti.»

Mi allontanai di due passi per andare a cercare Trix, ma continuò a parlare. «È stata proprio una bella storia per il fan club di Sunshine Babcock.»

Mi voltai e lo fissai stringendo i pugni. Non sembrava essersi accorto che stavo per schiacciarlo sul pavimento della palestra. *Continuava a dire stronzate, cazzo.*

«E non sono l'unico con la stessa storia. Anche Tate, il suo ragazzo al college è nel club e ha raccontato che neanche lui è riuscito a infilarsi nei suoi pantaloni. Ha detto che avrebbe fatto di tutto tranne lasciarsi scopare.» Anthony ridacchiò, *ridacchiò davvero, dannazione.* «Ehi amico, dovresti unirti. A meno che non sia finalmente tu a prenderti la verginità della figlia della pornostar. Scommetto che non l'hai fatto, vero?»

CAPITOLO 24

Segreti da spogliatoio

TRIXIE

Uscii dal bagno con la sensazione che la serata fosse stata un successo. Certo, Rachel aveva portato Anthony, o meglio Amanda lo aveva fatto sotto la direzione di Rachel. Lulu aveva analizzato i pettegolezzi e scoperto che Anthony lo Stronzo in realtà era un lontano cugino di Rachel. Di certo mi aveva tenuto nascosto questo fatto al liceo.

Se Amanda usciva davvero con lui, mi dispiaceva per lei. E se non era quello il caso, mi dispiaceva lo stesso. In ogni modo Rachel era davvero un'amica terribile. Ma se non l'aveva imparato dopo tutti questi anni, probabilmente non lo avrebbe mai fatto.

A differenza di Lacey, sembrava. Non l'avevo vista al fianco di Rachel nemmeno una volta stasera. Era venuta con lo stesso uomo della sera prima, immagino fosse suo marito. Era stata simpatica. Ci eravamo persino scambiate timidi saluti amichevoli dall'altra parte della pista da ballo.

«Ehi, amica. Ve ne andate presto così potrete tornare a casa a scopare, vero?» scherzò Lulu mentre tornavamo verso la palestra. Era stato davvero strano camminare di nuovo per quelle sale nelle ultime settimane. Pensavo sarei stata un po' più nostalgica, ma non mi mancava per niente quella vita, amavo quello che avevo raggiunto.

Mi chiedevo se fosse questo il motivo per cui Rachel sembrava odiarmi ancora più di allora. Non aveva portato un accompagnatore alla raccolta fondi o al ballo, quindi o era single, oppure stava con qualcuno che non si era preso la briga di stare al suo fianco. Se dovevo essere onesta, non mi avrebbe sorpreso scoprire che era una di quelle persone i cui giorni migliori erano stati al liceo.

I miei no.

Cercai Chris, non vedevo l'ora di riportarlo a casa. Avevo la sensazione che i miei giorni migliori stessero per arrivare.

Ma poi lo vidi al tavolo del rinfresco. Stava parlando con Rachel e Anthony. E sembrava pronto a staccare la testa a qualcuno.

Mi affrettai verso di lui, ma voltò le spalle a entrambi e attraversò la palestra come solo un atleta in ottima forma poteva fare, schivando coppie e persone che cercavano la sua attenzione a destra e a manca.

Quando arrivò da me, mi afferrò per il gomito e mi trascinò fuori dall'ingresso laterale della palestra da cui ero appena entrata. «Cosa è successo? Cosa ti hanno detto?»

«Ci serve un posto privato, Beatrix.»

Oh, oh. Mi chiamava così solo quando c'era qualcosa che non andava. Il mio sguardo saettò lungo il corridoio in cui ci trovavamo. C'erano solo alcuni bagni, le bacheche dei trofei e l'ingresso degli spogliatoi. I bagni non erano per niente privati, quindi indicai l'altra porta.

«Non hanno fatto qualcosa del tipo minacciare la tua carriera o roba del genere, vero?»

Mi spinse attraverso la porta e si voltò verso di me schiacciandomi contro la fila di armadietti più vicina. «No. Hanno detto un sacco di stronzate e ne parleremo dopo. Ma devi rispondere a una domanda, proprio adesso, non girarci intorno. Ho bisogno della verità. Okay?»

Il cuore sprofondò fino allo stomaco. Chris conosceva gran parte della storia della mia vita. Non potevo nemmeno immaginare cosa Rachel o Anthony avrebbero potuto dirgli che non sapesse se fosse vero o no. Gli avevo anche raccontato quanto fosse stato disgustoso Anthony quando uscivamo insieme e il motivo per cui avevo rotto con lui. «Va bene. Non intendo tenerti segreti, ma mi stai spaventando. Cos'hanno detto?»

«Sei vergine?»

Eh? Quella era l'ultima cosa che mi aspettavo gli uscisse dalla bocca. Non sapevo nemmeno come iniziare a rispondere. Sentivo il cuore battere, ma giù nell'intestino. Che diavolo gli avevano raccontato quei due stronzi per provocare questa domanda, e poi... non aveva detto che l'aveva capito? «Perché me lo chiedi adesso?»

«Ti ho detto che devo saperlo, Beatrix. Hai mai lasciato entrare un altro uomo dentro di te?» La sua voce era un ringhio e, mentre già mi premeva contro gli armadietti, con una mano si appoggiò al metallo sopra la mia spalla sinistra e con l'altra mi afferrò il fianco.

«Pensavo lo sapessi. Hai detto che avevi capito che non avevo alcuna esperienza.» Ero così confusa. Era pazzo? Avrei dovuto dirglielo in modo chiaro, ma perché me lo chiedeva in quel modo e in quel momento? «Sei arrabbiato? Cosa sta succedendo?»

Mi afferrò la gonna del vestito e la tirò su, poi mi strinse la coscia e mi portò ad avvolgergli la gamba attorno alla sua. Spinse i fianchi in avanti e, visto il modo in cui mi stava aprendo le gambe, il rigonfiamento dei suoi pantaloni mi colpì proprio al centro. «Sono arrabbiato, sono così arrabbiato, dannazione, ma non con te. Voglio strappare le palle a ogni ragazzo con cui sei uscita, a ogni idiota assoluto che abbia mai pensato di poterti trattare come un oggetto, e voglio cavare gli occhi a quelli che pensavano di poterti avere perché hanno visto i porno di tua madre.»

Ah. Ecco di cosa si trattava. «Ho notato che parlavi con Anthony. Qualunque cosa abbia detto, non ha importanza. L'ho superata da tempo.»

«Non me ne frega un cazzo di lui. Quello che mi importa è che, se potessi tornare indietro, ti avrei chiesto di essere la mia ragazza dieci maledetti anni fa.» Strinse gli occhi e scosse la testa, più disgustato che arrabbiato. «Abbiamo perso tutti quegli anni perché non ho fatto la mia mossa. Se potessi perdere di nuovo la verginità, sarebbe con te.»

Abbassò il viso per baciarmi, ma gli misi le mani sulle sue guance e aspettai che mi guardasse negli occhi. Non l'avevo mai visto così. «Allora renderemo i prossimi dieci anni insieme così meravigliosi che dimenticheremo tutto ciò che è accaduto prima che stessimo insieme.»

Mi afferrò l'altra gamba e mi sollevò del tutto. «Cazzo, Trixie. Ho sempre pensato che appartenessi a me. Ti amo così tanto, sei tutto ciò che voglio.»

Le pietre dell'ansia che mi pesavano sulla testa, sul cuore e sul basso ventre da quando mi aveva trascinato lì, si frantumarono in mille piume di gioia, gratitudine e amore. Così tanto amore. «Il mio posto è con te. Solo con te.»

Mi lasciò cadere le gambe e prese la cintura. «Hai ragione. E non uscirai da questo spogliatoio ancora vergine, Trixie. Ti farò mia proprio ora, cazzo.»

Lo status di *vergine* non aveva importanza per me, ma quello che contava era che avrei potuto condividere il mio corpo con quest'uomo che mi rendeva così felice, mi faceva sentire bella e amata. Era disperato per me e sapevo che non era solo una questione di sesso. Voleva sancire il legame che entrambi sentivamo nel profondo e sembrava così giusto essere fuori di testa al punto da doverlo fare proprio in quel momento.

Aprì di scatto la patta dei pantaloni mentre mi toglievo le mutandine, inciampai perfino nelle scarpe.

«Dannazione. Non ho un preservativo. Non pensavo me ne sarebbe servito uno al fottuto ballo del liceo.» La delusione sul suo volto era davvero adorabile.

«Nella borsa.» L'avevo lasciata cadere sul pavimento quando mi aveva sollevato.

Afferrò la piccola, minuscola pochette e l'aprì. Dentro c'erano solo una manciata di cose, perché non ci sarebbe stato niente di più. Il telefono, una banconota da venti dollari, le chiavi, la carta d'identità e una striscia di tre preservativi.

Perché ero una ragazza che viveva in sicurezza.

Aprì quello superiore con i denti, lo tirò fuori e lo fece scivolare sull'uccello.

«In qualsiasi altro momento, ti sgriderei perché hai usato i denti, perché potresti romperlo, ma non mi interessa.»

Chris sorrise e mi spinse di nuovo contro gli armadietti, quando si chinò per un bacio non lo fermai. Lo avvicinai, gli misi un braccio attorno al collo e gli spinsi la mano tra i capelli. Mi afferrò per le cosce e mi sollevò di nuovo, quando gli avvolsi le gambe attorno alla vita gemmemmo entrambi per il contatto delizioso.

«Dimmi che vuoi che ti scopi. Che vuoi sia l'unico uomo che ti scopa.» Assunse quel tono prepotente che mi faceva cedere le ginocchia.

Annuii, ma mi afferrò il mento e mi passò il pollice sul labbro inferiore, fissandolo. «Parla, Trixie. Dillo.»

«Voglio che mi scopi. Voglio solo te.»

Abbassò la fronte sulla mia e lo sentii tremare contro di me mentre prendeva un respiro profondo. «Non so quanto riuscirò a essere gentile in questo momento. Dimmi che sei pronta per me.»

Spostai la mano in mezzo a noi e infilai le dita tra le mie pieghe bagnate. «Sono eccitata da una settimana, e un po' di sesso telefonico non è bastato. Sono più che pronta per te. C'era un'altra cosa oltre ai preservativi in quella borsa, se non te ne sei accorto. Non dovevo fare pipì prima, ero così bagnata dopo il modo in cui mi stringevi mentre ballavamo che sono andata in bagno a cambiarmi le mutandine.»

Tirai fuori le dita e gliele premetti contro le labbra, dipingendole con il mio desiderio per lui. I suoi occhi già scintillanti divennero così scuri che erano quasi neri mentre mi succhiava le dita. Poi si avvicinò e appoggiò la punta dell'uccello al mio ingresso.

Spinse i fianchi in avanti, più lentamente di quanto volessi, ma proprio al ritmo di cui il mio corpo aveva bisogno. «Cazzo. Sei così stretta, Trixie. Dio, non resisterò a lungo, ma prometto che mi farò perdonare più tardi.»

Mi baciò forte, divorandomi le labbra e la lingua mentre affondava più in profondità, finché non fu sepolto dentro di me al punto che non sapevo dove finivo io e dove cominciava lui. «Tieniti forte, Pulcina. Perché ti scoperò veloce e duro fino a quando non urlerai il mio nome.»

Sapevamo entrambi che non potevo perché, anche se in quel momento avevamo un po' di privacy, chiunque sarebbe potuto entrare nello spogliatoio e avrebbe potuto sorprenderci. Se avessi urlato il suo nome ci avrei di sicuro fatti beccare.

Si ritirò e poi lanciò i fianchi in avanti, affondando di nuovo dentro di me, sbattendomi contro l'armadietto. Gli feci scorrere le mani addosso mentre ruotava i fianchi contro i miei con spinte potenti che mi facevano gemere ogni volta un po' più forte.

«Ci scopriranno, piccola.» Mi coprì la bocca per attutire il rumore. Solo quel gesto era sexy da morire, ma il pensiero di essere sorpresa mi faceva tremare. Avevo scoperto una nuova perversione?

Era tutto perfetto, finché non sentimmo delle voci nel corridoio. Mi bloccai, ma il mio corpo pensò fosse la cosa migliore che poteva accadere e il mio nucleo si strinse e cominciò a pulsare sull'orlo dell'orgasmo.

Chris scosse le sopracciglia verso di me, tenne la mano sulla mia bocca mentre spingeva più forte. Non si fermò neanche per un secondo, ero certa saremmo stati scoperti da un momento all'altro. Era impossibile che non ci sentissero, non con il rimbombo del mio culo che sbatteva contro gli armadietti. «Ti piace, vero, ragazzaccia?»

Scossi la testa, ma il corpo mi tradì, perché era tutto *troppo*. Stavo per venire e non pensavo sarei riuscita a stare in silenzio. Chris abbassò il viso sull'incavo del mio collo e mi sfregò la pelle con i denti. Poi chiuse le labbra e mi morse, non abbastanza forte da ferirmi davvero, ma quel tanto da farmi sentire ogni battito del cuore proprio lì, a tempo con il ritmo di ognuno dei suoi colpi.

«Cazzo, Trix, mi stai stringendo da morire.» Si tirò indietro e poi sbatté i fianchi in avanti, affondando di nuovo e facendo rimbombare l'armadietto così forte che sembrava qualcuno gli avesse dato un pugno. «Verrai per me? Sarai la mia brava ragazza, cazzo, e verrai per me?»

Le voci si avvicinavano e tutto quello che potevo fare era piagnucolare contro la sua mano sulla bocca. Un'ultima spinta mi gettò in un orgasmo così forte che ogni muscolo del corpo si contrasse in preda agli spasmi. Chris gemette o ringhiò o entrambe le cose, e il suo corpo tremò mentre si seppelliva a fondo dentro di me.

Era perfetto, per la prima volta nella mia vita, l'amore di un uomo era perfetto.

Stavamo entrambi respirando in affanno e Chris scoppiò in una risata prima di alzare il viso verso il mio. «Ricordami di sfruttare di nuovo questa tua piccola vena esibizionista.»

Scoppiai a ridere anch'io e lo fissai sciocata. «Mia? Sei tu quello che stava cercando di farci beccare. Non potevi sbattermi contro gli armadietti più forte?»

«Sì. E lo farò di nuovo in ogni spogliatoio possibile. E ne vedo tanti di spogliatoi. Vuoi venire in trasferta con me quest'autunno?» Mi riabbassò con delicatezza, ma le ginocchia mi tremavano da morire. Vacillarono ancora di più quando mi bloccò con il suo corpo e mi baciò a morte.

Avrei potuto farlo tutta la notte. Ma avrei preferito tornare a casa piuttosto che farmi scoprire. Era un peccato che la porta dello spogliatoio non si chiudesse a chiave. Se qualcuno si fosse imbattuto in quella situazione compromettente, avremmo dovuto trovare una scusa per ciò che potevano aver sentito.

Conoscendo la mia fortuna, sarebbe stata Rachel ad aprire la porta. In realtà, era un peccato non l'avesse fatto. Non mi vergognavo di aver fatto sesso con il mio ragazzo. Ero innamorata di lui. Questo è ciò che facevano le persone innamorate.

Oh. *Ero innamorata di lui.*
Ero.
Innamorata.
Di Chris.

Mi sistemò la gonna del vestito e si girò per sbarazzarsi del preservativo. Gli afferrai un braccio e lo costrinsi a girarsi. «Ti amo, Chris Kingmans. Sono innamorata di te.»

Il sorriso che mi rivolse avrebbe potuto illuminare l'intera città. E apparteneva a me.

CAPITOLO 25

Sei modi per arrivare a domenica

CHRIS

Quando Trixie pronunciò quelle parole, la sensazione che mi attraversò fu fisica, come lo schiocco di una palla che colpisce il palmo. Il battito non accelerò, ma si fece più profondo, come se ogni pulsazione mi premesse più forte nel petto.

«Ti amo da morire, Trix. Da un sacco di tempo, e voglio gridarlo perché il mondo intero lo sappia.» Dirlo ad alta voce fu come sciogliere un nodo che mi stringeva la gola da dieci anni. Qualcosa di enorme mi si liberò nel petto. Non erano fuochi d'artificio o riflettori. Era il clic che metteva tutto al posto giusto.

La serietà nei suoi occhi agì come una calamita, attirando pensieri che avevo esitato a formulare del tutto. *Matrimonio, impegno, un futuro insieme.* Ogni parola aveva un nuovo peso nella mia mente ed era sostenuta dal fatto che mi amava.

«Andiamocene da qui. Voglio scoparti in almeno sei modi diversi prima di arrivare a domenica.» E uno sarebbe stato fare l'amore, puro e genuino. Nel profondo dell'anima sapevo che non c'era nessun altro modo al mondo di toccarla tranne quello.

Mi fece un sorriso così grande che dovetti ricordare a me stesso come respirare. «Meno male che domani è domenica, allora.»

Era già domenica? Ci sarebbe stato il picnic finale, dal quale speravo di riuscire a dissuaderla. Avrei preferito di gran lunga restare a casa, e a letto, con lei.

Era anche l'ultima domenica libera che avrei avuto per un bel po'. La settimana successiva sarebbe iniziato il ritiro e non avrei avuto tempo per nient'altro che il football. Be', il football e scopare la mia ragazza.

Sentii uno strano rumore provenire dalla porta dello spogliatoio, o forse dal corridoio. Trixie spalancò gli occhi e scoppiammo a ridere. Mi afferrò la mano e mi riportò fuori dalla stanza. Qualcuno stava correndo verso l'uscita dell'alveare, ma l'oscurità di quella cavità nascondeva chiunque fosse riuscito, *forse*, a sentirci.

Ottimo. Speravo che il pettegolezzo cominciasse subito a girare in modo che la notizia che Trixie non fosse di certo vergine arrivasse ad Anthony e Rachel alla velocità della luce. Quegli stronzi potevano andare a farsi fottere.

Quando arrivammo a casa avrei voluto portarla direttamente di sopra, ma da adulta responsabile quale era, prima insistette per controllare le galline. Luke era ancora imbronciato, ma aveva un debole per le fragole e Trixie riuscì a fargli un paio di coccole, anche se il gallo sembrava sentirsi solo a disagio con quelle attenzioni, come un bambino dopo che la nonna gli ha pizzicato le guance.

Non avevo intenzione di dire niente a Trix, ma ero convinto fosse geloso e pensasse che gli avevo portato via la ragazza.

Quando lo rimise nel recinto si accovacciò subito a terra, Trixie lo fissava. Le sue ragazze lo circondarono, tubando e consolandolo. «Non so cos'ha che non va. Forse dovrò portarlo dal veterinario la prossima settimana. Non l'ho mai visto così depresso prima.»

«Parlerò con lui. Da gallo a gallo.» La allontanai dal pollo imbronciato e la riportai verso casa.

«Non posso credere che ti sia appena definito un pollo.»

Non le avrei permesso di prendermi in giro. La sollevai in braccio, me la misi in spalla e la trascinai dentro. Ero impaziente di provare ognuno dei sei modi che le avevo promesso.

Cosa che facemmo. Prima sul tavolo della cucina, appena oltre la porta sul retro. Che posso dire, ero affamato e impaziente. Ed era deliziosa. Soprattutto quando gridava il mio nome mentre la mangiavo come lo spuntino che era.

Poi le permisi di cavalcarmi come una brava cowgirl.

A metà della notte, finalmente, riuscimmo a fare l'amore.

In quel momento eravamo legati in modo davvero profondo. Non solo i nostri corpi, ma ero sicuro che anche le anime fossero intrecciate e non ci fosse nulla a separarci.

«Sento il tuo cuore battere forte» mormorò Trixie con dolcezza, quella voce ansimante mi trasmetteva un'altra ondata di piacere.

La connessione tra il mio corpo e il suo sembrava indissolubile mentre assaporavo la dolcezza dei suoi baci, divorando ogni piccolo gemito e piagnucolio, e fissavo nella memoria ogni tocco morbido, ogni curva lussureggiante. Non volevo altro che assaporare quel momento perfetto. «Batte per te, ogni battito, ogni volta, è tuo.»

Accelerò di nuovo il respiro mentre le studiavo il corpo con le mani, sentendo ogni centimetro delle sue curve e fessure.

«Non smettere mai, non smettere mai di amarmi» implorava, la voce appena udibile sopra il suono dei nostri respiri.

Il modo in cui stavamo facendo l'amore era così oltre qualsiasi cosa avessi mai sperimentato che non volevo finisse. Anche se ci avvicinavamo sempre di più all'orgasmo, nessuno di noi due lasciava andare quella pura intimità erotica. Nei momenti in cui ci fermavamo per riprendere fiato e fissarci negli occhi c'era un senso di... eternità.

«Mai. Ti amo, Trixie. Sei il mio *per sempre*» le sussurrai contro le labbra.

Venne, il suo orgasmo mi trascinò con sé in una beatitudine che non era solo piacere, ma amore. Così tanto amore che fece scomparire tutto il resto. C'eravamo solo io e Trixie.

Quando si addormentò tra le mie braccia, decisi che era l'unico modo in cui avrei voluto addormentarmi per il resto della vita.

Quando la luce del sole filtrò attraverso le tende, l'intensità del sentimento che stavo vivendo e la consapevolezza che anche la ragazza accanto a me mi amasse, formicolava ancora ai margini della mia coscienza. La cercai, ma Trixie si era già alzata dal letto. Era nuda, sfacciata, e stava setacciando il guardaroba, l'espressione sul suo viso suggeriva che si stesse preparando alla guerra, o per un picnic, che, in questo caso, erano più o meno la stessa cosa.

«Sei sicura di voler andare?» La vidi fermarsi davanti a un prendisole che mi fece accelerare il battito pensando ai modi in cui avrei potuto alzarglielo o infilarci la testa sotto. Se doveva indossare un vestito, avrei scelto quello. «Potremmo starcene qui, ordinare da mangiare e lasciare Rachel e il suo dramma nel passato.»

Si girò per fissarmi negli occhi. «Ho evitato Rachel e le *Api Regine* per troppo tempo. Ignorarla ieri sera ha contribuito a rendere irrilevante tutto ciò che mi ha fatto. Ma ho finito di scappare. Solo perché sarà lì, non significa che devo evitare di fare una cosa che voglio.»

Mi sedetti, colpito da un'ondata di orgoglio e amore. Ecco una donna che aveva imparato a distinguersi, a riconoscere chi era, e ora era pronta a chiudere un capitolo doloroso della sua vita. «Bene. Andiamo e mostriamo a Rachel che non ha potere.»

Trixie sorrise e la luce che le riempì gli occhi era così abbagliante da far sembrare fioco il sole del mattino. «Esatto.»

Intravidi un barlume del nostro futuro, uno in cui non avevamo bisogno di dimostrare nulla a nessuno. Quel giorno saremmo scesi in campo, ma oltre quell'ultima partita c'era il resto delle nostre vite.

Rachel non aveva idea di cosa stesse per affrontare.

Arrivammo al picnic, l'atmosfera era piena di allegre conversazioni e risate. File di tavoli erano ricoperti da tovaglie a quadretti, una serie di piatti mostravano le capacità culinarie degli ex compagni di classe di Trixie. La giornata doveva essere più informale, un modo per trascorrere un po' di tempo insieme con i vecchi amici, prima di salutarsi per tornare alla vita reale. Be', per quelli che non erano ancora bloccati nei loro antichi giorni di gloria.

Vagammo tra la folla, fermandoci a chiacchierare qua e là. Trixie mi presentò la sua insegnante preferita, una suora vivace e con una risata contagiosa. Passammo a salutare molti altri, ormai mi sentivo più il semplice fidanzato di Trixie che una celebrità dello sport. Nessuno dei suoi compagni di classe o delle loro famiglie mi guardava più come un dio sceso dal cielo per onorarli con la mia presenza. Ero uno di loro. Era strano e diverso, e mi piaceva.

La maggior parte delle persone presenti aveva famiglia, e quel momento era simile a quelli che avevo con la squadra, non alle serate impostate degli ultimi giorni. Quelle che servivano solo a impressionare. Non sapevo perché non si fossero comportati così per tutta la dannata reunion.

Ma la parte più bella fu vedere Trixie tanto coinvolta, felice. Aveva davvero superato l'amarezza degli anni del liceo, e si vedeva. Stavo per suggerirle di prendere un po' di quel cibo appetitoso quando incrociai gli occhi di Rachel, che ci osservava da lontano.

A differenza dei sorrisi rilassati che avevamo ricevuto da tutti gli altri, il suo era gelido, con un accenno di qualcosa di oscuro in agguato. Era in piedi in mezzo al suo gruppo di adulatori, incluso Anthony lo Stronzo, con un sorrisetto che mi infastidiva da un centinaio di metri di distanza. Stava tenendo corte in mezzo a un gruppo di persone che sembravano penderle dalle labbra.

Si sporse nel cerchio, sussurrando qualcosa che non riuscivo a sentire, ma di cui potevo indovinare l'argomento. L'atmosfera attorno a lei sembrò cambiare, le chiacchiere dei suoi seguaci si trasformarono in un mormorio.

Stavano guardando qualcosa che Anthony aveva sul telefono. Quando si accorse che lo stavo fissando, lo rimise in tasca e fece un cenno col mento per attirare l'attenzione di Rachel su di noi.

Un'ondata di tensione attraversò Trixie. Anche lei aveva notato lo sguardo di Rachel. Era uno sguardo che diceva: "Sto venendo a prenderti, sei pronta?". E, anche se volevo allontanarla da quella nuvola tossica, la presa sulla mia mano si fece più forte. Era pronta.

Rachel dovette aver intuito che la sua provocazione silenziosa aveva avuto effetto, perché un sorrisetto cominciò ad incurvarle gli angoli della bocca.

Mi irrigidii, ogni istinto mi spingeva a mettermi davanti a Trixie. Quella donna era un uragano distruttivo, potevo già sentire il cambiamento nella pressione dell'aria.

Rachel decise che il suo momento era arrivato. Si allontanò dalla sua cricca per avvicinarsi, il sorrisetto che era sbocciato solo un momento prima si trasformò in un ghigno in piena regola.

«Bene, bene, guarda chi abbiamo qui. Bea e il suo... compagno di giochi.»

Guardò Trixie negli occhi e fu come se fosse scattato un interruttore. Okay, forse non aveva superato del tutto la cattiveria di Rachel.

Trixie fece un respiro profondo. Potevo vedere l'acciaio che le si formava negli occhi, riuscivo quasi a sentire l'energia che stava evocando per quel confronto.

Rachel inclinò la testa, le scintillarono gli occhi di malevolenza. «Sai, Bea, alcuni di noi hanno sentito te e il tuo... ragazzo nello spogliatoio ieri sera. Siete stati molto vivaci, devo dire. La prossima volta forse potresti tenere queste cose per la camera da letto. Le scuole non sono il luogo adatto per quel tipo di attività inappropriate.»

Era ovvio fosse Rachel quella che era venuta a spiarci. Probabilmente aveva incollato l'orecchio alla porta come una vera liceale.

Strinsi la mascella e gli occhi per fissare quella stronza assoluta. Ero stato educato a non chiamare le donne con nomi dispregiativi, ma Rachel se lo meritava, cazzo. L'istinto mi urlava di intervenire, di rimetterla al suo posto. Ma poi sentii la mano di Trixie sul braccio, che mi tratteneva con dolcezza. Era la sua battaglia da combattere, ma ero pronto a essere il suo drago, se ne avesse avuto bisogno.

CAPITOLO 26

L'esplosione

TRIXIE

Lulu non era mai stata in ritardo in tutta la vita, ma arrivò tardi al picnic. Anche se forse era giusto in tempo. Proprio mentre Rachel si avvicinava. Con i miei due migliori amici al fianco e una ritrovata pace dentro di me, ero pronta a esplodere.

Ma lo erano anche quei due. Sentii Chris muoversi in avanti, capivo che voleva proteggermi con tutto se stesso. E se glielo avessi permesso, Lu avrebbe fatto a pezzi Rachel, in stile regina vichinga. Le sue parole erano più potenti di un'ascia.

Mi rivolsi a entrambi: «Lasciatemi combattere da sola, voi due».

Annuirono, ma nessuno dei due ne fu felice. Lu continuava a stringere e aprire i pugni e Chris sembrava pronto a uccidere chiunque si permettesse di guardarmi in modo strano. Anche sorella Mary Louise.

«Solo sapere che siete qui e mi coprite le spalle è sufficiente per affrontare davvero questo demone una volta per tutte. Giuro che, se ne avrò bisogno, chiederò aiuto.» Ero pronta. Sul serio.

Riportai l'attenzione a Rachel, che era esattamente quello che voleva. Non protestai né contestai la sua accusa di essermi comportata in modo inappropriato con il mio ragazzo. Non mi vergognavo e questo, più di ogni altra cosa, le toglieva potere. «Rachel, te lo chiedo con tutta sincerità. Perché mi odi così tanto?»

Mi guardò dall'alto in basso, potevo leggerle il totale disgusto negli occhi. «Perché sei così... arrogante. Hai sempre pensato che la tua merda non puzzasse.»

Okay, si era tolta i guanti. Bene. Quello doveva essere un combattimento a mani nude, senza quartiere. Se mia madre mi aveva insegnato qualcosa, era a combattere come una donna. Una regina potente.

Altri nostri compagni di classe si avvicinarono, non era proprio il cerchio di studenti che si radunavano intorno a due adolescenti gridando "combatti, combatti, combatti", ma ci si avvicinava. Ma c'erano più persone dalla mia parte rispetto a quella di Rachel. Inclusa Lacey, suo marito e una ragazzina molto carina che doveva essere sua figlia.

Sapevo rispondere alle parole di Rachel senza problemi. «Perché non mi odio? Visto che ho scelto di essere felice di chi e cosa sono, vuoi fare di tutto, anche dieci anni dopo aver finito la scuola, per cercare di rendermi la vita un inferno?»

Mi guardò dall'alto in basso e sbuffò. «Come fai a essere felice quando sei *così*? Credimi, non dovresti.»

Eccoci al punto. Era quello che mi ripeteva ogni persona grassofobica che avessi mai avuto la sfortuna di incontrare. Visto che non mi attenevo all'attuale ideale di bellezza, era impossibile che amassi me stessa. Non potevo essere una persona felice. Dovevo odiarmi a ogni costo.

Be', non era così. Mi amavo di più ogni giorno che passava, più della settimana passata, dell'anno precedente. Ed ero amata. Dalla mia famiglia, dai miei amici e da Chris.

«Rachel.» Lacey pronunciò il nome della sua vecchia amica in un tono che intendeva essere ammonitore. Incrociò le braccia e fece un passo indietro, separandosi fisicamente dalle *Api Regine* e dal resto della cricca. Le feci un timido cenno per riconoscere che apprezzavo cosa stava facendo, la parte che stava scegliendo.

Quello non era il giorno in cui mi sarei tirata indietro. Feci un passo avanti ed entrai nello spazio personale di Rachel. Sì, io, la mia pancia, i miei fianchi, il mio culo, le braccia imperfette. *Stavo occupando spazio.* «Capisco, Rachel. Conosco te e persone come te da tutta la vita. Sei davvero convinta che, visto che il mio corpo è più grande del tuo, dovrei vergognarmi, essere triste e nascondermi dal mondo. Visto che non rispondo allo standard di bellezza ideale, non merito amore e felicità. Ma questa è la cosa più stupida che abbia mai sentito.»

Ci furono dei mormorii da entrambi i lati della folla e vidi qualcosa rompersi nella facciata della mia nemesi. Non era abituata alle persone che non erano d'accordo con lei. Ma quella non era più la scuola superiore, e lei non era più la maledetta capoclasse. Non era... niente. E questo la fece incazzare da morire.

«Hai idea di quanto devo lavorare duro per essere così?» Alzò il braccio e la mano su e giù lungo il corpo. Per sbaglio mi colpì lo stomaco mentre lo faceva e si ritirò come se si fosse scottata. «Ci metto tutto l'impegno, Beatrix, e tu sei quella che può scoparsi il quarterback dei Denver Mustangs? Non credo proprio.»

Le persone intorno a noi brontolarono, il mormorio aveva un chiaro tono di disapprovazione.

Lacey si mise in mezzo a noi e la affrontò. «Stai zitta, cazzo. Questa è la cosa più stupida e schifosa tu abbia mai detto.»

Non avevo bisogno che qualcun'altro combattesse la mia battaglia. Ma credevo che Lacey avesse il suo cavallo in quella corsa ed ero felice di darle man forte.

Rachel tirò indietro la testa in un modo che avrebbe fatto sembrare chiunque un idiota. «Smettila, Lacey. O dovrei dire *Stupida Lacey*? Non hai avuto un pensiero coerente fin dalla terza media.»

Qualcuno dietro di me sussurrò: «Bel colpo». Qualcuno di nome Lulu.

«Sì, perché ho ascoltato le tue stronzate.» Lacey colpì Rachel al petto. Mi spostai di lato. Nutrivo un rancore di lunga data nei confronti di quell'arpia, ma quello di Lacey era... qualcosa di più. «Sei una stronza e Beatrix non è l'unica persona che hai fatto sentire di merda al liceo. Ho sviluppato un fottuto disturbo alimentare a causa del modo in cui hai trattato lei e chiunque altro si sia degnato di indossare qualcosa di più grande della taglia trentasei. La trentasei, cazzo.»

Anthony sollevò il telefono e cominciò a filmare.

«Non incolparmi perché volevi mangiare cibo spazzatura e poi dovevi vomitarlo per non ingrassare. Ho tenuto i tuoi stupidi capelli flosci ogni giorno per un anno.»

Lacey chiuse gli occhi e fece diversi respiri profondi. Poi guardò suo marito e sua figlia. Oh, Dio, provavo compassione per lei in questo momento. E provavo compassione per mia madre. Doveva essere difficile ammettere davanti ai tuoi figli che la tua vita non era perfetta.

Avrei chiamato mamma alla fine di quella giornata, per ringraziarla di avermi insegnato a vivere una vita autentica con il suo esempio.

Lacey ricominciò, con la voce che tremava. Le misi la mano sul braccio, prestandole il potere che ero pronta a rilasciare su Rachel. Ne aveva bisogno più di me in quel momento. «Sono dovuta andare in una clinica per disturbi alimentari durante il primo anno di college per non morire. Lo sapevi? Avevo così paura di ingrassare che sono quasi morta. Maledizione.»

Amanda, che di solito sorrideva come se stesse guardando il suo cartone animato preferito, sembrava scioccata. «Che cosa? Pensavo fossi andata in Europa per studiare all'estero.»

Lacey la fissò e aggrottò la fronte. «Sono andata in Europa in una clinica che ha dovuto alimentarmi a forza con una poltiglia proteica, e sorvegliarmi ventiquattro ore su ventiquattro perché non la rigettassi. Ho trascorso gli ultimi dieci anni in terapia. E sai cosa il mio terapista mi ha sconsigliato di fare quest'estate? Venire a questa maledetta reunion. Perché eravamo entrambi preoccupati di ciò che avreste potuto provocarmi voi e le vostre fottute stronzate.»

«Sei un'idiota. Non incolparmi per le tue debolezze.» Rachel alzò gli occhi al cielo, ma poco prima ci vidi qualcosa dentro. Lacey stava arrivando a lei in un modo che non ero sicura avrei mai potuto raggiungere. Non ero certa che Rachel potesse mai entrare in empatia con me e decisi, proprio lì su quel campo, che non ci avrei nemmeno provato. Aveva dei grossi problemi radicati nel profondo, uno scontro durante una rimpatriata del liceo non avrebbe risolto.

E non era mio compito farlo per lei.

Quel pensiero, la consapevolezza di non dovermi difendere, impegnare in un lavoro emotivo per spiegare che sì, ero davvero felice, o cercare di aiutare qualcuno come Rachel che avrebbe potuto non essere mai in grado di superare i propri pregiudizi a vedere quanto si sbagliava, mi liberò.

Ero libera di essere me stessa. Felice, contenta, innamorata.

Voltai le spalle a Rachel e presi la mano di Chris. Aveva un'ombra di preoccupazione negli occhi, ma sorrisi e mi sollevò la mano per baciarmi l'interno del polso.

Lacey mi toccò la spalla. «Aspetta, Trixie. Solo un momento. Per favore. Ho deciso di venire comunque a questa cosa perché volevo scusarmi con te per il modo in cui ti abbiamo trattato al liceo.»

Wow. Va bene. Quello non me lo aspettavo.

«Lacey...»

Lanciò un'occhiata al marito che le fece un lieve cenno del capo. «So che non devi accettare le mie scuse e non sono nemmeno sicura che lo farei se fossi in te, ma volevo fartele lo stesso. Odiavo quanto fossimo cattive con te. Ma all'epoca odiavo anche me stessa così tanto che pensavo che essere una delle ragazze più belle mi avrebbe reso... be', non importa. Mi dispiace e basta. Avrei preferito potessimo essere amiche, perché sembrava che al liceo ti divertissi molto più di quanto mi sia mai divertita io.»

Deglutii, non sapevo bene cosa dire. Lacey accettò con tranquillità il silenzio con cui le risposi e si rivolse di nuovo a Rachel e Amanda.

«Amanda, fatti una vita. Smettila di lasciare che sia Rachel a dettare chi sei.» Scosse la testa come se fosse delusa e frustrata dalla galoppina di Rachel.

Sembrava qualcuno l'avesse schiaffeggiata, come quando stai impazzendo e ti danno una sberla per farti svegliare e prestare attenzione.

Rachel sbuffò di nuovo e guardò Anthony come se quella scena non fosse altro che un teatrino divertente.

«E Rachel, vai in terapia per l'amor del cielo. Dimentichi che conosco i tuoi genitori, quindi so del tuo trauma, e parlare con qualcuno ti aiuterebbe. Ma anche se non lo fai, smetti di cercare di rovinare la vita degli altri solo perché non sopporti la tua. Non ti farà sentire meglio. Credimi, lo so.» Lacey non stava tirando pugni, ma colpiva duro.

Rachel fece un passo indietro e si asciugò la bocca con il dorso della mano. Per una frazione di secondo riconobbi della vulnerabilità scivolarle attraverso la facciata da ragazza meschina. Ma poi la maschera tornò al suo posto e aprì la bocca per parlare, ero certa avrebbe sputato altro veleno. Come l'animale ferito che era e che in quel momento riconoscevo.

Quindi, invece di lasciare che attaccasse ancora, mi rivolsi a Lacey e la strinsi in un grande, lungo abbraccio. «Apprezzo le tue scuse e le accetto. Ti perdono, se è quello che hai bisogno di sentire. Il liceo è duro, non importa chi tu sia. È gran parte del motivo per cui volevo diventare una bibliotecaria per adolescenti, così da poter contribuire a rendere quegli anni un po' più facili per i ragazzi.»

Fu Lacey a essere lenta a rispondere quella volta, ma penso fosse perché stava cercando di trattenere le lacrime. «Grazie, Trixie. Io... apprezzo davvero il tuo perdono. Non sono sicura di meritarmelo, ma ci lavorerò.»

Le diedi un'altra stretta. «Forse più avanti potremo prendere un caffè e fare due chiacchiere, e potrai raccontarmi cosa hai fatto in questi anni. Sembra che parte di questo sia stato creare una bellissima famiglia.»

Annuì e si allontanò.

Ero elettrica e, anche se sapevo che non era necessario, decisi comunque di togliermi un paio di sassolini dalle scarpe.

Con un respiro profondo mi voltai verso Rachel, che aveva le braccia incrociate e batteva il piede. Stava aspettando che l'attenzione tornasse su di lei. Aprì la bocca, potevo già sentire la tirata difensiva. Alzai una mano e cercai l'audacia che avevo dentro di me e che non avevo mai lasciato uscire.

«Rachel, ho permesso alla tua opinione su di me di contare per molto tempo. Non so perché l'ho fatto, ma penso abbia qualcosa a che fare con il non voler mai essere *vista*. Hai solo rafforzato le vocine nella mia testa che dicevano che, se avessi occupato spazio nel mondo, sarei stata giudicata in un modo che mi faceva male. Ma indovina un po'? Succede a tutti.»

«Uhm, no. Nessuno guarda te e me allo stesso modo.» Aveva altre espressioni facciali oltre ad alzare gli occhi al cielo? Non ne ero sicura a quel punto.

«Non importa se lo fanno davvero o no. Guardaci, tutti noi. Abbiamo passato gli ultimi due giorni e mezzo a travestirci, comportandoci come se le nostre vite fossero migliori di quello che sono, perché vogliamo che i nostri ex compagni di scuola pensino che siamo forti. Diavolo, ho anche chiesto al mio migliore amico di fingere di essere il mio ragazzo solo per dimostrarti che non ero solo una triste nerd amante delle galline.»

Tutti intorno a noi rimasero senza fiato. Sì, avevo appena ammesso tutto ad alta voce. Chris fece un passo avanti e mi mise la mano sulla schiena, mostrando a tutti che era dalla mia parte. Ma non intervenne. Mi stava lasciando dire la mia, adoravo che avesse quella fiducia in me.

«Ma se non l'avessi fatto, non avrei mai scoperto di amarlo.» Gli appoggiai la testa contro il petto.

«O che la amo anch'io. Lo faccio da molto tempo. Fin dal liceo, in effetti.» Mi baciò sulla sommità della testa, le voltammo le spalle e ci allontanammo. Il liceo era finito.

Ma mentre ce ne andavamo, sentii Rachel dire qualcosa che non mi piaceva per niente. «Anthony. Fallo.»

CAPITOLO 27

Scandalo in campo

CHRIS

Dio, quanto adoravo il training camp. Era come tornare a casa da una lunga vacanza e dormire di nuovo nel proprio letto. Certo, dovevi ricominciare ad allenarti al massimo, ma quello era il momento perfetto tra l'inizio della vita reale, o la stagione vera e propria, e la fine della pigrizia estiva.

E l'allenatore adorava farci vomitare in campo il primo giorno, se poteva.

Sì, cercava di far crollare anche me.

Le scarpette affondarono nell'erba del centro di allenamento e osservai la scena. Volti nuovi, esordienti che sembravano aver appena ottenuto il permesso dai genitori, mescolati a veterani che vantavano barbe e l'aspetto invecchiato dell'esperienza. E tutti guardavano a me per un altro anno da vincitori. Potevo sentire nelle ossa che eravamo all'inizio di una stagione che sembrava avere la parola "destino" scarabocchiata dappertutto.

Il primo allenamento fu infernale, proprio come mi aspettavo. L'allenatore ci fece fare scatti finché i polmoni non sembravano volerci scappare dalla bocca. Avevo sentito più di qualcuno sussultare dietro di me, ma avevo tenuto duro. Il bisogno di dare l'esempio mi scorreva nelle vene. Se il QB non ce l'avesse fatta, nessun altro poteva.

Dopo essere stati torturati allo stremo, passammo alle esercitazioni offensive. Il mio braccio era una macchina ben oliata mentre lanciavo passaggi ai wide receiver mettendo a punto la nostra connessione già rodata. L'atmosfera era elettrica, ogni passaggio completato o placcaggio riuscito amplificava l'energia.

A mezzogiorno ci fermammo per il pranzo. Mentre mi dirigevo verso la mensa, vidi i miei fratelli riunirsi vicino all'ingresso. Declan, con le braccia incrociate, sembrava già attratto dal cibo all'interno. Everett era nel mezzo di una battuta, con un grande sorriso che gli illuminava il viso, mentre Hayes, la nostra nuova recluta, sembrava stesse assorbendo tutto in un misto di stupore e ambizione tipico di un Kingmans scelto al primo turno.

Mi avvicinai dando a ciascuno una pacca sulla spalla. «Be', se non è la dinastia familiare della lega. Com'è andata la mattinata, signori?»

Everett ridacchiò. «Intendi a parte vederti quasi crollare durante quegli sprint?»

«Ehi, un QB deve stabilire lo standard.»

Declan grugnì, un suono che riuscì a trasmettere sia consenso che critica. Era più scontroso del solito. Avremmo dovuto assegnargli il premio di difensore più cattivo del campionato. Dopotutto era un'eredità di famiglia.

Hayes, con gli occhi luminosi, intervenne. «Amico, è intenso. Niente a che fare con il college.»

Lo guardai e annuii. «Benvenuto nel professionismo, fratellino. Da qui in poi diventa solo più difficile.»

Entrammo per prendere i nostri vassoi, caricandoli di proteine magre e carboidrati complessi. Mentre ci sedevamo, la dinamica nell'intera stanza cambiò. Avere tre uomini della stessa famiglia in squadra era un evento raro, ma quattro erano qualcosa di davvero speciale. Alcuni sussurravano che nostro padre ci aveva spinto troppo per diventare atleti di punta. Io ero convinto ci avesse trasformato negli uomini che eravamo, nel modo migliore che conosceva.

Declan, con gli occhi ancora fissi sul cibo, cominciò a parlare dell'unica altra cosa che avevo in mente. «Quindi, fammi capire, i tuoi piani hanno funzionato? Trixie è la tua ragazza adesso?»

Un sorriso mi increspò le labbra: «Sì, lo è».

Everett rise. «Sarà meglio sia il tuo fottuto portafortuna in questa stagione. Non ci siamo fatti il culo solo per farti scopare.»

Quella frase poteva essere la cosa più vicina al dire che una relazione impegnata era una buona cosa per Ev. Per me lo era. Non ero certo lo sarebbe mai stata per lui.

Hayes, sempre quello sentimentale, chiese: «È diverso? Essere innamorato, intendo?».

Feci una pausa, non aspettandomi del tutto la risposta che mi era venuta in mente. «Sì. Mi sento come se avessi qualcosa in più per cui lottare ora, sia dentro che fuori dal campo.»

Declan annuì, il che, nella sua lingua, significava che approvava. O almeno, non disapprovava.

La conversazione si spostò sulla strategia, sulle giocate per la prossima stagione, ma in quel momento qualcosa sembrava completo. Come se il pezzo mancante della mia vita fosse finalmente andato al suo posto. Trixie lo aveva permesso e, mentre guardavo i miei fratelli, sentii un'ondata di gratitudine. Per la famiglia, per l'amore e per la stagione che ci aspettava, e che prometteva di metterci alla prova in ogni modo possibile.

Sì, sarebbe stata una stagione infernale.

Prima di tornare agli allenamenti pomeridiani, mi fermai a chiacchierare con un paio di esordienti che mi guardavano con un misto di stupore e avida curiosità. Parlammo di alcune delle giocate principali, cercavo di alleviare il loro nervosismo.

Mentre osservavo la stanza, intravidi una foto della stagione passata appesa al muro, all'inizio dell'anno, prima di sapere che avremmo vinto tutto. Eravamo lì, un gruppo di fratelli, legati dallo sport che amavamo. I miei pensieri andarono a Trixie. Avrei rinunciato quasi a tutto per passare qualche ora in più a letto con lei. Aveva trasformato la mia vita fuori dal campo in un modo che sembrava rivoluzionario quanto qualsiasi passaggio vincente.

Nelle settimane successive non saremmo riusciti a vederci quanto avrei voluto, ma riuscivo già a immaginarci mentre trovavamo una routine quando fosse iniziata la stagione. E poi le avrei chiesto di sposarmi.

Concludemmo il pranzo con la nostra tradizione: far alzare i debuttanti e cantare il loro inno del college. Le esibizioni variavano da straordinariamente armoniose a esilaranti, a terribili. Urlammo, applaudimmo e prendemmo in giro tutti. Deck, Ev e io cantammo insieme a Hayes la canzone dei DSU Dragons.

Mentre tornavo in campo, ancora ridendo della nuova difesa che tentava note alte con cui non aveva nulla a che fare, un senso di contentezza mi travolse. Tra l'amore di una brava donna e il cameratismo di una squadra che sentiva di poter conquistare il mondo, questa sarebbe stata una stagione perfetta.

E Dio, non vedevo l'ora di iniziare.

Fino a quando non venni assalito dai flash delle fotocamere e dai fischi dei fan mentre tornavo in campo. Confuso, lanciai un'occhiata alle tribune dove prima i tifosi erano allegri e incoraggianti. Adesso erano apertamente ostili.

«Che diavolo? Cosa sono, fan dei Bandits?» mormorai.

Avevamo una rivalità di lunga data con la squadra di Los Angeles, ma i fan dovevano comprare i biglietti per entrare e la sicurezza di solito si occupava dei personaggi problematici prima che diventassero così. La stampa era in delirio, le telecamere lampeggiavano come fuochi d'artificio, gridavano domande quasi indecifrabili in mezzo a quella frenesia.

«Chris, qualche commento sul video?»

«Sei davvero tu in quel filmato?»

«Qual è la tua versione, Chris?»

Everett si avvicinò di corsa con un telefono che non avrebbe dovuto avere in mano, il viso una maschera di incredulità. «Fratello, sei diventato virale. C'è un video, e non è bello.»

«Quale video?» Gli sport professionistici portavano i soldi della fama, era una tentazione per molti ragazzi che non sapevano cosa farsene. Ma la nostra famiglia e il desiderio radicato di comportarci come bravi ragazzi avevano salvaguardato me e gli altri Kingmans da cose del genere, fino a quel momento. «Non ho fatto nulla che giustifichi tutta questa merda.»

Everett scosse la testa. «Non ne sarei sicuro. Devi controllare questo.»

Deck e Hayes si avvicinarono di corsa e ci ritrovammo tutti a osservare lo schermo. Afferrai il telefono di Ev e cercai di dare un senso al brusio dei social media. Eccolo lì, un hashtag di tendenza con il mio nome e la parola "scandalo" accanto. Il collegamento al video era già stato rimosso ed erano rimaste solo le reazioni. La gente speculava, alcuni condannavano, altri ancora difendevano. Ma nessuno spiegava cosa c'era in quel dannato video.

Le viscere mi si attorcigliarono in una palla compatta, appesantendomi. Le mani tremavano, ed ero un fottuto quarterback professionista, le mie mani non tremavano mai. Provai a chiamare Trixie. Avevo davvero una brutta sensazione riguardo a quella faccenda.

Segreteria telefonica. Riprovai. Ancora la segreteria. La mente andò in luoghi oscuri, immaginando il peggio. Doveva stare bene. Doveva solo stare bene.

«Kingmans» gridò l'allenatore. Tutti e quattro alzammo lo sguardo. «Non voi, l'altro Kingmans. Il quarterback Kingmans. Fanculo, comincerò a chiamarvi King Uno fino al quattro. Gesù. Togli la tua cazzo di vita sociale dal mio dannato campo. Queste non sono le cazzo di Ice Capades. È una cazzo di squadra di football professionistica e mi aspetto vi comportiate da professionisti, cazzo.»

Più volte diceva la parola *cazzo*, più scatti avremmo fatto in seguito.

«Torniamo agli allenamenti» consigliò Everett, ma il suo tono era tirato, venato di preoccupazione.

«Giusto.» Inviai un breve messaggio a Maguire per scoprire cosa stesse succedendo e lo avvisai di portare il culo in campo, poi restituii a Everett il telefono incontrando i suoi occhi. «Non mi piace, e qualunque cosa sia, non è finita. Ne sono certo.»

Everett mi diede una pacca sulla spalla, il legame inespresso tra fratelli era forte in quel momento. Tornammo di corsa alla squadra, la mia presenza fisica era lì, ma la mente era da tutt'altra parte, piena di preoccupazione, rabbia e un crescente desiderio di vendetta.

Mi misi in posizione, la presa sul pallone era un po' troppo stretta. Ma mentre lo lanciavo lungo il campo, sapevo che non era solo una palla che stavo lanciando, ma un guanto di sfida.

Proprio mentre stavo riprendendo fiato, cercando di concentrarmi, Maguire si precipitò in campo. Indossava il solito abito su misura, sembrava del tutto fuori posto tra le maglie e l'erba. Dietro di lui c'era Johnston Manniway, con la faccia truce. *Merda*. Se era lì, era peggio di quanto pensassi. Johnston si fermò a parlare con l'allenatore prima di unirsi a noi. L'occhio sinistro dell'allenatore stava già tremando.

«Chris, dobbiamo parlare. Ora» cominciò Maguire trascinandomi con urgenza nel cerchio di uomini.

Quell'intensità rendeva chiaro che non era una richiesta, ma un ordine. Mi osservai intorno, catturai lo sguardo di Declan, Everett e Hayes, e feci loro un rapido cenno di raggiungerci.

«Si tratta del video? Cos'è?» chiesi, senza perdere tempo.

Johnston intervenne, con voce calma ma preoccupata. «Ti aiuteremo a superare questa cosa.»

Guardai dall'uno all'altro, mentre il peso della situazione mi crollava addosso. I miei fratelli si unirono al cerchio e lo chiusero. Non avevano bisogno di dire nulla, riempivano semplicemente i vuoti nella mia armatura.

Maguire tirò fuori il telefono, mostrandoci gli screenshot dell'argomento di tendenza e i commenti che arrivavano veloci e furiosi. Quegli screenshot erano stati presi dal video e il sapore amaro della bile mi salì in fondo alla gola. «È brutto, amico. È un sex tape e siete chiaramente tu e Trixie.»

Non era più solo un gioco. La mia vita personale si era infiltrata nella mia carriera e le due cose stavano andando fuori controllo.

Chiuse lo schermo e cominciò a digitare qualcosa alla velocità della luce. «Dobbiamo agire, subito. Raccoglieremo la tua dichiarazione, vedremo se possiamo limitare i danni.»

«E Trixie? Non riesco a contattarla. Hai provato a chiamarla?» Alzai la voce venata di disperazione.

Maguire scosse la testa. «Ci arriveremo. Ma in questo momento, la storia sei tu. Se manteniamo l'attenzione su di te e non su di lei, passerà in secondo piano e questo la terrà al sicuro. Dobbiamo gestire la situazione prima che deragli del tutto.»

Mi aspettavo che Maguire si concentrasse esclusivamente su di me e sulla mia carriera, e su come avrebbe influenzato il nostro futuro finanziario. Il fatto che non solo stesse pensando a Trixie, ma a come tenerla lontana dai riflettori, fu l'unico sollievo che provai.

Johnston mi mise una mano sulla spalla. «Senti, ragazzo, ho visto gli scandali andare e venire. Il modo in cui lo gestisci ti definisce. Sei un brav'uomo. Non dimentichiamolo.»

I miei fratelli mormorarono in accordo. Annuii anche se sentivo la gravità del mondo sulle spalle. Ero io in quel video? Sì. Pensavo di aver fatto qualcosa di sbagliato? No.

Avevo un'idea di chi fosse il colpevole? Certo che sì, cazzo.

Alla fine, sospirai. «Va bene. Cerchiamo di controllare i danni. Johnston, puoi chiamare Marie? Trixie avrà bisogno di tutti gli amici che abbiamo. Odia i riflettori e starà andando fuori di testa.»

Dov'era? Stava bene? Un nodo di preoccupazione mi si strinse nello stomaco e, allo stesso tempo, mi preparai alla tempesta mediatica che mi aspettava.

«Coach, odio dover fare una cosa del genere il primo giorno del campo, ma devo andare.» Quel pomeriggio avremmo comunque rivisto le registrazioni delle partite e le avevo viste tutte almeno un milione di volte.

Mi guardò accigliato. «Occupati della tua merda e non lasciare che ti entri in testa. Potresti anche avere tra le mani un disastro personale, ma quest'anno devi comunque vincere un fottuto campionato.»

Non potevo essere arrabbiato con lui, aveva ragione. Avevo un impegno con la squadra. Anche se avrei rinunciato a tutto, se avesse fatto del male a Trixie.

«Rachel, se ci sei tu dietro a tutto questo, te ne pentirai» mormorai sottovoce.

Recuperai la mia roba dallo spogliatoio e trovai il telefono, non smetteva di squillare. Quando vidi il nome di Jules lampeggiare sullo schermo, una nuova ondata di ansia mi travolse.

«Ehi, ragazzina» risposi, facendo del mio meglio per mantenere la voce ferma. «Che cosa succede?»

«Chris, è pazzesco qui. La stampa è ovunque, nel nostro cortile, nel tuo, e anche in quello di Trixie. Gridano e bussano alle porte. Dov'è la tua scorta di sicurezza? Non dovrebbero tenerli fuori? Non se ne vanno.»

La mia imperturbabile sorellina, che avrebbe potuto bruciare il mondo facendo in modo che la ringraziassero pure, stava andando fuori di testa. La sua voce era venata del tipo di paura che si prova quando il proprio spazio personale viene violato.

«Gesù, Jules, mi dispiace. Non so come abbiano superato la sicurezza. State tutti bene?» Mio padre avrebbe dato di matto. Non era mai stato un fan della stampa.

«Stiamo bene. Papà sta per fare un buco nel pavimento, passeggia per casa come un lupo in gabbia. So che è il primo giorno del campo e tutto il resto, ma quando torni? Devi fare qualcosa.»

Mi ribolliva il sangue. Amavo quel quartiere. Era più di un semplice posto dove vivere. Era il nostro santuario, dove la famiglia e i nostri cari dovevano poter stare sani e salvi. E qualcuno aveva violato quello spazio sacro.

«Ci penso io, Jules. Te lo prometto. Hai visto Trixie? È già tornata a casa dal lavoro?»

«Il suo gallo sta sul recinto e canta contro tutti i giornalisti, si meriterebbe una medaglia. Continuano a cercare di scacciarlo e lui li becca in faccia. Ma lei non è qui. Ho provato a chiamare la biblioteca e la persona che ha risposto ha detto solo che non era disponibile. Sono preoccupata.»

«Anch'io» ammisi mentre mi si formava un nodo in gola. «Ascolta, chiudi le porte e resta dentro. Mi sto occupando di questo proprio ora.»

Riagganciai e mi rivolsi a Maguire e Johnston. «Devo tornare a casa. Hanno invaso il mio quartiere e devo assicurarmi che tutti siano al sicuro.»

Maguire spalancò gli occhi. «Sono a casa tua adesso? La situazione si sta intensificando più velocemente di quanto pensassimo.»

Johnston strinse i pugni. «Stanno oltrepassando il limite. La tua famiglia non merita di essere trascinata in tutto questo.»

«Hai ragione, cazzo. Proteggerò ciò che è mio. Finiamo qui e poi riprenderò questa battaglia al posto giusto. A casa» ringhiai, con voce dura.

Detto questo, lasciai il campo con i pensieri in un turbine di rabbia, preoccupazione e risolutezza. Di qualunque portata fosse lo scandalo, era diventata una questione personale.

Provai di nuovo a chiamare Trixie dall'auto. Ancora nessuna risposta. Se le fosse successo qualcosa, sarei stato io a bruciare il mondo.

CAPITOLO 28

Sonoiolostronzo.com

TRIXIE

Stavo prendendo i volumi dagli scaffali per il prossimo incontro del club del libro per adolescenti quando notai qualcosa di strano. Sguardi di traverso, conversazioni sommesse che si interrompevano quando passavo. I miei colleghi sembravano... a disagio, come se tutto a un tratto fossi un'estranea. Anche i clienti abituali mi guardavano in modo diverso.

«Signorina Moore, potresti venire nel mio ufficio, per favore?» Dall'interfono arrivò la voce di Karter, gelida e formale. Non usavamo mai l'interfono per qualcosa di diverso dagli annunci della biblioteca, come l'avviso per comunicare la chiusura a quindici e cinque minuti. Non avrebbe potuto chiamare il telefono della mia scrivania?

Un senso di terrore mi invase. Qualunque cosa stesse succedendo, non andava bene. Feci un respiro profondo e mi diressi verso l'ufficio di Karter.

«Chiudi la porta» ordinò senza preoccuparsi di alzare lo sguardo dalla scrivania.

Il cuore mi batteva forte nel petto mentre obbedivo. «C'è qualcosa che non va, Karter?»

Alla fine alzò la testa, lo sguardo più freddo di quanto lo avessi mai visto. «Trixie, con effetto immediato, il tuo rapporto di lavoro è terminato a causa di una condotta inadeguata.»

«Che cosa? Non capisco. Cosa ho fatto?» Mi tremò la voce con un sussulto sull'ultima parola, come se avessi appena visto qualcuno spezzare il dorso di un'intera fila di tascabili nuovi di zecca.

«Le motivazioni non sono in discussione. Questo è il tuo ultimo stipendio» sentenziò brusco facendo scivolare una busta sul tavolo.

«Ma ho sempre ricevuto ottime recensioni sulle prestazioni.» Ero certa mi stesse prendendo in giro, e non in modo divertente. Non sapevo nemmeno perché. «Non c'è una politica di preavviso prima del licenziamento? Cosa è cambiato?»

Karter sospirò, come se quella situazione fosse solo un enorme fastidio. «La decisione non è negoziabile. Non c'è altro da dire.»

«È perché Chris pensava tu fossi uno stronzo l'altra sera?» insistetti, il nervosismo si insinuò nel tono. «O forse qualcun altro ha sentito uno dei commenti inappropriati, così stai cercando di sbarazzarti di me prima che possa inoltrare la questione alle risorse umane?»

Arrossì, sapevo che ero vicina a scoprire la verità. Riuscì a mantenere l'atteggiamento gelido. «Le tue supposizioni personali sono irrilevanti. Consegna il pass di accesso.»

Fissai la mano che mi tendeva come se volesse mordermi o attaccarmi una malattia. «Ho il diritto di sapere perché mi stanno licenziando.»

«Il Colorado è uno Stato a tutela dei datori di lavoro, signorina Moore. Le norme stabiliscono che non sono tenuti a fornire preavviso ai lavoratori che vengono licenziati, né sono obbligati a dettagliare i motivi per eventuali licenziamenti in assenza di leggi pertinenti o obblighi contrattuali.» Sembrava lo avesse imparato a memoria per poterlo tirare fuori proprio per questa situazione. «Il tuo impiego qui non è garantito e possiamo terminare il contratto per qualsiasi motivo ritenuto opportuno. Gli atti osceni sono una ragione sufficiente.»

Atti osceni?

Mi sentivo impotente, ma sapevo di star subendo un torto. Sganciai il lasciapassare dal passante della cintura e lo gettai sulla scrivania.

«La sicurezza ti accompagnerà a ritirare gli effetti personali. Devi lasciare la sede il prima possibile.» Digitò qualcosa sul computer con l'intenzione di congedarmi.

Prima che potessi elaborare ciò che stava accadendo, Mike, la giovane guardia di sicurezza della biblioteca, apparve sulla porta. «Andiamo, signorina Moore.»

Vergogna e confusione crebbero dentro di me mentre venivo condotta alla scrivania. Sia il personale che i volontari osservavano in un silenzio sbalordito mentre raccoglievo in tutta fretta i miei oggetti personali nel contenitore che mi stava già aspettando.

«Va tutto bene, Trixie?» chiese Cherie, una delle volontarie adolescenti, con gli occhi pieni di preoccupazione.

«Non lo so, tesoro. Non lo so davvero» mormorai trattenendo le lacrime.

Mike mi condusse fuori dalla porta sul retro della biblioteca dove il personale parcheggiava di solito. «Mi dispiace, Miss Moore. Non mi piace come tutto questo sia andato a finire.»

Anche se emanava rammarico da tutti i pori, mi lasciò comunque nel parcheggio e tornò dentro. La grande porta di metallo si chiuse alle mie spalle con un suono assordante. Fu solo quando raggiunsi l'auto che mi resi conto di aver lasciato il cellulare sulla scrivania.

Il mio cuore sprofondò ancora di più. Non avevo modo di chiamare Chris o Lulu, non avevo modo di contattare nessuno. Una sensazione terribile alla bocca dello stomaco mi diceva che qualunque cosa stesse succedendo era ben lungi dall'essere finita. Dovevo proprio andare a casa.

Quando arrivai nel quartiere, c'era il caos. *Perché c'erano così tante persone? Non vivevano lì.* Avvicinandomi a casa vidi camion pieni di antenne sul marciapiede e giornalisti con le telecamere sul prato. *Cosa diavolo stava succedendo?*

Entrai con calma nel vialetto e fui subito circondata da persone che urlavano contro dai finestrini dell'auto, mi puntavano le telecamere, alcuni si misero addirittura davanti alla macchina cercando di impedirmi di entrare in garage.

Provai in ogni modo a mantenere il controllo, navigai attraverso il mare di giornalisti e telecamere invadenti, il cuore batteva a ritmo irregolare. L'atmosfera era caotica, ronzava come un alveare arrabbiato. Mi precipitai in garage. Solo quando il basculante si chiuse dietro di me, riuscii a fare diversi respiri lunghi e tremanti. Avevo sempre visto quel posto, la casa della mia infanzia diventata il mio spazio da adulta, come un luogo dove potevo essere me stessa, lontano dal giudizio. Ora sembrava una bolla pronta a esplodere in un mondo pieno di spigoli vivi.

Armeggiai con le chiavi ed entrai in casa, chiudendomi la porta alle spalle. Afferrai il tablet, dato che non avevo il telefono e non avevo intenzione di uscire di nuovo in quel caos per provare a sostituirlo. Chiamai Lulu su Facetime con le mani tremanti, speravo potesse rispondere anche se era ancora al lavoro.

«Che diavolo sta succedendo?» sbottai non appena comparve nello schermo.

«Oh, Trix, ho cercato di contattarti. Sei su tutti i social media. C'è un video di te e Chris mentre vi date da fare nello spogliatoio della Saint Ambrose.»

Iniziò a girarmi la testa. «Un video? *Che cosa?*»

Qualcuno aveva fatto un video a me e Chris? Quei bastardi.

«Non l'ho visto perché l'originale è già stato rimosso, ma, a quanto pare, è abbastanza scandaloso da incendiare Internet. Era sulla stupida pagina di Anthony, *sonoiolostronzo.com.*»

«Mi hanno licenziato, Lulu.» Mi tremò di nuovo la voce. «Karter me l'ha notificato con effetto immediato. Per "condotta inappropriata". Che cosa significa? Mi ha fatto scortare fuori dall'edificio dalla sicurezza.»

La sentii battere sul computer. «Eh? Stai scherzando? Scaverò in giro e scoprirò cosa sta succedendo sul fronte del lavoro. Tieni duro.»

Riattaccò, lasciandomi nel mio soggiorno, sola e innervosita, a fissare lo schermo che sembrava urlarmi che tutto era cambiato.

Come a fare da colonna sonora al mondo che mi stava crollando intorno, sentii un canto orribile e angosciato provenire da un lato della casa. *Oh, no. Luke.* Se ero spaventata io dal circo mediatico, non potevo nemmeno immaginare come si sentisse lui. Quello era il suo territorio tanto quanto era il mio.

Feci un respiro profondo, aprii la porta sul retro ed entrai nel cortile facendo del mio meglio per sgattaiolare di lato. Riuscivo a malapena a distinguere la sagoma di Luke tra i flash delle telecamere e dei giornalisti che avevano avuto l'audacia di scavalcare la recinzione. Stavano spaventando me e lui. Sembrava fossero dappertutto, a calpestare ogni aspetto della mia vita.

«Beatrix! Beatrix Moore. Dov'è Chris? Chi sei per lui?» urlò un giornalista spingendo il microfono oltre la recinzione nella mia direzione.

«Tua madre è la famigerata Sunshine Babcock?» gridò un altro.

Alla menzione di mia madre, una sensazione fredda e viscida mi si insinuò alla bocca dello stomaco, come se avessi ingoiato ogni cosa terribile accaduta negli ultimi dieci anni. Le parole mi colpirono, facendo svanire tutto il resto nel rumore di fondo. Per una frazione di secondo, deglutire, respirare e persino far battere il cuore mi sembrò un compito impossibile.

Li ignorai, afferrai Luke, le cui piume erano tutte arruffate, e lo sollevai infilandolo sotto il braccio sia per confortarlo che per proteggerlo. Il suo cuore mi batteva come un tamburo in miniatura contro il fianco, rispecchiando le mie emozioni caotiche.

Con Luke al sicuro tra le braccia, mi rivolsi ai giornalisti con le fiamme negli occhi. «Se avete un minimo di decenza, lascerete la mia proprietà subito. State sconfinando e spaventando i miei animali» sentenziai con voce tremante ma chiara.

Non aspettai per vedere se obbedivano, ma sentii uno di loro ridacchiare qualcosa sul fatto che *ero io quella indecente*. Ritornai dentro, mi chiusi la porta alle spalle mentre un nuovo livello di terrore mi si insediava nel petto. Il mio spazio, il mio santuario, era stato invaso e il peso di tutto ciò mi crollò addosso mentre posavo Luke nel recinto al chiuso.

Il tablet ronzò sul bancone, questa volta era Chris. Le dita tremavano mentre lo prendevo, ma prima di rispondere lanciai una rapida occhiata a Luke. Per un momento vidi il riflesso di me stessa nei suoi occhi: confusa, spaventata, ma anche ferocemente protettiva nei confronti del piccolo mondo che avevamo costruito.

«È ora di reagire» gli sussurrai prima di rispondere alla telefonata.

«Trix? Stai bene? Jules ha chiamato e ha detto che ti ha visto arrivare a casa, e che quegli stronzi ti hanno bloccato la macchina. Ho mandato mio padre a prenderti per portarti a casa nostra. Sarò lì tra quindici minuti.» Sentii suonare un clacson e il rumore del traffico in sottofondo.

«Sono stata licenziata.» Quella era l'unica cosa coerente che riuscii a trovare nella mente confusa.

«Merda. Mi dispiace così tanto, piccola. Giuro che risolveremo tutto. Ho chiesto a Maguire di limitare i danni e Johnston sta mandando Marie da te. Dove cazzo è la mia scorta di sicurezza?» Imprecò e suonò di nuovo il clacson.

Dalla finestra laterale vidi il signor Kingmans uscire dalla porta principale della casa e una folla di giornalisti si precipitò verso di lui. Non disse nemmeno una parola, ma alzò una mano e tutto il gruppo si bloccò di botto. «Vedo tuo padre. Non credo riuscirà nemmeno ad arrivare alla mia porta di casa.»

«Guarda nel cortile sul retro.»

Tre ragazzi Kingmans, Flynn, Gryffen e Isak, erano piegati e correvano verso il cancello tra i nostri due cortili come se fossero ninja o Navy Seal.

«Ah, capisco. Tuo padre è la distrazione e i ragazzi sono la missione di salvataggio segreta. Okay, ma porterò anche Luke»

«Tutto ciò di cui hai bisogno per sentirti al sicuro e a tuo agio, tesoro. Meglio mettere in valigia anche dei vestiti. Non so quanto durerà questo blitz mediatico.»

Non mi piaceva. *Che fine aveva fatto la mia vita?* Corsi di sopra, infilai dei vestiti comodi in una borsa, presi lo spazzolino da denti e il Kindle, perché Dio solo sa se avrei avuto bisogno di un po' di conforto per evadere dalla realtà, se dovevo rintanarmi dai Kingmans per evitare i giornalisti per il resto della mia vita. Quanto sarebbe durata?

«Trixie, siamo qui per salvarti» chiamò uno dei ragazzi dal piano di sotto.

«Grazie. Scendo tra un minuto. Saccheggia il rifornimento di snack nel frigorifero» gli consigliai.

Sentii un altro esultare, dichiarando vittoria. Se sapevo una cosa, era quanto potevano essere affamati gli adolescenti e i ragazzi del college.

Non avevo idea di come avesse fatto, ma il signor Kingmans aveva quei giornalisti che gli pendevano dalle labbra. O quello, oppure li aveva spaventati a morte minacciandoli di obbligarli a fare dei giri di campo o qualche altro esercizio. Io e i ragazzi tornammo di nascosto nel loro cortile, fermandoci solo per assicurarci che le riserve di cibo e acqua delle galline fossero a posto. Isak si offrì volontario per passare a controllarle più tardi se avessi voluto.

Quando superai la porta scorrevole in vetro della veranda sul retro, Jules mi venne incontro per un grande abbraccio. «Sono così felice tu stia bene. Odierei perdere una sorella prima ancora di averne ufficialmente una.»

Che dolce. La strinsi a me. «Va tutto bene, non vado da nessuna parte.»

Preparammo insieme una cuccia improvvisata per Luke in cucina, ma prima ancora che avessimo finito, Chris si precipitò in casa. Mi prese tra le braccia e mi baciò così a fondo che per un minuto intero mi dimenticai dello spettacolo di merda in cui eravamo coinvolti.

Premette la fronte sulla mia ed entrambi riuscimmo a trovare uno spazio sicuro per respirare per qualche secondo.

«Ciao» mi salutò.

«Ciao.» Due minuti prima, il mondo era un caos frenetico. Ma in quel momento, con lui a fianco, sapevo che sarebbe andato tutto bene.

Non certo in dieci minuti, ma insieme saremmo riusciti a superare quell'incubo.

«Dimmi cosa è successo al lavoro.»

Che uomo. I nostri culi erano ovunque su Internet e si preoccupava per il mio lavoro. Gli diedi un altro bacio veloce solo perché ne avevo bisogno.

Scossi la testa, ancora incredula di fronte a tutto quello che era successo. E non era ancora nemmeno l'ora dell'aperitivo. «Quasi non lo so nemmeno. Karter mi ha chiamato nel suo ufficio e mi ha detto che ero stata licenziata per condotta inappropriata. Non mi ha voluto dire di cosa si trattava o altro. Non so cosa farò. Non ho molti risparmi, mi basteranno per un mese o giù di lì al massimo.»

«Quel figlio di puttana» ringhiò Chris.

Già, la pensavo proprio allo stesso modo. «Io... dovrò trasferirmi o trovare un'altra soluzione.»

Chris annuì. Ero certa non capisse davvero la situazione, era un milionario dopotutto. Aveva un jet. «Per come la vedo io, hai alcune opzioni, piccola. Puoi trasferirti da me. Posso trasferirmi da te. Oppure puoi semplicemente restare lì.»

Appunto. Sebbene fosse adorabile che il suo primo istinto fosse quello di andare a vivere insieme, ero certa non avesse idea di cosa significasse rescindere un contratto di locazione. «Non posso restare senza pagare l'affitto. E non voglio che andiamo a vivere insieme, perché mi sembrerebbe di approfittarmi di te.»

Annuì e sembrò pensare a come rispondere. «Giusto. Due cose. Sono un milionario, letteralmente. Quindi puoi scroccare quanto vuoi. Se vuoi, non dovrai lavorare un giorno della tua vita. E poi, la tua casa è mia. Non devi pagare niente se non vuoi.»

Scusa? «Che cosa?»

Mi chiuse la mascella e mi diede un colpetto sul naso. «Possiedo almeno un terzo delle case del quartiere, forse di più adesso. Quando vengono messe in vendita, la mia azienda entra e offre contanti per un prezzo superiore a quello richiesto. A volte le rivendo, ma la maggior parte o continuo ad affittarle o, sai, ci metto dentro uno dei membri della mia famiglia.»

«Sei un possidente immobiliare?»

Declan, Everett e Hayes entrarono tutti in casa, sembrava fossero fuggiti dall'allenamento senza farsi la doccia. Quantomeno l'odore dava quell'idea. Hayes prese una mela dalla ciotola sul bancone e, poco prima di darne un morso, commentò: «Sì, ci lascia scegliere quale vogliamo una volta finita la scuola».

Fissai Declan ed Everett che fecero un cenno d'assenso. Uno con un'alzata di spalle e l'altro con uno sguardo accigliato.

Everett sorrise e indicò Chris. «Ora che ci penso, ho scommesso sulla casa in cui vivo che sarebbe riuscito a conquistarti. Il che è stata una scommessa stupida, perché il resto di noi sapeva già che voi due eravate innamorati persi l'uno dell'altra. Però ho vinto. Dammi la mia casa.»

Chris scosse la testa e sorrise. «Ne è valsa la pena.»

Il signor Kingmans entrò, fischiò per attirare l'attenzione di tutti e agitò la mano in aria formando un cerchio. Doveva essere un segnale che indicava alla famiglia di riunirsi, perché tutti si sistemarono intorno a lui, me e Chris.

«Parleremo di casa mia, cioè casa tua, più tardi. Non posso credere tu non me l'abbia detto» gli sussurrai dandogli un colpetto al petto.

Ci spostammo nel soggiorno dove passavano la serata di giochi in famiglia, era davvero l'unica stanza con sufficiente spazio per tutti. Prima che iniziasse a parlare, misi una mano sul braccio del signor Kingmans. Avevo bisogno di ringraziarlo per aver aiutato a salvarmi. Quello che volevo davvero spiegargli era quanto significasse per me che lui e tutta la sua famiglia mi avessero accolta senza nessun indugio.

«Cosa ha detto per farsi ascoltare da quei giornalisti pazzi?» Ero certa nessun altro avrebbe potuto farlo, oltre a questa montagna d'uomo con una personalità enorme.

Alzò un sopracciglio con un sorriso malvagio. «Ho solo chiesto loro se questo era il prato su cui erano disposti a morire.»

Giusto. Quello poteva bastare.

«Va bene, squadra. Abbiamo una crisi tra le mani, quindi tiriamoci su le maniche. Voglio idee su come gestire questa situazione.»

Everett si sfregò i palmi. «Ciascuno di noi potrebbe girare un sex tape. Se lo facciamo tutti, allora non farà più notizia, giusto?»

Il signor Kingmans alzò gli occhi al cielo. «Mi piace il tuo senso di famiglia, ragazzo, ma no.»

«Sei sicuro? Ho...» Everett tirò fuori il telefono.

«Qualunque cosa tu abbia, cancellala subito» gli ordinò Chris.

«Chi altri ha un suggerimento?»

Hayes fu il secondo a parlare. «Avvocati. Denuncia a morte quello stronzo.»

«Quale stronzo? Sappiamo chi ha fatto trapelare questo filmato?» chiese il signor Kingmans.

Fu Jules a tirare fuori il telefono. Digitò qualcosa mentre parlava. «Sì. Lo sappiamo. Questo ragazzo ha un canale piuttosto famoso. Tutti quei deficienti fuorviati che credono nel patriarcato lo guardano. Chris e Trixie sono di tendenza grazie a lui. Anthony, *Sono io lo stronzo*.»

«Come fai a conoscere Anthony?» Le strappai il telefono di mano e fissai lo schermo. C'era un'intera sezione chiamata "The Sunshine Babcock Fan Club". *Oh, merda*. Aveva più di un milione di follower. Quindi immaginai che la domanda fosse: come facevo a non sapere del canale di Anthony? Probabilmente perché usavo i social solo per pettegolezzi sulle celebrità, prodotti da forno e video divertenti sui polli.

Non misoginia allo stato puro.

Mi ero liberata di Rachel, ma i suoi artigli erano affondati dentro di me più in profondità di quanto mi sarei aspettata. E non avevo nessun dubbio, tutta quella storia era opera sua. Ero più che certa si stesse godendo il disastro in quel momento. Ma sapevo chi chiamare per aiutare me e Chris a capire con esattezza come comportarci con un troll di quella portata.

Mia madre.

CAPITOLO 29

Che vadano a farsi fottere

CHRIS

C'era voluto un po', ma alla fine eravamo riusciti a contattare la mamma di Trixie. La fitta al petto che provai per non poter chiamare anche la mia fu acuta, ma breve. Insieme, quelle due sarebbero state inarrestabili. Non c'era niente di più potente di una donna sicura di sé che non si faceva mettere i piedi in testa da nessuno.

Ci diede un suggerimento che, dovevo ammetterlo, avrebbe rimesso la stampa al suo posto. I PR preferivano sempre scuse e dichiarazioni che suonavano false da morire riguardo al rimorso e all'impegno a fare meglio. Erano convinti fosse ciò che il pubblico voleva. Ma non la signora Moore. E io ero d'accordo con lei.

La mamma di Trixie ce lo spiegò senza fronzoli, senza stronzate. «Il potere di Rachel su di te e su tutti quelli che ha sempre cercato di controllare è una vergogna. Ma il sesso non è vergognoso. Le persone cercano di farlo apparire in quel modo, ma non è così. Mostra a lei e ai media che non hanno quel potere e non sapranno cosa fare o dire.»

Trixie fece un respiro profondo e incontrò i miei occhi. Le diedi una stretta rassicurante alla mano. Ero abituato a stare davanti alle telecamere con la raffica di flash e domande che mi venivano lanciate addosso. Si morse il labbro, riuscivo a vedere il modo in cui il suo cervello stava organizzando e riorganizzando i pensieri. Stava mettendo insieme una strategia, riallineando il programma come se stesse tracciando i capitoli di un libro non ancora scritto.

«Avrò difficoltà a mettermi in gioco in quel modo. Sai che non mi piace stare sotto i riflettori.» Mi guardò, una sfumatura di vulnerabilità si insinuò nella voce, per poi tornare allo schermo.

Sua madre sospirò. «Lo so, cara. E penso sia colpa mia. Ti ho protetto dalle attenzioni che mi colpivano e, così facendo, forse ti ho insegnato a nasconderti. Per questo mi dispiace.»

Trixie scosse la testa. «No, tu e papà avete fatto un lavoro incredibile crescendomi.»

«Abbiamo fatto del nostro meglio.» La signora Moore sorrise, in quell'espressione ci lessi con chiarezza l'amore che provava per sua figlia. «Ma è difficile combattere il mondo intero in continuazione. Un partner solidale può fare la differenza. Quindi sono entusiasta che voi due abbiate finalmente tirato fuori la testa dal culo e visto quello che avevate proprio davanti agli occhi.»

Mio padre ridacchiò dietro di noi.

«Tesoro» la chiamò, in qualche modo mi sentii coinvolto dal nomignolo. La signora Moore fece una pausa, come per dare alle sue parole il peso che meritavano. Poi, con voce ferma e risoluta, pronunciò l'ultimo consiglio: «Occupa lo spazio che ti serve, Beatrix. Non scusarti e non lasciare che il mondo ti giudichi per essere te stessa».

Ci salutammo e venne il mio turno di fare qualche telefonata. La prima fu a Maguire per chiedergli di organizzare una conferenza stampa per la mattina dopo. Mentre lo facevo, il resto della famiglia chiamò le truppe. Amici, famiglia e compagni di squadra. Si sarebbero messi tutti in gioco per sostenerci. E non avremmo rispettato le regole.

Le regole erano stupide.

Il che era qualcosa che non avrei mai creduto di pensare. Mi piaceva una vita ordinata, pianificata e poi eseguita. Innamorarmi di Trixie era stato un bellissimo pasticcio e, per la prima volta nella mia vita, non mi dispiaceva giocare sporco.

Ci sbarazzammo dei giornalisti, tranne quelli più tenaci, annunciando la conferenza stampa e promettendo di non tralasciare nessun dettaglio. Ma decidemmo comunque di nasconderci fino al mattino. Rivendicai la mia vecchia stanza e chiesi a Flynn di dormire con Gryffen per una notte. Non che non ci fossero abituati, quei due piagnucolarono solo per mezz'ora.

Mi ritrovai sulla soglia della mia vecchia camera da letto, con le braccia appoggiate alla porta, a fissare i ricordi. La vernice era cambiata, i mobili erano stati rinnovati, ma conservava ancora l'essenza nostalgica di un tempo in cui la vita era più semplice. Proprio di fronte c'era la casa di Trixie e la finestra della sua camera da letto. Quante volte ci eravamo salutati? Quante volte avevo provato a intravedere qualcosa che non avrei dovuto?

"Un sacco" era la risposta a quella domanda. Lo stesso valeva per la frequenza con cui avevo stretto la mano attorno al cazzo con lei in mente e il suo nome sulle labbra, proprio in quella stanza.

Trixie arrivò dietro di me, scrutò la camera con sguardo malizioso, come se sapesse con esattezza a cosa stavo pensando. Non potevo fare a meno di osservarla, il modo in cui la luce fioca della lampada del corridoio le toccava il viso, illuminandola come se fosse un essere etereo in una stanza piena di cose di tutti i giorni.

Mi si infilò sotto il braccio e si appoggiò allo stipite, mi guardò come se fossimo le uniche due persone al mondo che contavano. E in quel momento lo eravamo.

«Ci ho pensato» iniziò con voce dolce ma risoluta. «Domani usciremo là fuori e affronteremo qualunque cosa accada. Ma stasera, in questo momento, possiamo essere solo Chris e Trixie? Niente media, niente famiglia, niente aspettative. Solo noi.»

Quella vulnerabilità mi colse di sorpresa, ma la rendeva ancora più straordinaria ai miei occhi. «Solo noi» concordai chinandomi per baciarla come avrei voluto fare ai tempi del liceo.

Eravamo sull'orlo di qualcosa di grande, qualcosa che avrebbe potuto schiacciarci o liberarci, ma in quel momento scegliemmo di esistere nel santuario di "solo noi".

«Hai voglia di realizzare alcune fantasie che avevo su di te l'ultima volta che ho dormito qui?»

«Sì, facciamolo.»

La trascinai nella stanza, chiusi la porta e feci l'amore con Trixie. Perderci l'uno nell'altro ci avrebbe dato tutto ciò di cui avevamo bisogno per superare la giornata che ci aspettava.

Al mattino c'erano ancora alcuni giornalisti accampati, avrei voluto uscire e colpirli in testa con dei palloni da football finché non se ne fossero andati. Mi affacciai perfino in veranda con una palla. Ma l'universo doveva aver ascoltato le mie preghiere, perché non dovetti farlo.

La signora Bohacek e la sua vecchia Mustang blu arrivarono sfrecciando lungo la strada. In realtà, forse stava addirittura superando il limite di velocità. Rallentò mentre si avvicinava a casa nostra, vidi il male puro in quegli occhietti lucenti che spuntavano dal volante.

Spostò la macchina a destra di circa dieci gradi e lo stridio che fece mentre faceva a pezzi la fiancata del furgone di un giornale di merda fu glorioso. Abbassò il finestrino e urlò: «Pensavo di avervi detto, stronzi, di non giocare per strada».

Risi a crepapelle.

«Ehi, signora, le farò causa e le farò revocare la patente, vecchio pipistrello.» Il ragazzo che guidava il furgone stava andando fuori di testa.

«Ho centonovantasette anni, anno più anno meno, piccolo verme. Probabilmente morirò prima di arrivare in tribunale. Oltretutto, non ho la patente.» Provocò il ragazzo con un dito medio pieno di rughe.

Questo era tutto quello che quegli scemi potevano sopportare e se ne andarono. Salutai la gentile signora Bo mentre si allontanava. Una serie di consegne di fiori era di sicuro presente nel suo futuro.

Più tardi, il viaggio verso lo stadio fu un susseguirsi di telefonate, messaggi e rapide riunioni strategiche.

Avevamo deciso di tenere la conferenza stampa nella casa dei Mustang invece che al centro di allenamento, perché i ragazzi al training camp non avevano bisogno di questo tipo di distrazione. E se tutto fosse andato bene, li avrei raggiunti quello stesso pomeriggio.

Sarebbe andata bene. Trix e io eravamo uniti, non contava nient'altro.

Maguire era già allo stadio, si stava coordinando con il PR della squadra mentre i miei fratelli e le cowgirl controllavano le truppe. Entrando nel parcheggio capii che il senso di unità, la nostra forza collettiva, era qualcosa che anche la stampa avrebbe sentito.

Quel giorno o eri con noi o contro di noi. E il mondo avrebbe saputo con esattezza chi erano i buoni in quella situazione e chi avrebbe dovuto vergognarsi.

Maguire, Johnston, Marie, mio padre e i miei fratelli erano tutti fuori dall'auto, ad aspettarci. Ma Trixie mi prese la mano e alzò un dito verso di loro per aspettare.

C'era una nuova risolutezza che si insinuava nei suoi lineamenti. Non si lamentava né aveva paura, era determinata. «So cosa avevamo intenzione di dire, ma ci ho pensato tutta la notte, e Rachel non si fermerà mai. Gli stronzi nel mondo non diranno all'improvviso: "Oh, non ti vergogni, be', allora ti lasceremo in pace".»

«No, probabilmente no.» Non è così che funziona stare sotto gli occhi del pubblico. Se ti esponi al giudizio del mondo ci sarà sempre qualcuno che non approva. Che andassero a quel paese.

«Quindi, fanculo.» Il modo in cui rispecchiava alla perfezione i miei pensieri me la fece amare ancora di più. Trixie aveva il fuoco negli occhi, una scintilla che diceva che aveva smesso di giocare in piccolo. Nessuna scusa, nessun guardarsi indietro. Ero lì per questo, proprio al suo fianco. «Chris Kingmans, mi ami?»

Il mondo e il suo dramma intorno a noi scomparvero. Non c'era stampa, né hater, niente di niente. Solo io e la donna che mi completava. Il mio cuore e il suo, la mia vita e la sua, il mio amore e il suo. «Ti amo da quando avevamo dodici anni, Trix.»

Sorrise così tanto che ero sicuro avremmo entrambi emesso luce una volta scesi dall'auto. Era piena di un'energia non sfruttata e potente che era contagiosa.

«Va bene. Allora andiamo a far capire al resto del mondo che l'amore vince sempre.»

Uscimmo dall'auto e Trixie fece scivolare il palmo nel mio con una presa forte ma ferma. Camminavamo mano nella mano come se fossimo in una fortezza con mura costruite non di pietra, ma di lealtà e amore.

«Ho già visto quell'espressione, fratellone. Farai incazzare un po' di gente, vero?» borbottò Declan, lo sguardo pieno di incoraggiamento.

«Siamo con te, amico.» Everett mi diede una pacca sulla spalla.

Johnston mi fece un cenno e Marie sorrise come se avesse scoperto un segreto. Forse l'aveva fatto.

Fu la faccia di mio padre, però, quella che aveva quando era dannatamente orgoglioso di uno di noi, a colpirmi e fui costretto a schiarirmi la voce prima di poter rispondere a qualsiasi domanda della stampa.

Le telecamere lampeggiavano e riprendevano, giornalisti e reporter gridavano le loro domande e, solo per dare loro un'idea di ciò che sarebbe successo, sorrisi e li salutai come se stessimo per annunciare che avevamo vinto il campionato. Di nuovo. Salimmo sul palco improvvisato che Maguire aveva allestito sui gradini appena fuori dall'ingresso del campo e aspettammo che gli squali si calmassero.

«Facciamolo» mi sussurrò Trixie con la voce appena udibile nel clamore della folla.

Ci presentammo ai microfoni, un fronte unito pronto a rivendicare la nostra storia e forse, solo forse, a far cambiare idea a qualcuno lungo la strada.

«Chris, Chris, andrai da un terapista per la tua dipendenza dal sesso?»

«Beatrix, che tipo di esempio pensi di dare ai ragazzi della tua alma mater?»

«Chris, da quanto tempo sei un feticista delle ragazze in carne?»

«Siete stati voi a far trapelare il video?»

Trixie mi strinse la mano più forte e mormorò: «Gesù, Maria, Giuseppe e tutti i santi. Che diavolo c'è che non va in queste persone?».

Le risposi in un sussurro: «Sono solo idioti e diremo loro di andare a farsi fottere. Penso che Gesù approverebbe, non è vero?».

Mi avvicinai al microfono e annunciai: «Scrivete questo, signore e signori: non mi scuso per aver fatto qualcosa che fanno tutti. Forse avremmo dovuto trattenerci fin quando non fossimo tornati a casa, ma non incolpatemi se sono impazzito per la mia bellissima ragazza».

Proprio come immaginavamo, la stampa esplose. Ma avevo finito di ascoltarli o rispondere alle domande. Quella era la mia partita, le mie regole. «E non pensate che non veda quelli di voi che scrivono cose di merda su di lei. Se siete degli esseri umani terribili a cui piace far sentir le persone inutili a causa delle loro dimensioni, della forma o di ciò che dice la bilancia, allora potete andarvene.»

Con questo la maggior parte di loro si calmò. Di certo non era la conferenza stampa a cui erano preparati, ed era molto più divertente rimproverarli invece di inchinarsi a ciò che ci si aspettava da me.

Uno dei reporter, lo riconobbi da un noto giornale, alzò la mano come in una normale conferenza stampa, così ricambiai la cortesia invitandolo a parlare: «George?».

Si alzò e si aggiustò la giacca. «Sì, George Zeleny, *Sport International*.»

«So chi sei George, fai la tua domanda.»

Annuì. «Con tutto il rispetto, Chris, davvero pensi che tu e la signora Moore non abbiate alcuna colpa? Avete avuto rapporti in un luogo pubblico.»

«Grazie per avermelo chiesto, George. Ho già detto che non ci scusiamo per essere innamorati e per esserci dimostrati a vicenda quell'amore. Che ne dici di concentrare la colpa sul ragazzo che ci ha filmato a nostra insaputa e senza il nostro consenso, e non solo ha pubblicato il video per avere quindici minuti di fama, ma lo ha venduto per un sacco di soldi?»

Trixie mi pizzicò la coscia. *Ops. Avevo detto troppo.* Ero ancora irritabile riguardo ad Anthony.

Un altro giornalista che non conoscevo non alzò la mano, ma si limitò a gridare: «Stai parlando di Anthony Nergal, nello specifico *Anthony sonoiolostronzo.com*».

Guardai Trixie. Ero stato sotto i riflettori dai tempi del college e, visto che non ero un bastardo, mi ero fatto alcuni amici e conoscenze lungo il percorso. Anche se sapevo esattamente quanto aveva guadagnato quel piccolo scarafaggio per quel video, non gli avremmo dato importanza.

«Hai intenzione di fare causa?»

Avrei volentieri speso l'intero bonus per la vincita del Superbowl per assicurarmi che venisse smascherato per il viscido topo che era.

Quanto meno mi consolava il fatto che la mamma di Trixie gli avrebbe fatto causa per aver gestito il cosiddetto *fan club* di Sunshine Babcock. Aveva piratato i suoi video per anni e le aveva fatto perdere i diritti per un sacco di violazioni di copyright. La signora Moore era una donna d'affari intelligente ed esperta, Anthony era solo uno stupido idiota che gestiva un lavoro secondario.

Ancora una volta rimasi in silenzio. Era il turno di Trixie. Sorrise a George e aspettò che gli altri si calmassero di nuovo. Dopo un minuto intero, usò quello sguardo da bibliotecaria dannatamente severo e sexy e chiusero quella cazzo di bocca.

CAPITOLO 30

Prendere spazio

TRIXIE

Chris rimase in silenzio e mi aspettò. La tensione nella stanza non fece altro che aumentare quando rivolsi a tutti il mio brevettato sguardo da bibliotecaria. Alla fine, l'intero gruppo di giornalisti, per lo più uomini, si calmò. Alcuni sembravano imbarazzati e aspettavano con trepidazione le nostre parole successive. Sentii una scarica di adrenalina, ma anche una nuova volontà sgorgare dentro di me.

"Occupa lo spazio che ti serve, Beatrix. Non scusarti e non lasciare che il mondo ti giudichi per essere te stessa."

Feci un passo avanti e toccai il microfono attirando l'attenzione di tutti.

«Anch'io ho qualcosa da dire» annunciai. La mia voce era più chiara di quanto mi aspettassi, come il suono di un campanello che non può essere spento.

Ma invece di guardare verso i giornalisti, mi girai verso Chris e incontrai i suoi occhi. L'amore che ci trovai mi diede la forza di fare quello che stavo per fare. «Vedete, la vita e la società hanno molte opinioni su chi dovremmo essere. Cosa dovremmo nascondere e di cosa dovremmo scusarci.»

Sentivo le mani tremare, non per paura, ma per un impulso di audacia. Mi sentivo quasi elettrica, ma in un modo positivo.

Lanciai un'occhiata ai giornalisti, poi indicai me e Chris. «Quindi vi chiedo, ci aiuterete tutti a riscrivere quella sceneggiatura proprio qui, proprio ora? Cosa succederebbe se ognuno di noi dichiarasse che non si vergogna del proprio amore o della propria vita?»

La stanza era immersa in un silenzio sbalordito. Anche le telecamere sembravano esitare nel loro incessante lampeggiare. Feci un respiro profondo, fissai gli occhi su quelli di Chris e, sebbene avessi appena invitato il mondo a guardarmi, eravamo ancora le uniche due persone nell'universo.

«Christopher Bridger Kingmans, mi fai venire voglia di vivere una vita grande e audace, piena di amici, famiglia, galline, football e tanto amore. Voglio che tutti nel mondo lo sappiano, e non mi dispiace nemmeno un po' che la gente abbia potuto vedere la passione tra noi. Voglio che vedano l'amore puro e genuino che proviamo. Mi vuoi sposare?»

Il mondo si fermò. I giornalisti, le telecamere, le luci accecanti, tutto svanì, lasciando solo Chris e la risposta che avrebbe fatto pendere la bilancia della mia vita in un modo o nell'altro.

Fece un passo verso di me, con gli occhi pieni di lacrime non versate. «Dannazione, Pulcina. Stavo per chiederti la stessa cosa.»

Si frugò in tasca e tirò fuori una piccola scatola blu. Non guardai nemmeno l'anello mentre me lo infilava al dito. In parte perché stavo ricacciando via le lacrime, e in parte perché non riuscivo a distogliere lo sguardo dai suoi occhi.

«Quindi sì. Diavolo, sì» ruggì con la voce carica di emozione, ma forte e chiara.

Mi sollevò tra le braccia e strillai avvolgendogli le gambe attorno alla vita, le labbra si incontrarono in un bacio che sembrò una fine vittoriosa e un nuovo inizio esilarante allo stesso tempo. Sentii tutti, mi sentii vista davvero, e non solo da Chris, ma dal mondo. E per la prima volta non mi spaventava.

Nella stanza esplose il pandemonio, i giornalisti si spintonavano, le telecamere lampeggiavano, ma in quel momento non mi importava. Avevo occupato il mio spazio. Lo avevamo fatto insieme. E mi era sembrato di tornare finalmente a casa.

Gli applausi e i fischi riempirono la stanza e, dopo essermi allontanata dal bacio con Chris, mi guardai intorno e vidi un mare di volti. Le nostre famiglie, le cowgirl, i nostri amici, tutti ci sorridevano, le espressioni erano quasi più luminose dei flash che si accendevano nella stanza.

Chris si rivolse al pubblico alzando la mia mano come se avessimo appena vinto la partita di campionato. «Signore e signori, vi avevo detto che alla conferenza stampa di oggi ci sarebbero stati pettegolezzi sulle celebrità. Se non l'avevate ancora capito, Trixie e io ora siamo ufficialmente fidanzati.» Mi guardò, i suoi occhi brillavano di amore e malizia.

La stanza esplose di nuovo, e questa volta era piena di gioia genuina piuttosto che di semplice curiosità. Le cowgirl iniziarono a urlare e vidi Jules che mi faceva le dita a forma di cuore. Il padre di Chris sorrideva a trentadue denti.

«Lasceremo il resto dei dettagli per dopo» continuò Chris. «Per ora ci limiteremo a festeggiare. Chiunque voglia brindare all'amore, alla rottura delle norme e al non dover mai dire che ti dispiace di essere veramente, e senza scuse, te stesso, è il benvenuto. Tutti quelli che sono arrabbiati perché gli hater non ci hanno abbattuto? Be', potete andarvene a fanculo.»

Con le ultime parole di Chris ancora sospese nell'aria, sentii il mondo inclinarsi sul suo asse, trasformarsi in una realtà dove tutto sembrava possibile. Lasciammo il podio tra un oceano di applausi e Maguire ci fece passare da una porta laterale dello stadio in una stanza privata dove la stampa non era ammessa. I fratelli di Chris iniziarono a fare la guardia alla porta per assicurarsi che nessuno ci seguisse. Tutti avevano capito che avevamo bisogno di un minuto per noi.

Una volta chiusa la porta, feci un respiro profondo assorbendo tutto quello che era appena successo. Chris mi baciò, le mani si spostarono verso sud come se stesse per provare a tirarmi su la gonna. Iniziai a ridacchiare così forte che si fermò.

«Cosa c'è di così divertente?» Premette la fronte contro la mia e mi sorrise sulle labbra.

«Stavi per chiedermelo? Pensavo di essere stata del tutto spontanea, e tu avevi già un anello?»

Mi prese la mano e mi baciò il dito con il diamante sopra. «Sì. Da tempo. Ma sei tu quella con le ovaie d'acciaio. Avrei aspettato fino a dopo la conferenza stampa. Perché pensi che Maguire avesse questa stanza pronta per noi?»

«Chi altri lo sapeva?»

«Tutti.» Alzò le spalle e mi rivolse quel sorriso stupendo che aveva quando sapeva di essere nei guai, ma che lo avrei perdonato comunque. «Be', non la stampa. Ma la mia famiglia, Johnston, Marie e, dal momento che lei lo sapeva, anche le altre cowgirl.»

«Lulu?» *L'avrei uccisa se l'avesse saputo.*

«Pensavo avresti voluto dirglielo tu.» Oh. Era un uomo intelligente.

Mi tese il suo telefono, dato che non avevo ancora avuto il tempo di comprarne uno nuovo, e chiamai Lulu, la mia migliore amica, la mia confidente e l'unica persona che doveva sapere cosa era successo prima del resto del mondo. Al di fuori di tutti quelli che Chris aveva già elencato.

«Lulu, non crederai a quello che ho appena fatto» sbottai non appena rispose. La mia voce era venata di euforia.

«Dio mio. Ormai ho paura di rispondere alle tue chiamate in questi giorni. Ma non stai piangendo, quindi dimmi che hai appena vinto alla lotteria o qualcosa del genere.»

Potrei aver lasciato uscire un gridolino. «Meglio. Ho appena chiesto a Chris di sposarmi. Davanti ai giornalisti, alle telecamere, a tutta la baracca. Sarà su tutti i notiziari.»

«Porca miseria. Non esiste, stai mentendo. Non ti credo, ma potrei farlo. Raccontami tutto, prima di subito.» La voce di Lulu crepitò per l'eccitazione. «No, ho cambiato idea, aspetta. Lascia che prima ti dica una cosa, perché vorrai aggiungere anche quella ai festeggiamenti.»

Cosa avrebbe potuto aggiungere felicità a quella mattinata? «Che cosa?»

Fece una breve pausa a effetto, poi gongolò: «Ho usato le mie abilità alla Nancy Drew nel Dark Web e ho scoperto che l'inquietante Karter si è intrufolato nel tuo computer in biblioteca quando non c'eri e lo ha usato per alcune attività online non proprio legittime. Ha provato a far ricadere la cosa su di te».

Rimasi a bocca aperta. «Sei seria? È...»

«...schifoso nel modo peggiore? Lo so. Ho scoperto che è un membro tesserato del fan club di Sunshine Babcock. Ha usato la sua fottuta carta di credito sul tuo computer per pagare l'abbonamento.»

Oh, cavolo. Che stronzo. *E che idiota.*

«E vuoi sapere chi mi ha fatto la soffiata? Mike, la guardia di sicurezza. Poi la sua ragazza, che lavora nel settore informatico, ha fatto qualche ricerca. È una specie di genio con i computer. Abbiamo inviato tutto alle risorse umane stamattina. È stato colto in flagrante e credo lo stiano licenziando mentre parliamo.»

Di solito non ero il tipo di persona che godeva della miseria di qualcun altro, ma quel bastardo stava ottenendo ciò che si meritava. «Bene. Non dovrebbe lavorare in biblioteca, e non gli dovrebbe essere permesso di lavorare con adolescenti, donne o *persone* in generale.»

«Potresti riuscire a riprenderti il lavoro ora che abbiamo dimostrato che è stato lui a incastrarti.»

«Non lo so. Adoro la biblioteca, lo sai. Ma penso che potrei essere pronta a fare qualcosa... di più grande.» Se la mia vita stava andando sottosopra, tanto valeva abbracciare tutti i cambiamenti che l'universo mi stava lanciando.

«Wow. Pranziamo insieme domani? Possiamo elaborare strategie e pianificare. E devo vedere l'anello. Ti ha regalato un grosso diamante, vero?»

Abbassai lo sguardo sulla mano, guardando davvero l'anello per la prima volta. Era fantastico, ma ciò che rappresentava significava molto di più per me. «Sì. Penso si possa vedere anche dallo spazio.»

Dopo aver riattaccato scattai un selfie di me, Chris, e dell'anello, e lo inviai a mia madre. Era notte fonda in Nepal, ma ero sicura che avrei ricevuto una chiamata non appena si fosse alzata.

Sollevai lo sguardo verso il mio fidanzato nuovo di zecca. «Quindi, cosa facciamo ora? Non possiamo nasconderci in questa stanza tutto il giorno. Pensi che i giornalisti se ne siano andati?»

Scosse le sopracciglia verso di me. «Hai voglia di…»

La porta della stanza si spalancò, ma sulla soglia non c'era nessuno. Una voce di donna chiamò dal corridoio, seguita da un'ondata di risate e risatine. «Abbiamo aspettato il più a lungo possibile, quindi spero siate entrambi vestiti, ma potreste non esserlo, così conterò fino a dieci e poi ci precipiteremo tutti lì dentro a festeggiare.»

«Marie è una dannata forza della natura, non è vero?» ridacchiai verso Chris prima di invitarli a entrare.

«Aspetta solo l'inizio della stagione, è lei a organizzare i famigerati viaggi delle cowgirl per le partite in trasferta.»

Le ragazze si precipitarono tutte dentro e ci circondarono, seguite dai ragazzi. Sentii gli strilli, i complimenti sull'anello e su quanto fosse stato romantico che glielo avessi chiesto per prima. I ragazzi ci diedero una serie di pacche sulle spalle e gomitate.

Mentre tutti festeggiavano e si congratulavano con noi, Chris si spostò dietro di me e mi avvolse le braccia intorno alla vita spingendo verso l'alto l'orlo del mio maglione di qualche centimetro, in modo che il suo pollice trovasse la pelle nuda. Si chinò e mi baciò il collo prima di sussurrarmi all'orecchio: «Ti amo, Beatrix. Ora andiamo a casa. Ho bisogno di te, e di tutte le tue splendide curve, in ginocchio per me. Sarai la mia brava ragazza?».

L'avrei fatto ogni giorno.

Ce ne andammo tra le risate e le chiacchiere che riempivano la stanza. Chris mi riportò alla macchina con le nostre dita intrecciate in modo naturale, come se fossero fatte per adattarsi insieme. I tocchi che avevamo condiviso raccontavano la storia del nostro viaggio e dell'amore che era sbocciato tra noi. Era più di quanto avessi mai pensato fosse possibile. Era mio amico, il mio amante e il mio lieto fine.

EPILOGO

Diversi mesi dopo...

CHRIS

La domenica era sempre stato il mio giorno preferito della settimana.

Era il giorno della partita.

E fino a quel momento, quella stagione era un vero successo.

Sul serio. Più sesso io e Trixie facevamo, più partite vincevano i Mustang. Ma, ad essere sincero, anche se fossimo stati la squadra peggiore del campionato e avessimo perso ogni partita, avrei comunque fatto l'amore con la mia futura moglie tutti i giorni, due volte la domenica.

L'avevo già fatta gridare il mio nome, venire sul mio cazzo, e poi ancora, grazie a un interessante vibratore per il punto G che arrivava dal Nepal, e che l'aveva fatta anche squirtare per la prima volta in assoluto.

E non avevamo finito per la giornata. Avevamo inaugurato quella tradizione di scopare nello spogliatoio, facendo del nostro meglio per non farci beccare, prima della prima partita della stagione.

Eravamo stati scoperti. Avevamo anche battuto i L.A. Bandits, però, 42-3.

Dopo quella volta, i ragazzi iniziarono a lasciare libera una sezione appartata dello spogliatoio prima di ogni partita. I giocatori di football sono superstiziosi e la mia fidanzata aveva una vena esibizionista alta un chilometro. In realtà non voleva che qualcuno ci guardasse, ma nella sicurezza dello spogliatoio dove sapevamo che gli stronzi del mondo non ci avrebbero filmato, amava la leggera sensazione di pericolo che le dava sapere che qualcuno potesse vederci con le braghe calate.

Chi ero io per negarle qualunque sesso stravagante volesse fare?

Considerando poi che stavo vivendo la migliore stagione della mia vita, era una vittoria per tutti.

Ma quella mattina mi ero alzato prima del solito e l'avevo lasciata dormire fino a tardi. Nelle ultime settimane era stata molto impegnata a lavorare per lanciare la sua pagina *Prenditi il tuo spazio*. Lei, Sara Jayne Jerry e Marie Manning stavano reclutando altre persone plus size in tutti i settori, non solo per sostenersi a vicenda, ma per fare programmi di sensibilizzazione per aiutare le donne di ogni ceto sociale ad abbracciare e amare chi erano, nonostante, ma soprattutto *grazie* alla loro dimensione, forma o ciò che dice la bilancia.

Ero davvero orgoglioso di lei.

Aveva anche deciso che, dal momento che leggeva così tanti romanzi, avrebbe provato a scriverne uno. Quella impresa mi interessava in particolar modo perché le piaceva usare il mio corpo per fare "ricerca". Era un libro davvero sporco.

Le fresche temperature mattutine dell'autunno del Colorado erano arrivate, ero seduto sulla veranda sul retro con una tazza di caffè fumante in mano, in procinto di chiacchierare con Luke.

Era stato parecchio cattivo negli ultimi due mesi. Non il suo solito "Ti cago sulle scarpe e ti inseguo per il cortile", ma più come se stesse cercando di cavarmi gli occhi.

Sapevo come fargli cambiare idea, però.

Uscii in cortile, con la tazza di caffè in mano, assaporando l'aria frizzante del mattino. Lanciai un'occhiata verso il pollaio, ed eccolo lì, che mi valutava quasi fosse la sua missione personale molestarmi come un intruso indesiderato ogni volta che mettevo piede nel suo dominio.

«Buongiorno, Luke» salutai posando il caffè sul pilastro del cancello e avvicinandomi.

Luke arruffò le piume e fece uscire un verso poco convinto. *Sì, era ancora arrabbiato.*

«Senti, amico, possiamo parlare?» Mi accovacciai all'altezza dei suoi occhi e gli passai qualche pezzetto di fragola, perché, be', non ero contro la corruzione di quel pollo. Luke mi fissò con uno sguardo incredulo, come dire: "Lo stai facendo davvero?".

Ridacchiai, prendendo il silenzio come un consenso. «Quindi, ascoltami. So che sei protettivo nei confronti di Trixie. E lo capisco, è davvero fantastica. Ma devi smetterla di comportarti come se fossi qui per rovinarti la festa.»

Luke spostò il peso da una zampa all'altra, quasi come se stesse davvero contemplando le mie parole.

«La amo, lo sai. E non vado da nessuna parte. Ma questo non significa che la stai perdendo. Se non altro, stai guadagnando me.»

Non ero sicuro che fosse un punto di forza. Ma per quanto strano potesse sembrare, mi piaceva lui e il modo in cui era protettivo nei confronti di Trix. Volevo che fossimo amici.

Luke gracchiò, beccando le fragole senza troppa convinzione. Okay, era ora di agire. No, non lo avrei messo in forno con le patate. Avrei solo messo in moto il suo cuore.

«Ho notato che hai una piccola faccenda con Kylo Hen laggiù.» Annuii verso l'elegante gallina nera che stava beccando dall'altra parte del pollaio. «È carina. Si vede che le piaci.»

Luke strinse gli occhi, giuro che stava prestando attenzione.

«La vita è troppo breve, amico mio. Non pensi sia ora di portare quell'amicizia al livello successivo? Ha funzionato abbastanza bene per me e Trix.»

Luke guardò verso Kylo Hen, che si era avvicinata un po', quasi come se stesse origliando la nostra chiacchierata da uomo a gallo.

Mossi il mento verso di lei. «Visto? È interessata. Fallo. L'amore vale il rischio, credimi.»

Si avvicinò a me, sbatté le ali e saltò sul recinto, beccò la mia tazza di caffè e la fece volare insieme al contenuto. Solo le mie abilità sportive affinate mi salvarono dal ricevere il liquido bollente dritto in testa.

Va bene, forse lo avrei messo in forno, dopotutto. Scosse le lunghe e lucenti penne della coda e saltò giù, dirigendosi impettito verso Kylo Hen.

Fece un balletto da gallina davvero spettacolare, come se avesse aspettato quel momento per tutta la vita. *La capivo benissimo.*

I due si ballarono intorno per un minuto e poi mi resero spettatore di un sesso da polli molto rumoroso e arruffato.

Presi la tazza di caffè vuota e tornai in casa sorridendo. Quando aprii la porta, sentii la risata di Trixie fluttuare per la cucina, mescolandosi al lontano canto di un gallo innamorato.

«Hai appena detto al mio gallo di andare a fare sesso? E ti ha ascoltato?»

Sciacquai la tazza, la riempii di nuovo guarnendola con la crema di avena e spezie di zucca preferita di Trixie e gliela posai davanti. «Sì. Te l'avevo detto che ci avrei fatto una chiacchierata.»

Il mio telefono squillò con un messaggio. Lo sollevai e vidi la notifica di Simone Stone, la giovane giornalista investigativa di Channel 9 News.

SIMONE STONE: *Un consiglio. Non perdetevi il notiziario della sera.*

Digitai una risposta veloce.

CHRIS: *Lo guarderemo.*

Trixie ed io arrivammo allo stadio un po' più tardi del solito. E metà della squadra, più l'allenatore, mi guardò male, l'altra metà mi fece il pollice in su mentre la trascinavo nel nostro posto segreto, non così segreto.

«Ci sono nuove scene nel tuo libro che vuoi provare, sporcacciona?»

«Stranamente, ne ho appena scritta una in cui l'eroe piega la sua eroina sulla panchina in uno spogliatoio e la prende da dietro.» Diede una pacca sulla panca imbottita dietro di lei.

«Dio, adoro la tua immaginazione.» La girai e l'afferrai per i capelli, baciandole il collo e poi spingendole il viso sul cuscino. Indossava la mia maglia preferita. Quella con la scritta "Kingmans's Queen" sul retro.

«Oh, sì. Proprio così. Veloce e duro. Fammi venire, ti prego.»

Sentirla implorare mi fece diventare subito di marmo. Le alzai la gonna, pronto a strapparle le mutandine. Diamine, erano quelle con i maledetti galli.

Le abbassai, gliele tolsi e le infilai in tasca. «Le hai messe apposta, vero? Adesso sono mie e le terrò proprio accanto all'uccello durante la partita.»

Mi inginocchiai dietro di lei e le baciai un percorso dalle cosce spesse e succulente fino alla figa nuda e bagnata. Le allargai ancora di più le cosce, adorando il modo in cui traboccavano tra le mie mani. «Il tuo culo nudo sarà scoperto per tutto il tempo. Quindi farai meglio a stare attenta a non farlo vedere a nessuno.»

Seppellii la faccia in lei e la scopai con la lingua nello stesso modo in cui l'avrei presa con il cazzo. Quando iniziò a gemere e piagnucolare nel modo che amavo, mi alzai e mi slacciai i pantaloni. «Perché tutto questo è mio, vero?»

«Sì, tuo. Tutto tuo.» Premette il sedere più vicino ed emise un sospiro tremante. «Christopher... ti prego.»

«Questa è la mia brava ragazza. Ora affonda le dita nella fica e gioca con il clitoride mentre ti scopo. Voglio tu venga adesso, cazzo.»

Mi infilai il preservativo e scivolai dove mi aspettava calda e bagnata. Era ancora stretta da morire, non avrei resistito a lungo. L'adrenalina della giornata di gioco mi stava già pompando nel sangue, e far venire la donna che amavo era l'unica cosa migliore.

E proprio perché mi piaceva così tanto, la feci venire due volte.

Poi la ripulii e la strinsi tra le braccia accarezzandole i capelli e lasciandole riprendere fiato prima di tornare in pubblico. «Davvero terrai le mie mutandine?»

«Cazzo, sì.» Avrei anche potuto usarle per masturbarmi durante l'intervallo. Non ne avevo mai abbastanza della mia ragazza.

«Meno male che oggi siamo ai box. Fa freddo nei posti vicino al campo.» Rise alzandosi in piedi.

Uscì da un ingresso laterale che le permetteva di raggiungere gli ascensori che portavano alle suite dove di solito si riunivano le cowgirl per guardare le partite. Anche se le piaceva il pericolo di essere scoperta, non voleva vedere i ragazzi nello spogliatoio dopo. In ogni caso, sapevano tutti che era meglio non dirle nulla del nostro rituale prepartita.

Cominciai a prepararmi di corsa e mi infilai davvero la sua biancheria intima nei pantaloni. Poi giocai la partita più bella della mia vita.

Tre passaggi a touchdown, un altro touchdown che realizzai io stesso, Everett e io battemmo il precedente record dei Mustang per il maggior numero di ricezioni in una partita. Anche Deck fece una partita mostruosa. Quattro sack. Si stava guadagnando la reputazione di essere il figlio di puttana più cattivo della lega.

Anche se amavo una grande vittoria, adoravo di più tornare a casa da Trixie.

L'odore dei popcorn al burro riempiva l'aria mentre ci sistemavamo sui morbidi cuscini del divano, pronti a rilassarci con l'ultimo episodio della sfida di pasticceria tra celebrità a cui partecipava Johnston. Se la stava cavando sorprendentemente bene per qualcuno che sapeva bruciare anche l'acqua.

Accesi la TV e andai prima al canale di notizie locale. «Voglio solo vedere gli highlights sportivi, tesoro.»

«Voglio dire, non è che tu fossi lì o qualcosa del genere. Notizia flash, hai vinto.» Sorrise e mi fece una smorfia.

«Sì, ma voglio vedere se mostrano il quarterback dei Bandits che piange come un bambino dopo che Declan lo ha sbattuto a terra per la quarta volta.»

Il conduttore e Simone erano in piedi alla scrivania. «Inizieremo stasera con le ultime notizie che riguardano una rivelazione scioccante sulla chiesa e il liceo Saint Ambrose» annunciarono.

Trixie si sedette un po' più dritta, fissando lo sguardo sullo schermo. Questo era il momento che stavo aspettando.

«Sì, grazie, Rosa.» Simone prese in mano il rapporto. «Una donna del posto è stata arrestata per appropriazione indebita di ingenti fondi.»

Lo schermo si divise per mostrare una donna con i capelli biondi in manette, che veniva condotta in un'auto della polizia. Stava sbraitando come una iena. Era perfetto, cazzo.

La mascella di Trixie cadde. «Aspetta. Quella è... Rachel?»

Sorrisi e bevvi un sorso d'acqua. «Oh, ma guarda un po'. Sembra proprio lei. Non ho idea di come sia successo.»

Alzò un sopracciglio, senza crederci nemmeno per un secondo. «Davvero? Ti aspetti che me la beva? Che cosa hai fatto?»

Ridacchiai piano. «Niente. Ma sto solo dicendo che *forse* un investigatore privato ha indagato e ha trovato alcune attività losche. Quando hanno avuto prove sufficienti, *forse* qualcuno si è assicurato che arrivassero alle persone giuste. Sai, le forze dell'ordine, la chiesa e, a quanto pare, i telegiornali. Mi piace quella Simone Stone, trova delle storie davvero interessanti, non credi?»

Scosse la testa, un sorriso represso tradiva la sua gioia. «Be', vorrei ringraziare *chiunque* abbia assunto quell'investigatore privato.»

Me la avvicinai. «Ho pensato fosse ora che qualcuno livellasse il campo da gioco. Doveva aspettarselo.»

Trixie mi appoggiò la testa contro la spalla finché non squillò il suo Facetime e vidi apparire la faccia di Lulu. Spettegolarono per il resto delle notizie e riuscii davvero a vedere il placcaggio di Declan. Diventava sempre più cattivo con il passare delle settimane.

Era ora anche per lui di trovarsi una donna da amare. Se aveva funzionato per me e per l'irascibile Luke Skycocker, avrebbe potuto funzionare anche per lo scontroso Declan Kingmans.

DALL'AUTRICE...

Voglio raccontarvi una breve storia sul come e perché sono arrivata a scrivere un romance sullo sport. *pacca sulla sedia* *ti porgo un bicchiere di una gustosa bevanda a tua scelta*

tema introduttivo di Star Wars
Tanto tempo fa, in una galassia lontana, lontana...
Quando ero giovane, ci spostavamo *tanto*. Quando avevo tredici anni ci eravamo trasferiti tredici volte. (Tutto sommato, credo di essermi trasferita circa trentacinque volte nel corso della vita).
E ogni volta che arrivavamo in una nuova città, prima che cominciassi a farmi degli amici, passavo il tempo rifugiandomi nei libri.
Mia madre era una lettrice vorace e adorava i romanzi rosa storici medievali. Ne ho letti alcuni. Amava anche tutto ciò che riguarda lo sport, ma soprattutto il football del Nebraska.
Sì, sono cresciuta nella casa di una Husker.
Il sabato mattina d'autunno a casa mia non guardavamo i cartoni animati, guardavamo il football universitario.
Avevamo *letteralmente* un ornamento natalizio di Tommy Frazier, QB del Nebraska negli anni Novanta, sul nostro albero. (Ce l'ho ancora.)
Posso ancora cantare l'inno dell'Università del Nebraska e provare un certo disprezzo per gli Oklahoma Sooners. Ah, ah, ah.
E non sono nemmeno andata all'università del Nebraska.
Sono andata alla Colorado State University, che è stata presa a calci dai Cornhuskers. E sì, sono stata alla partita. Viaggio *on the road*!
Certo, ho studiato Letteratura inglese... perché, in cos'altro potevo laurearmi se non, sai, leggere libri?
Ma sono diventata un po' snob nella lettura e non ho letto nulla di pubblicato dopo il 1940 per circa... sei anni. Posso solo dirti che la mia tesi riguardava il dannato Herman Melville. Che palle. Per quanto mi riguarda, Moby Dick può andare a quel paese. (Inoltre, se mai volessi provare un libro del buon vecchio Herman, un misogino che di certo

picchiava la moglie, non iniziare con quel vecchio tomo. Prova invece qualcosa come *Confidence Man* o *Omoo* o *Typee* che sono avventure di viaggio. Sono molto meglio.)

Comunque, dopo essermi laureata ero... per la prima volta nella mia vita, stanca di leggere. Probabilmente perché non leggevo per divertimento da anni.

Sono entrata nella vita aziendale americana, dove, cosa abbastanza interessante, ho potuto lavorare con mia madre, nella stessa azienda.

Mi diceva sempre che avrei dovuto scrivere un libro.

Okay, è ora di prendere un fazzoletto. #triggerwarning

E poi, quando avevo ventotto anni...

Mia madre è morta.

(Oh cavolo, sto piangendo anch'io adesso)

E... be'... tutta la mia vita è cambiata. L'amavo così tanto, moltissimo. Era una delle mie migliori amiche. E senza di lei ero perduta.

Quindi, dopo circa un anno di lutto e di tentativi di andare avanti, sono letteralmente scappata di casa. Ho lasciato il lavoro, mi sono iscritta a un corso di formazione per insegnanti a Praga e poi mi sono trasferita in posti molto, molto lontani per insegnare inglese.

È stata una buona cosa. Perché mentre vivevo in Vietnam mi annoiavo.

Ho ricominciato a leggere, ma la scelta dei libri era limitata, soprattutto a quelli che i viaggiatori con lo zaino portavano con sé e lasciavano negli ostelli. O i super mega bestseller che, visto che il Vietnam non ha le stesse rigide leggi sul copyright delle nostre, venivano fotocopiati e venduti dal retro delle motociclette.

Poi sono arrivati gli e-reader! Evviva!

Ho ricevuto uno dei primissimi lettori di eBook della Sony: non li producono nemmeno più. E indovina che tipo di libri erano più facilmente disponibili in formato eBook a quei tempi?

Hai indovinato: i romance.

Ho cominciato a leggerne *un sacco* e, dannazione, li ho *adorati*.

E poi una voce di non molto tempo prima mi è tornata in testa. *"Dovresti scrivere un libro."*

E ho pensato: scriverò un romance!

Se hai letto qualcuno dei miei libri per l'Aidy Award, sai che ho messo e metterò sempre pezzi di me stessa nelle mie storie.

Allora cosa ho messo nel primo romanzo rosa che abbia mai scritto? Una ragazza formosa che ama cucinare e che finisce in un matrimonio combinato con un giocatore di Football del... Nebraska. (Ci sono anche giocatori di football provenienti da qualsiasi altra parte? No? Non lo pensavo.)

Si intitola *Cookies and Cowboys* e non è mai stato pubblicato. È il libro su cui ho imparato a scrivere.

Un giorno potrei tirarlo fuori da sotto il letto e fare una riscrittura totale... ma vedremo.

Quindi, vedi, ho provato, fin dall'inizio, a scrivere un libro che pensavo mia madre avrebbe letto e che le sarebbe piaciuto, anche se non si trattava di cavalieri in armature scintillanti.

Ed è così che siamo arrivati qui.

The C*ck Down the Block è la mia lettera d'amore a mia madre, alle ragazze formose che devono impegnarsi per amarsi da dentro e che continuano a sentirsi dire che non dovrebbero farlo.

È per i miei simili che hanno perso la verginità più avanti nella vita e per tutti coloro che hanno avuto un bullo al liceo. È per le ragazze che avevano un migliore amico del quale erano segretamente innamorate.

E questo libro è per il mio stato natale, il Colorado. Ho vissuto lontano per molto tempo (tipo... trentacinque anni? Com'è possibile?) e, onestamente, non l'ho mai rivendicato come casa.

Non avrei mai nemmeno immaginato di ambientare un libro qui.

Sento di aver dato Denver per scontata, così ho ambientato di proposito questa nuova serie in un luogo che è davvero la mia città natale.

Quindi, se vieni dal Colorado, e soprattutto se vieni dall'area metropolitana di Denver, capirai meglio alcune delle battute del libro.

Andiamo, dire S'mores Field invece di Coors Field? Penso di essere divertente.

Infine, devi sapere che una parte del ricavato di questo libro andrà al Luvin Arms Animal Sanctuary.

Insieme salveremo i galli!

Luvin Arms è un rifugio senza scopo di lucro per animali maltrattati o trascurati a Erie, Colorado.

I residenti includono mucche, maiali, tacchini, galline, cavalli, capre, pecore e anatre. Questi splendidi animali sono stati salvati da situazioni orribili tra cui casi di abuso e abbandono, allevamenti intensivi, rituali religiosi, camion diretti ai mattatoi, fattorie in bancarotta e altro ancora.

Non avevano nessun posto dove andare e sarebbero stati massacrati se non fossero stati ospitati qui.

Un abbraccio enorme,
Amy

RINGRAZIAMENTI

Ci sono stati molti giorni in cui non ero sicura che avrei mai finito questo libro. Un ringraziamento speciale va al mio gruppo Bring It On Mastermind che continuava a ripetermi che potevo farcela. JL Madore, Krystal Shannan, Claudia Burgoa e Bri Blackwood. Impazzirei senza di voi.

Ho adorato parlare con gli autori e le giornate lontano dal computer nei bar nell'area metropolitana di Denver con M. Guida, Holly Roberds, Parker Finch e Nikki Hall. Siete tutti la mia tribù.

Grazie alle mie scrittrici di Amazeballs: Danielle Hart, Davina Storm e Stephanie Harrell per aver scritto online con me. Avrei avuto molti giorni senza parole se non fosse per voi.

Un sacco di abbracci vanno alle mie amiche autrici curvy, Molly O'Hare, Kelsie Stelting Hoss, Mary Warren e Kayla Grosse. Stiamo cambiando il mondo, una donna col sederone alla volta, e sono davvero grata siate qui a combattere la battaglia con me.

Probabilmente non scriverei e non avrei una carriera di successo senza Becca Syme, che di certo non pensa io sia pazza (credo), sa quando ho bisogno di caricarmi, quando ho solo bisogno di piangere e quando ho bisogno di mettere in discussione tutto. Grazie dal profondo del mio cuore.

Ho avuto un po' di sindrome dell'impostore mentre scrivevo questo libro e la mia editrice Chrisandra mi ha aiutato a uscirne un paio di volte. Ne avevo bisogno. Grazie. E mi dispiace di fare ancora schifo con le virgole.

Grazie a Ellie di Love Notes PR per aver dato una possibilità a me e ai miei stupidi "quale scadenza?". Farò davvero del mio meglio per terminare il prossimo prima. Grazie per aver letto la storia e per esserti innamorata dei personaggi e avermi detto che sono divertente.

Un enorme ringraziamento a Leni Kaufmann per aver preso la mia mezza visione di un giocatore di football e una ragazza nerd con le cosce grosse e di aver trasformato loro (e il gallo) nella visione di una copertina. Non vedo l'ora di mostrarti il tatuaggio.

Tanti abbracci alla mia amica e PA Michelle Ziegler. La mia vita da autrice sarebbe un pasticcio intricato senza di te. Ti apprezzo più di quanto tu sappia.

E ai miei Patreon Book Dragons: siete il motivo per cui scrivo. Spero di continuare a intrattenervi e rendervi orgogliosi. Il vostro continuo supporto significa davvero tanto per me.

Per i miei fan VIP, i libri autografati stanno arrivando!
- Angie K
- Barbara B
- Jeanette M
- Kerrie M
- Natasha H
- Sandra B
- Sara W
- Tracy L
- Anna Maria P

Per i miei più grandi fan di sempre, sono in arrivo scatole di libri con tante cose esilaranti sui polli e libri autografati. Grazie mille per aver creduto in me.
- Alida H
- Bridget M
- Cherie S
- Daniele T
- Daphine G
- Eliseo B
- Jessica W
- Caterina M
- Kelli W
- Mari G
- Marilyn C
- Melissa L
- Orma M
- Rosa D
- Stephanie H
- Stefania F
- Corinne A

BIOGRAFIA

Amy Award è una ragazza formosa che ha un debole per i giocatori di football, gli animali dal sedere peloso e i romanzi rosa piccanti. Crede che tutti i corpi siano belli e meritino le proprie storie d'amore a lieto fine. Potete trovarle su AuthorAmyAward.com

Amy scrive anche storie d'amore paranormali per ragazze formose con draghi, lupi, demoni e vampiri e ha vinto l'Aidy Award. Se questo è quello che ti piace, dai un'occhiata a quei libri su AidyAward.com

ENTRA NELLA…
DRI EDITORE FAMILY!

Entra anche tu nella *Family Dri Editore*!

Chiacchiera con le autrici, scambia pareri con le lettrici più appassionate e divertiti insieme a noi!

Come fare?

È semplicissimo!

Ti aspettiamo nel nostro Canale Telègram (https://t.me/DriEditore), dove potrai scaricare moltissimi contenuti GRATUITI e ricevere news ESCLUSIVE!

E non dimenticarti di iscriverti alla nostra newsletter, dove riceverai GRATIS tre romanzi da cardiopalma!
Collegati al sito **www.drieditore.it** e segui le semplici istruzioni, è facilissimo!

Entra anche tu nella community più romance che c'è!

Nota dell'editore

Grazie per aver letto questo romanzo!

Spero vivamente ti sia piaciuto!

Ti va di lasciare una recensione?

Per noi è molto importante per poter migliorare sempre di più la nostra produzione e la qualità delle proposte.

Ti aspettiamo alla prossima storia!

Grazie!

Thomas Dri

Printed in Dunstable, United Kingdom

64810710R00147